U0024156

楊劍龍 著

描摹文革時期撐排生活的矛盾掙扎
刻畫艱難年代小人物的生存愛慾

獻給曾在廣闊天地裏的知青們

這裏有我知青歲月的青春印痕

※爭議話題，大陸無法完整刊出的作品

目次

一、金牛河與金牛鎮

登上金牛嶺蜿蜒的山道，金牛河清澈的河水在青翠山崖間流淌，如一條翠綠的碧玉帶纏繞在連綿的金牛嶺的山麓，金牛嶺連綿高聳的山峰鬱鬱蔥蔥，雲霧在山峰之巔飄動繚繞。在靠近小小金牛鎮的河道中間，躺著一大塊褐色巨石，遠遠望去，如一頭巨型水牛，那彎彎的犄角，那肥大的臀部，那仰天的鼻翼，都顯示出這頭巨型水牯的威猛。最奇特的是這石牯身後的那一堆堆圓石，一攤攤褐色的就如同這水牯剛剛拉下的屎。

初到金牛鎮的人們，大多會站在這山道上，望著這頭大石牯，為這奇特的景致所吸引，金牛鎮上的老人們常常捋著鬍鬚向初到這兒的人們講述有關這石牯的故事：說這石牯原先是太上老君的坐騎，在天上千載已得道成仙，但是這坐騎卻塵心未泯，尤其對玉皇大帝身邊的一個侍女有愛慕之意。他總乘太上老君忙於煉丹之際，搖身變成一翩翩少年偷偷地去會那侍女。那侍女本不樂意，後見這廝心誠，且模樣也甚好，一來二去的就好上了。這男女懾於天庭的禁忌，不敢明目張膽地聚首，總是偷偷摸摸地約會。後為了能夠長期廝守在一處，並可以做一對明明白白的夫妻，他們決定雙雙逃出天庭。當他倆乘朦朧夜色攜手逃離天庭之時，卻為太上老君所發現，即刻報告玉皇大帝派天兵追趕捉拿。那侍女款款腳步，行走不快，先為天兵擒住。那坐騎卻回復真身，匆匆往人間倉皇出逃。太上老君氣急

敗壞，以拂塵對準坐騎出逃處一拂，口中念念有詞，這坐騎即刻變成一堆巨石，墜落在人間，這畜生出逃時來不及排泄的糞便，也就在一瞬間排出在臀後。這巨石就成為金牛鎮一景，被稱為金牛石，這條河也就被稱為金牛河，這個鎮也就被稱為金牛鎮了。

金牛鎮俗稱西頭鎮，為該縣的最西頭，解放後開闢的機耕道一直修到此地山腳為止，這裏的木料、竹子、桐油、藥材、香菇、竹筍等山貨，以往基本是從水路的木筏、竹筏上運出山的。解放以後修了機耕道，大部分山貨可以用汽車運出山，但一部分山貨依然走水路。大概因為這裏為機耕道西面的盡頭，相對而言這裏的交通有些不便，這裏仍然保持著山區的淳樸民風。在金牛嶺上，一條蜿蜒的山路仍然成為山民們生活的必由之路。知青小宋喜歡寫詩，曾經寫了一首題為〈山路〉的詩：

　　不知何時砌就了這古老的石階
　　層層疊疊從小鎮盤到村前
　　年年歲歲挑下草藥山貨
　　歲歲年年擔上布匹油鹽

　　爛了，多少雙草鞋金色的夢
　　破了，多少副鐵肩石樣的碾
　　呵，蜿蜒山路，一條沉重的河流
　　呵，山路蜿蜒，一支生活的主弦

金牛鎮雖然是一個鎮，但是這個依山傍水的小鎮，只不過有一個藥鋪、一家理髮鋪、一家鐵匠鋪、一個小飯鋪、一個小百貨店、一個小茶館、一個機米鋪、一家糧站。平時不趕墟時，小鎮顯得比較冷清，除了機米鋪機米的柴油機「嘭嘭嘭」地響著，鐵匠鋪的鐵砧上鐵錘「叮叮噹噹」地唱著，河埠頭堂客們洗衣棒槌「劈劈拍拍」地鬧著，那藥鋪、理髮鋪、百貨店的顧客常常只是三三兩兩的。就是糧站，除了交公糧時熱鬧一番外，平時到糧站買米的只是附近林站的職工而已。那糧站門口兩邊班駁的土牆上，分別用石灰醒目地寫著「農業學大寨」、「要鬥私批修」的大標語。在小鎮傍河的青石板路上，常常可以見到一個身穿滿是油垢的中山裝的瘋子，蓬鬆的長髮、雜亂的鬍鬚、呆滯的眼神，鼻樑上架著落了一塊鏡片的眼鏡，一腳高一腳低地在青石板路上走過來走過去、走過去走過來，口中喃喃地重複念叨著不知說了多少遍的話語：「要文鬥，不要武鬥。要文鬥，不要武鬥……」原先是金牛鎮完全小學校長的他，因為幾年前被批鬥遭毆打而精神變態，他也成了這小鎮的一景。小鎮有一座簡易木橋，通往金牛河的對岸，窄窄的橋面僅僅容兩個人過河，牽牛過河必須小心翼翼，對面的人必須等牛過橋後，才能上橋，不然就有被牛蹭下河的危險。發洪水時，這橋常常會被沖垮，橋板橋墩都用竹麻繫著，等上漲的河水退去後，金牛鎮人就會再拖起橋板、橋墩，再次將橋搭起。

逢五逢十的趕墟，使這小鎮上熱鬧了許多，山民們紛紛將自家打的草鞋、編的斗笠、養的雞鴨等拿來賣，種的蔬菜、摘下的柑橘等也會擺在小鎮石板路的兩旁，甚至外鄉的小商販、當地的貨郎也會拿來一些新奇的貨物，女人頭上戴的頭飾、剪指甲的指甲鉗、掛鑰匙的圈圈，總引來山村堂客們的注意，她們會拿起來在手上久久把玩，卻因為荷包裏拿不出幾個錢，終於放下了，有時還仍然會駐足在小攤前，盯著她們所喜歡的物品，就是走了，往往還回頭再看一眼想買而買不起的物品。

小鎮上最惹眼的是鐵匠況仁山的一對雙胞胎女兒，況鐵匠的堂客生這對雙胞胎時難產去世，鐵匠獨自承擔了撫養這一雙女兒的職責。這一雙女兒長得水靈靈的，圓圓的臉龐、明亮的雙眸、小巧的嘴唇、甜甜的笑顏，現在出落得成為小鎮上的兩朵並蒂蓮，十六歲的她們已經可以幫助父親做些事了，除了到公社中學讀書外，星期天她們常常幫助父親打鐵，一左一右擎著鐵錘，在父親的指點下一錘一錘地錘打著通紅的鐵塊，錘打成一把把鐮刀、一柄柄柴刀、一把把排斧。也許自小在鐵匠鋪長大，對於鐵匠活耳熟能詳，她們打起鐵來虎虎生風，並不比崽俚子差，通紅的爐火、通紅的鐵塊，映著她們紅彤彤的臉膛，襯著鐵匠黝黑的臉龐、黑漆漆的鐵匠房，她們倆就顯得格外嬌媚，且柔中有剛，這成為山村小鎮的一個景觀。

山民們的生活依然以自耕自足為主，種幾分自留地的蔬菜，養幾隻雞，餵幾頭豬，自留地的蔬菜為自家吃菜，養雞是為了吃蛋，餵豬則為了換錢。殺豬吃肉必須是逢年過節，而且

大多數肉豬殺了自己吃一點點，一般僅僅是打打牙祭而已，大多數人家將肉賣了，換成幾塊士林藍布，換成平時的油鹽。就是留下一掛肉，大多也掛在灶前的煙火處，讓煙熏得黃黃的、香香的，等到有客人來時，拿下來切一塊，再細細地切成片，或燉蛋，或炒筍，顯示山裏人的好客，自己卻常常捨不得吃。

俗話說：「靠山吃山，靠水吃水。」金牛鎮附近的山民們就依靠這山這水度日，山上雖然有田，但這梯田上種的水稻、栽的茶油樹和桐油樹，基本上只能滿足山民們食用的糧油。山上最重要的是竹木了，山民們上山伐倒以後，紮成竹筏、木排，順著水路運出山。金牛嶺的山民們會水的不多，因此在金牛河上做排工的甚少，不少外鄉漢子就來到金牛河上撐排，牛漢國就是這樣的外鄉漢子，他是這條金牛河上響噹噹的一把篙。

二、牛漢國

牛漢國高高的個頭，嘴角有點往上翹，顯示出性格的倔強與果斷，兩眼炯炯有神，似乎能夠一眼就看到人的心裏，堅挺的鼻樑、黝黑的皮膚，都顯示出他獨特的性格。他站在頭排上，有力的兩手握緊了竹篙，狠狠接連猛地撐了幾篙後，他又將竹篙對準山崖壁上撐去，以免竹排撞上石壁，他對二排上的小張吼道：「撐起來！撐起來！」

在湍急河流中，衝向崖壁的竹排，避開了被撞碎的危險，前後相連的五個竹排斗，順流向下游轟隆隆而去。

就要到金牛鎮了，這裏的水勢比較平穩了，已經望得見那石牯的身影了。牛漢國的濃眉舒展了，他鬆了口氣，對矮墩墩的小張說：「小張，你到前頭來。」

牛漢國讓小張在頭排上撐著，自己點起一支煙，叼在嘴角，蹲在竹排邊上，褪下褲子，露出白亮亮的屁股解起大手來，引來一些魚兒在竹排邊上追逐吞食。

從這兒到金牛鎮只有大約十五分鐘的水路了，牛漢國準備到金牛鎮後，在小飯鋪裏，弄幾個菜、喝幾口酒。他悠開地在行走得比較平穩的竹排邊解手，一邊抽著煙，一邊嘴裏哼著經他改編過的〈三大紀律 八項注意〉的歌曲：「革命軍人個個要老婆，革命成功每人來幾個……」這歌聲在蒼翠的山崖間回響，在清澈的水面上迴蕩，驚起了水邊幾隻覓食的白色鳥兒，撲棱棱地拍翅飛起，在河兩岸翠綠筆立山崖的一條藍天裏，劃出了一道優美的白色弧線·

牛漢國參加過抗美援朝戰爭，在戰場上他是志願軍的偵察連長。他曾經率領一個尖刀班戰士，深入敵後出生入死抓住一個敵方的舌頭，為志願軍入朝後的第二次戰役的戰略部署，提供了第一手的情報，因此他獲得軍部的嘉獎，獎品是一隻舊的勞力士手錶。偵察連的戰士大多膽大心細，但是又大多不拘小節。他們私下裏改編革命歌曲，他們弄來酒躲在房間裏狂飲。一次，牛漢國駕駛著剛繳獲來的美國吉普車兜風，因為車速過

快，被志願軍交通監督攔住。喝了點兒酒的牛漢國惱羞成怒，竟將這交通監督一把拖進吉普車，風馳電掣猛地開出了五公里多，一直開到十分荒涼冷落的地方，才將他攆下車，讓他自己走著回去，以致於這交通監督後來看見他開車，再也不敢管了。

抗美援朝戰爭後，牛漢國與許多戰士被派遣到北大荒，辦軍墾農場。記得當時王震司令員歡送他們時熱情洋溢地說：「同志們，你們是我們國家的精英，黨將最重要的工作交給了你們，你們決不能辜負黨對你們的期望。北大荒是一塊流油的土地，你們是去捧金飯碗的！」這是一個激情的年代，有許多激情洋溢的話語，任何一種激情的話語都會激起情感的波瀾。牛漢國被指派當了北大荒一個軍墾農場的場長，率領著這些從戰場上下來的老兵們戰天鬥地。在大躍進的浮誇風中，趕超英美大放「衛星」，農場的指導員虛報畝產，雖然當時牛漢國極力反對，但是不能阻止這種全國上下頭腦發昏的舉動，終於釀成了公糧上繳之後農場口糧的危機，以致於到春上農場數百位老戰士饑腸轆轆，面臨著被餓死的威脅。牛漢國愁眉不展，他看著這些在槍林彈雨中一起走過來的戰士們忍饑挨餓，他斟酌再三決定打開種子倉，先活命要緊，他將種子分給了戰士們吃，因此而犯了大錯，被關了禁閉。在被關禁閉的兩個月裏，每天只給他三兩米的稀飯，餓得這個一米八的大漢頭昏眼花。看守從心底裏感激他救了許多瀕臨餓死的戰士，有時偷偷地塞一個饅頭給他。被放出來後，牛漢國將他在朝鮮戰場得到的獎品——那隻勞力士手錶，送給了看守。後來，王震司令員親自

來農場處理牛漢國的問題，大躍進的浮躁已經受到了批評，牛漢國被無罪釋放，他離開了農場，回到了自己江蘇老家。文化革命中，又有人提起了這件事情，他受到了審查與批鬥，他流落到此地，開始了他的放排生涯。他練就了一身嫻熟的放排技巧，再險的河灘、再惡的水道，他都能夠順順當當地通過，他成了這條河道上響噹噹的一把篙。他的豁達大度、他的講義氣、有人情，使他成為這條水道上頗有名望的排工頭。

　　牛漢國用河裏的水抹了抹屁眼，慢悠悠地繫上了褲子，將背著的一個軍用水壺打開，喝了兩口灌在壺中的白酒，疲憊中感到渾身舒坦，他不禁想起今天中午到金牛鎮的小飯館炒幾個什麼菜，想起了小飯館老闆娘那楚楚動人的笑容和白皙的臉盤。他回頭瞭望望後面麻大哥撐的那掛排正過了那個險灘，悠然地往下游而來，牛漢國對在排頭撐著的小張說：「小張，快撐幾篙，老子肚子餓了。」

三、麻大哥

　　聽見前面牛漢國在竹排上唱著「革命軍人個個要老婆」的歌，後面一掛竹排上的麻大哥笑了，一張麻臉上的一粒粒麻子也綻開了，他也扯開了嗓門吼起了小調：「鴨嘴沒有雞嘴圓，雞嘴沒有妹嘴甜；八月十五親個嘴，九月重陽還在甜……」

後排上的小孫情不自禁地咧開嘴笑了，年輕的他雙手橫篙，氣沉丹田，憋足了氣打了個「嘔荷」，這聲音就在這山水間繚繞、回蕩。山裏人在山裏做事，山深林密，深淺難測，常常以打「嘔荷」向人打招呼。

麻大哥本名丁永泉，湖北人，因為小時候出天花，落下了一臉的麻點，使他原本並不醜陋的臉盤坑坑窪窪的，他有時對著一面小圓鏡照著自己，心裏暗暗嘀咕，責怪他父母沒有細心地照料好小時侯的他，以致於給他臉上留下了終生遺憾。這一臉麻子，使人們往往忘卻了他的本名，麻大哥的稱呼顯得十分自然親切，甚至有人以為他本來就姓麻，用山村人帶有敬意的「老」字打頭，稱他為老麻，他也只能含含糊糊地答應了。人們常常有這種說法：「天上九頭鳥，地上湖北佬。」這大概是說湖北人的精明，這種將一個地方的人一網打盡的貶義說法極不可取，但是用在麻大哥身上倒也差不多。麻大哥自小在湖北農村長大，雖然父母都是本分老實的泥腿子，但是在麻大哥身上總有著一種精明不滿現狀的個性，他看透了一輩子在泥地裏勞作不會有出息，他總盤算著如何弄錢，如何離開窮困的農村。大概是他的麻臉使他從小就常常處於被人忽視、甚至受人歧視的境地，就養成了他的敏於觀察、善於思考的特點，他對於美麗與醜陋有著十分敏銳的判斷，村上誰家的女子長得漂亮，哪個部位長得如何，他都能一板一眼地道來。鄉間哪個婆娘長得醜陋，他也會條分縷析地說出，他甚至還給村裏的幾個醜婆娘一一取了個諢名，村長的婆娘眉角上有個銅錢大的疤，

他給安上了個「羅漢錢」的諢名；村支書的媳婦沒有胸脯，他給取了個「機耕道」的外號；村小體育課女老師的門牙長得突出，他給送上個「推土機」的諢名；雜貨店的老闆娘的一對乳房過於肥大，他給弄了個「威虎山」的外號。這些稱謂傳到這些女人的耳朵裏，她們一個個恨得咬牙切齒，又口說無憑抓不到他的把柄，奈何不了他。

　　那年麻大哥離開家鄉有他的無奈。他對村長的女兒小靈有了好感，因為村長的關系，小靈中學畢業回鄉後根本沒有下過一天農田，在大隊部的小賣部站櫃臺。麻大哥常常去那兒買香煙，在那兒與小靈聊天，麻大哥雖然臉醜、眼睛小，嘴卻甜，小賣部沒有顧客的時候，小靈一個人也怪寂寞，有甜甜嘴皮子的麻大哥與她聊天她也不反對，一來二去的他們倆居然好上了，他們倆就偷偷地在月下的祠堂後約會。後來就傳到村長的耳朵裏，他反對女兒與麻大哥的交往，村長的婆娘「羅漢錢」還找到麻大哥，當面威脅說如果他再去找小靈，她會找人打斷他的腿，麻大哥仍然偷偷地與小靈約會，只不過更隱蔽罷了。一天在祠堂後的草堆旁，小靈流著眼淚流說她的父母堅決反對，咱們還是分手吧，露出一種悲哀與無奈，她告訴麻大哥在他們分手前，她決定把她的身體給他。就在那月下的草堆上，麻大哥與小靈是流著淚完成了他們倆第一次的皮肉接觸，這也成為他們倆最後的約會。與小靈在祠堂前告別後，小靈去了小賣部值班，麻大哥越想越氣，他想去找村長當面理論。來到村長家，村長不在，只有村長的婆娘「羅漢錢」一個人在廚房裏

洗碗。看到麻大哥，「羅漢錢」的臉拉得老長老長，話語帶著侮辱的口氣，說你也不拉泡尿照照自己的臉，癩蛤蟆想吃天鵝肉，你再來找咱們家小靈，看我不撕破你這張麻臉，這使本來就怒氣沖沖的麻大哥義憤填膺，他順手就操起廚房裏的一把菜刀，那婆娘一見舉起的菜刀張嘴就要叫喊，卻猛然間暈了過去，惡向膽上生的麻大哥居然放下菜刀，就將這婆娘姦污了。然後，他就匆匆地離開了故鄉，四處流浪，後來就到了這地方撐起排來。

望著前面就到了的金牛鎮，麻大哥輕鬆地點起一支煙，深深地吸了一口，朝天吐出了一個煙圈，並向後面一掛排上的大老李打了個「嘔荷」，讓他們的排趕上前來。

四、大老李

大老李回了一聲「嘔荷」，將竹篙緊撐了幾篙，竹排便風馳電掣般地順流而下。

大老李本名李岳峰，因為在排工中年歲較長、個頭又高，就被人稱為大老李了。大老李原來在江蘇鹽城老家小鎮上開一個雜貨店，賣牙刷、牙膏、火柴、肥皂、電池等日用品，妻子守店賣貨，大老李進貨，由於他精明會算計，雜貨店的生意一直不錯。春上就賣雨衣雨傘，夏天就賣冷飲汗衫，秋季就賣風

衣外套，冬天就賣圍脖手套，春節前賣鞭炮焰火，中秋節前賣月餅花生，他還常常到南京、上海等大城市去進貨，雜貨店常常花樣翻新，成為遠近不少顧客常常喜歡光顧的地方。

　　文化大革命爆發，大老李成為鎮上批鬥的主要對象，一是因為他家的成分是地主，二是說他開雜貨店走資本主義道路。揭發出來的材料說他的父親是在土改時期被鎮壓的惡霸地主，因為抗拒土地改革而被鎮壓。文革開始以後，在鎮上的批鬥會上，大老李成為地富反壞右的代表，他常常成為批鬥走資派的陪鬥對象，造反派揪批鎮長時他陪鬥，造反派揪批鎮婦女主任時也拿他陪鬥，以致於他一見到紅色就犯怵，一聽到口號聲就心慌。雜貨店被造反派封了，斷了家裏生活的來源，大老李原本高大的個頭變得佝僂了，在鎮上他變得直不起腰來了，他向一切人點頭哈腰阿諛奉承。他被勒令打掃鎮上的街道，每天清晨，他的身影便出現在青石板鋪就的街道上，高高的個頭、長長的掃帚成為鎮上街景之一，如果街道上有任何地方沒有打掃乾淨，他就會挨造反派的拳打腳踢，甚至連鎮上造反派頭目上小學的兒子小狗子，走過他身邊也唾他一臉唾沫、踢他一腳，真是「老子革命兒好漢，老子反動兒混蛋」嗎？他表面上唯唯諾諾，心裏卻恨得咬牙切齒，恨不得衝上去掐死這孩子。

　　那天，鎮上批鬥地富反壞右份子，站在臺上，大老李的個頭最高，雖然低著頭，戴著高帽子，在臺上仍然像半截鐵塔似的。那造反派頭目喝令他把頭低下去，他回了一句說頭已經這麼低了。那造反派的頭目上來就扇了他兩個耳光，還踹了他兩腳，倒在地上的他額頭碰出了血，造反派的頭目才停了手。

俗話說：「佛爭一爐香，人爭一口氣。」回到家裏，躺在床上，渾身酸痛的他咬牙切齒，瞪著眼睛抬頭望著屋頂，心裏暗暗想著報復的計劃。他的婆娘見他半天不吭聲，勸說道：「忍忍吧，咱們成分不好，有什麼辦法呢。」他依然不言語。

　　第二天，大老李仍然早早起床打掃街道，額頭上包著紗布，渾身還是酸痛，他一如既往地向人們低頭哈腰唯唯諾諾，他的腰似乎更彎了。

　　過了幾天，鎮上造反派頭目的兒子小狗子突然失蹤了，造反派到處搜尋，半個人影也沒有找到。造反派的頭目幾乎急瘋了，出高價懸賞知情者，高音喇叭在鎮上時刻喊叫，過了一個多星期，卻仍然杳無音訊，只有鎮上的一個孩子提供了一個線索，說是被一個高個子的男子帶走的，卻並沒有具體的消息。

　　過了幾天，鎮上傳出了一個消息，每天在鎮上打掃街道的大老李投河自盡了，他的一雙四十三碼的球鞋留在了臨潭的懸崖邊，他給他的婆娘留了一份遺書，告訴他的婆娘他不想再活在人世了，他是罪該萬死罪有應得，他是用自己的死贖罪的。他的婆娘哭得昏天黑地，弄得幾個鄰居都陪著她落淚。

　　其實，大老李是金蟬脫殼，他忍受不了被批鬥受歧視的境遇，他逃走了，為了免得連累家裏，也免得造反派派人追尋，他構想了這個奇妙的行動。

　　大老李東躲西藏，來到這個偏僻山區，幹起了上山伐木下河撐排的活計。

竹排已過了金牛石，前面就是金牛鎮了，望得見金牛鎮那座簡易木橋了，大老李已經看見金牛鎮的石板路上人們的身影了，那個穿著的卡制服的青年好像是下放知青吧。

五、宋海清

午後，宋海清從田裏耘禾回來，洗淨了泥腳，套上一件藏青色的卡中山裝，去金牛鎮上的鐵匠鋪，拿家裏寄來的包裹。小宋中等身材，一頭烏黑的頭髮，挺直的鼻樑，有一雙金牛河一樣明亮的眸子。

小宋從上海來這裏插隊已經第二年了，十九歲的他已經基本習慣了這裏的生活，日出而作，日落而息，唯有不習慣的是吃飯常常沒有菜。集體戶一共有六個知青，生產隊分了一塊自留地，最初他們還一起認認真真地種了幾個月的菜，後來就三天打魚兩天曬網了。宋海清是其中種菜最積極的一個，種菜苗、鋤草、澆糞尿，但是天長日久往往只是他一個人在菜園裏忙碌，種出的菜卻是六個人吃，他的心也漸漸涼了。因此，集體戶的知青們就常常讓家裏寄些鹹魚鹹肉之類的包裹，以打發每天的吃菜問題，但是也常常吃了上頓沒下頓的。生產隊沒有信箱，知青們的信大多是寄到大隊部，小宋就將信的地址寫到了鎮上的鐵匠鋪，鐵匠鋪的鋪主老況待人和氣，他的兩個

女兒十分漂亮，這大概也是小宋喜歡將信寄到鐵匠鋪的原因之一吧，他可以藉此常常與鐵匠的這兩個雙胞胎女兒聊聊。剛來的時候，小宋很久也分不清這老大婷婷與老二梅梅，現在他可以憑他的感覺分辨出來：婷婷穩重一些，梅梅活潑一些；婷婷的眉角一顆小黑痣，稍不注意看不到；梅梅的右手有一小塊褐色的斑，是從娘胎裏就帶來的。小宋文靜幽默，婷婷和梅梅也喜歡與他聊天，常常問他一些有關城市裏的問題：諸如城市裏人穿什麼衣服，城市人吃什麼東西，城裏人不種糧食吃什麼等等，常常令小宋暗暗好笑。有一次梅梅還問小宋，他的父母是否給他找了堂客，因為村裏的伢崽到了十八歲家裏就會給他們找堂客了，有時甚至更小就有了童養媳，這倒問得小宋紅起臉來了，他一口否定了此事。

　　小宋沿著機耕道往金牛鎮走去，一路與正在田裏耘禾的老表們打招呼。老表們有的也與他開玩笑，問他穿得這麼齊整可是去相親？他笑了笑，擺了擺手，又往前走。

　　走上金牛鎮的石板路，小宋覺得似乎走在了上海的淮海路，有幾分輕鬆閒適之感。走過金牛鎮的小飯鋪，見有幾個排工正嘻嘻哈哈地走了進去，女老闆姜阿翠滿臉堆笑地迎了他們進去。小宋與集體戶的知青們有時也到這小飯鋪吃頓飯喝杯酒打打牙祭，與姜阿翠也熟了，見到小宋，她一邊忙不迭地迎接著那幾個排工，一邊還熱情地與小宋打招呼：「來喫飯吧？今天有新鮮魚。」小宋搖了搖手，表示不吃。他又往前，到了鐵匠鋪。鐵匠況仁山正在打鐵，婷婷在鐵匠爐旁將風箱拉得呼呼

響，那紅紅的火苗竄得老高，梅梅擎著把大鐵錘，在父親手中小鐵錘的指點下，準確地一錘錘地錘打著那塊燒得通紅的鐵塊，一會兒就打成了一把排斧的模樣。見到小宋，況仁山對他點了下頭，說：「來啦？」算是打了個招呼。並對婷婷努了努嘴，示意將寄來的包裹拿給小宋。

小宋望著梅梅打鐵的身姿，覺得有一種特別的美感，她那身體嫵媚的線條，與她打鐵時掄起鐵錘砸下去時的虎虎生風，似乎是陰柔與陽剛的完美結合，使他想到那剽悍的金錢豹的飛速跑動，想到那靈活的海獺遊動的姿態，他竟然看呆了，直到婷婷用手裏的包裹碰了碰他，他才回過神來。他將包裹順手放在桌上，要求況仁山讓他錘幾下試試。梅梅笑嘻嘻地將錘子交給了他，他學著梅梅的樣子掄起了錘子，卻怎麼也錘不準，有好幾錘砸空了，有幾錘並未錘準況鐵匠指點的地方，有一錘甚至連鐵砧也沒有碰到，差一點砸到了自己的襠裏，引得梅梅哈哈大笑。

小宋無奈地放下了鐵錘，苦笑著說：「不行，不行！還是你來。」他將包裹打開，問婷婷要了把刀，從寄來的鹹肉上割下了一塊，遞給婷婷，婷婷一個勁地往後退，表示不願意接受。小宋只有對況仁山說：「大叔，一點點，讓你們嚐嚐。」況仁山對婷婷點了點頭，婷婷這才接了，然後給小宋倒了杯大麥茶。

門口走進一個人來，黑黑的，一臉的麻子。他從腰帶上取下一把排斧，對況仁山說：「老闆，這斧子沒有鋼火了，給拾掇一下吧。」

況仁山停下手中的活，接過斧子看了看，說：「沒得問題，您等一下，我就給您整。」

　　麻大哥打量著這小小的鐵匠鋪，順便就坐在門口的條凳上。瞇著小眼睛，笑嘻嘻地對況仁山說：「老闆，你好福氣呀！有兩個這麼漂亮的女兒，但是讓她們打鐵不是糟蹋了這兩朵花嗎？」

　　況仁山沒有停止手裏的活，苦笑了一下，說：「鐵匠家的孩子，不打鐵幹什麼呀？」

　　「可幹的事多著呢！這麼漂亮的姑娘做什麼事都行！」麻大哥瞇著眼睛，臉上露出一種淫邪的表情。

　　婷婷也給麻大哥遞上了一杯大麥茶，麻大哥接過茶放在桌上，順手又抓住了婷婷的雙手，說：「讓你大哥看看，這妞長得多水靈呀！」他順手又在婷婷高聳的胸脯上摸了一把。

　　婷婷一驚，猛然往後一退，臉漲得彤紅，怒不可遏，想說什麼又氣得什麼都說不出來，眼睛裏慢慢地淌出淚來，對麻大哥怒目而視。

　　由於婷婷是背對著正在打鐵的父親和妹妹，況仁山抬頭望瞭望這邊，他只看到麻大哥嬉皮笑臉的一張麻臉，卻沒有看到婷婷的淚眼。小宋面對著麻大哥而坐，麻大哥的一舉一動他都看在眼裏。見到婷婷流淚，小宋猛地從桌子邊站了起來，用手指著麻大哥憤憤地說：「你給她賠禮道歉！」

　　麻大哥依然嬉皮笑臉地說：「開個玩笑嘛，何必當真呢？」

　　小宋仍然固執地用手指著麻大哥，語氣不容置疑地說：「你必須給她賠禮道歉！」

　　麻大哥臉色變了，也指著小宋問：「你是什麼屌人？要你在這裏指手畫腳幹嘛？」

　　小宋走上前去，一把拽住了麻大哥胸口的衣襟，說：「你別管我是什麼人，你必須賠禮道歉！」

　　麻大哥伸手就用力推了一把，小宋沒有防備，被推了一個趔趄，險些摔倒。小宋站穩腳跟後，向麻大哥走了幾步，冷冷地說：「好，你先打人！」

　　「打你怎麼樣？小兔崽子，多管閒事！」麻大哥臉上露出一種譏諷的表情。

　　小宋冷不防地揮手，給了麻大哥這張麻臉一個響亮的耳光，麻大哥正要動手打小宋，況仁山已經放下手裏的活，站在麻大哥與小宋中間了。「都別動手，有什麼話好說。」況仁山說。

　　小宋憤然地指著麻大哥說：「他欺負婷婷，不賠禮，還先動手打我。」

　　況仁山這才注意到婷婷的淚眼，他轉過身對著麻大哥，壓住火氣問：「他說得對不對？」

　　麻大哥用一隻手捂住被小宋打紅的臉，一隻拳頭高高舉起，惡狠狠地對著小宋說：「他胡說，我揍……」

　　麻大哥的話還沒說完，一隻拳頭就被況仁山緊緊握住了，與鐵塊打了多年交道的鐵匠況仁山的臂力驚人，麻大哥一點也動彈不了。

　　況仁山問女兒婷婷：「小宋說的對不對？」

淚眼婆娑的婷婷點了點頭。況仁山就對麻大哥說：「你給她賠禮道歉！」語氣雖然是淡淡的、冷冷的，但卻加大了握住麻大哥手的力量，麻大哥趕緊用另外一隻手來幫忙，想掙脫鐵匠的手。況鐵匠的手就如一隻鐵鉗，緊緊地鉗住了麻大哥的手，使他一點也動彈不得，況仁山加大了手裏的力量，麻大哥發出了「啊喲，啊喲」叫疼的聲音。隔壁的姜阿翠就聽到這奇怪的叫聲，不禁皺了皺眉。

六、姜阿翠

　　姜阿翠笑容可掬地迎進了牛漢國等人，忙不迭地招呼他們坐下，順手麻利地用抹布抹清了他們面前的桌子，篩上幾杯新茶來。

　　牛漢國解下身上的腰帶、斧子，放在一邊，喝了一口茶，笑著對姜阿翠說：「老闆娘，有什麼好菜，盡管端來，我們餓了。」

　　姜阿翠轉身從廚房裏提出一掛鱧魚來，舉起來給牛漢國看，說：「牛大哥，你看，這是今天剛買的新鮮魚。」順手將落到眉前的一縷秀髮捋向耳後。

　　牛漢國點點頭，說：「要得，就它了！快點！」一邊又喝起茶來。

　　小飯鋪臨街，僅僅一個門面，兩張杉木做成的桌子，幾條板凳。板牆正中貼著一張毛主席的畫像，兩邊的牆上還有毛主席接見紅衛兵、毛主席去安源的宣傳畫。小飯鋪顯得乾淨溫馨，走進飯鋪，就好像回到了家裏一樣。牛漢國他們常常放排到了金牛鎮就會到這小飯鋪吃飯、喝酒。

　　姜阿翠開這小飯鋪已經有三年了，原先當生產隊隊長的丈夫留根在世的時候，她幾乎不出工，只是拾掇好家裏，種種自留地。五年前他的丈夫留根在用炸藥炸魚時，不幸失手被炸死，留下一個一歲的兒子和二十五歲的姜阿翠，阿翠哭得死去活來，隊裏的鄉親們也十分難過，因為留根是為了在春耕時節讓隊裏的人們有點兒葷腥吃，才去炸魚的。炸魚這事，看起來簡單，做起來卻難，非得十分小心才是。將炸藥小心翼翼地填裝入一容器裏，壓緊，然後插入雷管與導火索，導火索不能太長，點燃炸藥拋下河後，導火索在潭裏「嘶嘶嘶」地冒火，魚以為有什麼可吃的，紛紛游來，導火索太長了，游近的魚就知道上當了，紛紛游開去，炸藥就失去了威力，導火索必須長短適當，當魚紛紛游近時，就猛然爆炸，這才奏效，導火索一般以一寸為宜，這就給點炸藥的增加了難度，必須在一瞬間將手中點燃的炸藥拋出手。每年春耕時節生產隊都會炸一次魚、殺一頭豬，每次炸魚都是留根裝炸藥點炸藥，每次都能炸幾十斤魚，每家每戶都可以分到幾斤。誰知那次炸魚，留根失了手，將自己的一條命賠了進去。

留根死去後，二十五歲的阿翠獨自拉扯著兒子。寡婦門前是非多，她年輕漂亮，皮膚白皙，就有些男人常常在她的屋前屋後轉悠，甚至故意到她的堂屋裏討一杯水喝。也就有人要她再尋一個婆家，她卻始終未同意。為了生活，最初她和男人們一樣下田栽禾、上山砍柴，雖然母子倆勉強可以維持，但是日子總是結結巴巴地過。大隊的黃書記倒十分關心她，勸她將臨街的板屋開個小飯鋪。先頭她還有些膽怯，後來黃書記支持她，她就果真開了個小飯鋪，她的手巧，做的菜又好，人又和氣，漸漸地上她的飯鋪裏吃飯的人就多了起來。大隊裏開會或者有客人來，黃書記也總安排到這小飯鋪裏用餐。轉眼留根死去已經五年了，姜阿翠依然沒有嫁人，小飯鋪的生意倒還不賴，母子倆的生活倒比以前寬鬆舒適了許多。凡是有來飯鋪檢查的，或有人要刁難她的，黃書記都給擋了。有人就有風言風語，說姜阿翠與黃書記有一腿，也沒有人敢當面說，只是在背後傳。

　　姜阿翠給牛漢國等斟上了幾杯酒，擺上筷子，就將紅燒的魚端上了桌，轉身又進廚房炒蛋、炒蔬菜，就聽到隔壁的鐵匠鋪吵鬧的聲音。牛漢國聽出了是麻大哥湖北佬的口音。就離開了桌子，與小張、小孫往鐵匠鋪走去。

　　牛漢國一到鐵匠鋪門口，就見況鐵匠緊緊地抓住麻大哥的手，麻大哥使勁地想抽出手來，麻臉憋得通紅。鐵匠的雙胞胎女兒，一個站在一邊淚眼汪汪，一個在鐵砧旁怒氣沖沖地望著，還有一個年輕小伙子站在一旁一副氣嘟嘟的模樣。牛漢國

就問麻大哥：「你幹了什麼屌事？讓人家況鐵匠發這麼大的脾氣？」

小宋就在一邊一五一十地將事情經過對牛漢國說了一遍，牛漢國也怒氣沖沖地對麻大哥說：「你這麻子，賊心不改，還不認錯，你再不認錯，馬上給我捲鋪蓋滾蛋，我再也不要你這惹事生非的麻子了！」

麻大哥這才低著頭輕輕地說了句：「況鐵匠，對不起了。」鐵匠這才鬆了手，麻大哥的手已經被握出了幾道紅印子。

牛漢國拍拍小宋的肩膀、拉住況鐵匠的手說：「走，一起去喝酒，我老牛給你們賠禮，是我沒有管教好這麻子。」況鐵匠不願去，老牛硬拽著他進了隔壁的小飯鋪，也將小宋拉了進去。麻大哥也垂著腦袋忐忑地跟進了飯鋪。

小宋端起了酒杯，牛漢國知道小宋是知識青年，就問小宋住哪兒，小宋回答在況家祠堂。

七、況家祠堂

小宋今天大概酒喝多了，覺得有些暈乎乎的。牛漢國有酒量，喝了足足有六兩燒酒，也有些醉醺醺的，硬拉住姜阿翠喝酒，她被勸得沒辦法，也喝了幾酒盅，臉就像綻開的桃花一般，紅彤彤的，更增加了幾分姿色。麻大哥也喝了不少酒，麻臉通紅，一個勁地給況鐵匠敬酒賠禮，還摟著小宋的肩膀套近乎，小宋倒有些不太好意思了，因為剛才究竟扇了他一耳光。

知道小宋是上海知青，牛漢國的話似乎多了起來，還與小宋攀老鄉，說他也有親戚在上海。酒喝完了，牛漢國與小宋就好像很熟了，說要到小宋住的地方去看看，就叫小張、小孫將喝醉酒的麻大哥送回他們的住處去，他就與小宋兩人一前一後、一腳高一腳低的往小宋他們知青的住處而去。

　　小宋他們住在況家祠堂，祠堂青磚青瓦，背靠青山面對金牛河。這地方的人大多姓況，聽說是《十五貫》中況鐘的後裔，歷史上五百多年前的況鐘曾任蘇州知府，以抑制豪強嚴懲貪官污吏而聞名於世。而今，況鐘的後人有出息的卻不多，大多在家務農沒有走出金牛嶺。況家祠堂原來住著姓況的一家祖孫三代四口人，主人況仁海五十歲了，有兩個兒子，一個老娘，與妻子離異，前妻逢年過節必來看望兒子，來了也常常在此住幾天，雖然離了婚，況仁海卻對前妻像親戚一般。知青來了後生產隊就將祠堂裏的四間後廂房給了六個男知青住，三間做了臥室，一間為廚房。四間前廂房仍然由況家住著。推開祠堂兩扇厚重的木門，走進祠堂的大廳十分陰涼。牛漢國順勢就在大廳中方桌前的凳子上坐了下來，從短褲的鬆緊帶上抽出一張十元人民幣，讓小宋到不遠的大隊小賣部去買煙、買啤酒，他請知青們抽煙喝酒。小宋將牛漢國介紹給知青小袁、小劉、小秦、小馬、小梅，就出去買煙買酒了。等小宋買來後，就看到牛漢國正跟知青們七嘴八舌聊得熱鬧，老牛就將啤酒瓶打開、香煙拆開，讓知青們喝酒抽煙。老牛對知青們說：「我給你們說段書，怎樣？」

戴眼鏡的小劉有些不相信地說：「你會說書？說什麼書呀？」

牛漢國說：「你不信？說《三國》，說《水滸》，都是我的拿手。那年我出門在路上被扒手偷了錢包，連吃飯的錢都沒有，更別說車票錢了。我就下火車到一個村子裏給村民們說書，講好來聽的每人交一枚雞蛋。一連說了三天，就用那些雞蛋換成了我的車票錢，這才繼續趕路，村民們不肯放我走，拉著要我繼續說下去呢！」

「開講，開講！」知青們好像等不及了。

「說什麼呢？」牛漢國似乎在賣關子，「就說《三國》中第六十六回〈關雲長單刀赴會 伏皇后為國捐生〉吧！」

在知青們的鼓掌聲中，牛漢國用手掌在桌上一拍，煞有介事地開了講：「話說孫權要索取荊州。謀士張昭獻計說：『劉備所倚仗者，諸葛亮耳。其兄諸葛瑾今任職於東吳，何不將他老小拿下，使諸葛瑾入川告其弟諸葛亮，令勸劉備交割荊州：如其不還，必累及我老小。諸葛亮念及同胞之情，必然應允。』孫權說：『諸葛瑾乃誠實君子，安忍拘其老小？』張昭說：『明白地告訴他是計策，他自然放心。』孫權就聽從了，召諸葛瑾老老小小，都監禁在府中；一面修書，打發諸葛瑾往西川而去。」

…………

牛漢國果然能講，將關雲長單刀赴會的豪氣，將諸葛亮的足智多謀，都說得分外生動，知青們聽得一個個聚精會神目

瞪口呆。牛漢國講到關鍵處，故意賣一個關子：「要知後事如何，請聽下回分解。」這是說書人慣用的技巧，任是小劉、小馬纏著他說，他也只是擺擺手，不再說下去了。

牛漢國到廚房的水缸裏用葫蘆瓢舀了瓢水喝，就見廚房裏亂七八糟的，桌上的碗沒有洗，一個個倒扣著，準備晚飯時就這樣用了，鍋子也沒有洗，灶臺上黑乎乎的，灶臺後只有一小堆木柴。

牛漢國用手抹了下剛飲了水的嘴，向知青們道別，走出大門，他回過頭來對小宋說：「我見你們沒有柴，明天你跟我去吧，河灘那兒柴多著呢，弄點下來。」

八、河灘晨霧

清晨，金牛嶺籠罩在淡淡的霧靄裏，那山腰上的霧如腰帶似白鍊，使俊俏的金牛嶺更加神奇迷離。金牛河上也漾著一層層白霧，在晨風的吹拂中緩慢地飄動，飄到山林中的樹上、草上，飄到晨鳥的翅膀上，使晨鳥的叫聲顯得十分濕潤婉轉、柔美動聽。昨天，小宋和牛漢國他們一起走了二十多里山路，來到這大山裏，在這片河灘上，牛漢國他們一起搭起了兩個竹棚，樑柱、床鋪都是用毛竹做的，還將毛竹截成三米長的竹筒，再一剖為二，打掉毛竹中的關節，一上一下地搭成瓦，沒過多久，兩間小巧玲瓏的竹棚竹屋就立在河灘上了。

　　小宋在小竹棚裏從夢中醒來，見牛漢國早已起來了，嘴角叼著根煙，正用排斧在剖麻，地上已經剖成了不小的一堆。放排人說的麻是用毛竹剖成的——用斧子將毛竹撕成六七分寬的竹片，將竹片的竹黃剖去，剩下兩分厚的篾青，用它來紮竹排木排，紮的時候必須將篾片用勁扭成繩索般，一篾拽千斤，竹排木排就靠這麻來紮成。黃狗旺旺正蹲在河灘邊，看著牛漢國剖麻。黃狗旺旺是牛漢國拾來的，那天牛漢國看到路邊有一隻小狗奄奄一息，便將它抱回住處，用米湯餵養它，這小狗漸漸恢復了元氣。牛漢國給小狗起了個「旺旺」的名字，既順口又叫得響。黃狗旺旺便成為排工隊伍中的一員。

　　小張正在河灘上架起鼎鍋煮早飯，以三塊石頭疊起的爐灶，以剖下的毛竹黃作柴，炊煙在清晨的河灘上繚繞。麻大哥和小孫正在往河灘上下毛竹，為紮竹排做準備。小宋用一個毛竹筒作茶缸，匆匆以河水刷了牙，又洗了臉，就去幫助他們一起下毛竹。

　　小宋走到一堆毛竹前，就聽到麻大哥問小孫：「昨天晚上你小子畫了地圖了吧？」

　　小孫反擊說：「你麻大哥才會畫地圖呢！瞧瞧你的那床被子吧，不像世界地圖，也是中國地圖了！」

　　麻大哥說：「昨天晚上，你小子睡在我腳後跟，半夜我把腿伸進你的被窩，你小子那根棒槌石骨鐵硬的，差一點把我的腳後跟戳一個窟窿。」

　　小孫有點不滿地說：「你麻大哥講話，總離不開肚臍眼以下的下三路。什麼時候你也說點兒正經話好不好？」

小宋這才悟出他們倆剛才在說的是什麼。他沒有參加他們的對話，只是努力將一根根毛竹往用毛竹做成的滑道上放，讓毛竹滑向河灘。

　　一聲驚叫，是小張，不知出了什麼事。只見旺旺飛快地跳了過來，衝上去就咬，原來是一條蛇，那蛇伸出蛇信，與旺旺對峙著。牛漢國幾步就躍到小張處，以手中的排斧使勁砸去，排斧不偏不倚正砸在它的頭部，旺旺跳上去狠狠咬了兩口，叼起被砸死的蛇來到牛漢國身邊，牛漢國親熱地摸了摸旺旺的頭。小張的頭上冒出了幾顆冷汗，那蛇居然爬到了小張的那罐鹹菜邊上，大概是聞到了鹹菜的香味。

　　鼎鍋裏的稀飯滾了，冒著熱氣，鼎鍋下的火依然很旺。小張將鼎鍋下的火抽出少許，用微火熬粥。

　　在山裏遇到蛇是經常的事情，無論在路上、在樹上，常常會看到各種各樣蛇的身影，只要你不踩著它、不打它，蛇大多也是與人相安無事的。當然，山裏人被毒蛇咬傷咬死的事情也常有。金牛鎮上就曾經有一對新婚夫婦，新婚晚上進入洞房，房間的土牆上爬著一條蛇，那熟睡中新郎的腿碰到了蛇，被咬了一口，是劇毒的七步倒，新郎當場斃命，新娘哭得死去活來，婚禮接著就是葬禮了。

　　牛漢國已經在河灘上開始紮排了，麻大哥在一旁幫襯著。麻大哥在別人跟前是一張老鴰嘴，到牛漢國跟前就沒了聲。小宋勤快地將一根根毛竹拋進用毛竹搭成的滑道，毛竹便滑向了河灘。小孫在河灘處將一根根滑道上的毛竹拖向紮排處，大老李正在紮第二個竹排。

「吃早飯了！」小張在那裏叫喚著。

大家都放下手裏的活，到河裏洗了洗手，走到鼎鍋邊上，端起小張用竹筒裝好的稀飯，就著鹹菜喝了起來。

牛漢國掏出了他的酒壺，就著鹹菜抿了幾口酒。他問小宋：「你們出來要向誰請假？」

「時間短向集體戶戶長說一聲，時間長了就得黃書記批准。」小宋回答道。

「哪個黃書記？」牛漢國喝了一口稀飯問。

「就是大隊支部書記，他是金牛鎮最有權的人了。」小宋拍死了叮在腿上的一隻花蚊子說。

九、黃書記

月兒升起來了，明晃晃的，如一隻烙餅，圓圓的，像一隻金盤，黃澄澄的，照在金牛河上，泛出粼粼波光，照在金牛鎮，為石板路上鍍了一層銀色，勾勒出金牛河上木橋簡潔的身影，勾勒出河畔古塔蒼老的剪影。

黃書記一踏上了金牛鎮的石板路，便掐滅了正在抽著的煙蒂，他是往姜阿翠家去的。

在金牛鎮，黃書記雖然個子不高，卻是個說一不二的人物，他站在金牛鎮上跺一下腳，整個金牛鎮也會抖三抖的，他

站在金牛鎮吼一聲，金牛鎮的人們也會震一震的。有人說他個頭不大心眼大，官位不大權力大。今天晚上，黃書記卻並不想在金牛鎮發威，他幾乎是躡手躡腳地走著，他是去會姜阿翠的，雖然他在金牛鎮是一個絕對權威，但他並不想讓他與姜阿翠的關係家喻戶曉。他正想著與姜阿翠聚會的情景，冷不防從小巷裏蹓出一個人影，差一點撞在他的身上，「要文鬥，不要武鬥」，慢條斯理的一聲，黃書記知道是金牛鎮上的瘋子，因遭批鬥而發瘋了的小學教師。「你這個瘋子！」黃書記恨恨地罵了一句，那瘋子扶了扶缺了一塊鏡片的眼鏡，呆呆地看了一眼黃書記，怯怯地退後了一小步，給黃書記讓了道，然後又幽靈般地搖晃在石板路上了，「要文鬥，不要武鬥，要文鬥，不要武鬥……」一聲聲如更夫打更一般回蕩在金牛鎮上。

在金牛鎮，黃書記是一位有見識的人，到部隊當過幾年兵，走南闖北使他長了不少見識，他讀過中學，在金牛鎮也算是有文化的了。他常常讀書看報，大隊部定了《人民日報》、《參考消息》，讀《人民日報》他只是讀一個標題，看《參考消息》他就認真閱讀了，這使他成為金牛鎮上的消息靈通人士，世界各地的新聞、全國各地的消息，金牛鎮的人們常常都是從他的嘴裏聽到的；中央的政策與動向、公社的決策與文件，也幾乎是通過他傳達到金牛鎮的。對於金牛鎮，黃書記應該說是一位有功之臣，在他的主持下，金牛鎮建立了一個水力發電站，利用金牛嶺上的山泉為動力，使金牛鎮上亮起了電燈。在他的主持下，金牛鎮上開辦了第一個完全小學，金牛鎮

的孩子們不必再爬山涉水走幾十里山路去讀書。在金牛鎮，黃書記就是政策、就是法律，誰如果惹惱了他、觸犯了他，那是會吃不了兜著走的；誰要是奉承了他、迎合了他，那是會有回報的。

黃書記踏著石階來到姜阿翠的後門，抬起手輕輕地敲了兩下門，停了一停，再敲一下，這是他與阿翠約定敲門的暗號。門「吱呀」一聲開了條縫，黃書記閃身進了屋。

「來了？」姜阿翠問了一句。

「來了，門口撞上那瘋子，嚇我一跳。」黃書記回答說。

阿翠捧上一碗茶。黃書記接過，往桌上一放，迫不及待地將阿翠攬進懷裏，捧著阿翠的臉就吻著。

阿翠推開他，笑著說：「瞧你，猴急得像剛從山上下來的土匪一樣。我看看孩子睡了沒有。」

「在縣裏開了幾天會，怪想你的。」黃書記摸了摸落腮鬍子，笑笑說。

「孩子睡了。」阿翠走出廂房說，臉上卻騰起一片紅暈。

黃書記從衣兜裏掏出一個銀製的手鐲，遞給阿翠。

「哪來的？」阿翠將銀手鐲戴上手腕，手鐲上有著一些精緻的花紋，更顯出她手腕的白皙嫩滑。

「在縣裏買的，大概是抄家的東西。」黃書記回答說。

黃書記將阿翠攬入懷中，一邊將滿臉的絡腮鬍在阿翠臉上磨蹭著，一邊就將手伸入阿翠的懷中，摸著阿翠兩個豐滿的乳房，將阿翠的兩個乳頭捏得堅挺。阿翠閉著眼睛，嘴裏發出哼哼嘰嘰的呻吟。覺得還不盡興的黃書記乾脆解開了阿翠的衣襟，兩個白皙的乳房就蹦了出來，黃書記貪婪地又是舔又是咬。

姜阿翠順勢倒在了床上，黃書記爬在了阿翠的身上，急切切地拉下了阿翠的褲子。姜阿翠順手關熄了燈，只聽到黃書記呼哧呼哧的喘氣聲。

月光探進頭來，床上滾動著一白一黑兩個肉體，窗外傳來姜瘋子的叫聲：「要文鬥，不要武鬥。要文鬥，不要武鬥……」

十、姜瘋子

姜瘋子本來是金牛鎮上最聰明的人之一，他的本名叫姜雄傑，他自小就喜歡讀書。他的父親是一位木匠，給金牛鎮的人們打傢俱、做棺材，當地將木匠叫做「博士」。木匠在當地也是吃千家飯的，常常被人請去打傢俱。姜雄傑自小父母離異，他就隨著做木匠的父親，父親大概是為了孩子沒有再娶。父親到別人家做活的時候，姜雄傑常常給父親打下手，遞把斧頭、磨磨刨刀、鑿鑿榫頭，他最喜歡將別人家的書翻出來看，久而久之，金牛鎮的人們都知道姜博士家裏有個蛀書蟲，就將一些書都拿來給他看。姜雄傑讀了許多古書：《三國演義》、《水滸傳》、《說唐》、《西遊記》、《拍案驚奇》、《聊齋志異》，他的思緒馳騁在書籍創造的境界裏。甚至連《紅樓夢》他都懵懵懂懂地讀了，對賈寶玉的豪門生活充滿了嚮往。

　　中學畢業後，姜雄傑考取了地方師範，他讀的書就更多了，金牛鎮的人們都叫他姜秀才，他衣著整潔、文質彬彬、知書識禮，成為金牛鎮家長們教育孩子的模範。金牛鎮完全小學成立的時候，姜雄傑正面臨畢業，黃書記特意去了師範學校，找到學校領導，要求將姜雄傑分配回金牛鎮，他便當上了金牛鎮完全小學的校長，成為金牛鎮上有頭有臉的人物，他寫的散文〈故鄉金牛鎮〉被刊載在省報上，這成為當地的新聞，人們紛紛傳閱這份報紙。

　　在金牛鎮上，吃公家飯是一種地位和身份，拿著購糧證去糧站買糧，每月有固定的工資，旱澇保收，無憂無慮。姜雄傑便成為金牛鎮上許多家庭意中的女婿，給他說媒的絡繹不絕。姜雄傑倒並沒有將此事放在心上，他想自己還年輕，學校剛剛開辦，婚姻的事情不必這麼急，因此對於來說媒的，他都支支吾吾。他正在創作一部長篇小說，以金牛鎮的歷史和現實為內容，雖然是初次嘗試寫作長篇小說，但是他卻充滿了自信。

　　金牛鎮完全小學創辦時，進了一些關係戶，大隊黃書記的女兒黃老師、大隊長的外孫女江老師，都是一些混飯吃的主，自己還是初中畢業，也不知道怎樣上課，就登上了講臺。作為校長的姜雄傑就感到十分為難，對於這些權勢者既得罪不起，又不能放任自流，他制定了一些規則，並自己親自給她們輔導，想讓她們的講課使學生有所獲益。這兩位女教師似乎有些爭風吃醋，當然都是為了他。端午節她們都會給他送粽子，中秋節則給他送月餅。大隊長的外孫女江老師家在山後，父親

在金牛鎮林場任場長，她就在學校住宿，就多了與姜雄傑接觸的機會，常常拿一些十分粗淺的問題來向姜雄傑討教，甚至拿她那對豐滿的乳房在姜雄傑背上蹭來蹭去，弄得姜雄傑十分難堪。尤其是那年暑假，不知怎麼回事，她居然不回家，還住在學校，說要備下學期的新課。學校不開伙了，廚師也回家了，整個學校只有姜雄傑與她兩個人。一天半夜，樓上她的房間裏傳出幾聲驚叫，被吵醒的姜雄傑走上樓去，推開虛掩的門，只見她一副大驚失色的模樣，只穿著一件三角褲，戴著一隻紅色的肚兜，見到姜雄傑，她居然撲進姜雄傑懷裏，驚叫著「老鼠！老鼠！」抱著懷裏幾乎赤身裸體的她，姜雄傑幾乎不能自持，他終於冷靜了下來，輕輕地推開了她，說：「江老師，老鼠不怕，不咬人，不咬人，以後我們養一隻貓。」他匆匆下樓了，他不怕老鼠，他怕女人。不一會兒，樓上傳來她的抽泣聲。

文化大革命開始時，金牛鎮倒十分安靜，僅僅從報紙上、廣播裏瞭解到文化大革命如火如荼地展開著的情況。姜雄傑除了上課，仍然在寫他的這部長篇小說，小說已經接近尾聲，他想寫完後先請公社中學教語文的蔣老師看看，再作修改。隨著大串聯的開始，金牛鎮上開始出現一些生面孔，戴著紅衛兵的紅袖章，站在金牛鎮街頭宣傳文化大革命，鼓動人們掃「四舊」，煽動人們與走資派作鬥爭。金牛鎮也成立了造反派、紅衛兵，也開始了破「四舊」的活動，金牛鎮上的那座古塔成為第一批破「四舊」的對象，古塔前的石碑被砸成了兩截，古塔裏的雕龍畫鳳被砸爛了，金牛鎮的古戲臺也遭到了厄運，一切

古舊的東西被砸被燒，姜雄傑暗暗疑惑，文化大革命是與走資派作鬥爭的，這不是革文化的命麼？

　　一天，縣裏的「東方紅」紅衛兵來到了金牛鎮，他們首先奔金牛鎮完小而來。學校已經停課，教師們仍然在學校，姜雄傑安排教師集體備課。紅衛兵來到學校，不管三七二十一，將學校的一些圖書全弄到操場上，一把火點燃了，在操場中間燃起了一個巨大的火堆，姜雄傑與他們爭辯，被一個紅衛兵推了個仰面朝天，差點掉進了火堆裏。紅衛兵從姜雄傑的房間裏搜查出了許多書：《紅樓夢》、《三國演義》、《水滸傳》、《聊齋志異》、《鋼鐵是怎樣煉成的》等，他們將這些圖書都拋進了火堆裏，並將一塊木版掛在姜雄傑的脖子上，木版上寫著「打倒封資修的祖師爺」。在被拋進火堆的書籍中，姜雄傑突然發現了他那部長篇小說的手稿，火苗正在舔著一頁頁書稿。他奮不顧身地衝上去，從火堆裏搶出書稿，用腳在已著火的書稿上一陣亂踩。回過神來的紅衛兵，揮起皮帶對準了姜雄傑抽了過去，皮帶的銅扣打在姜雄傑的額頭，鮮血滴落了下來，姜雄傑仍然抱著那疊餘煙嫋嫋的書稿。幾個紅衛兵衝上前來，掰開他的手，從他的手裏搶走了書稿，再次拋進了火堆裏。姜雄傑在架著他的兩個紅衛兵中間掙扎，眼睜睜地看著惡毒的火舌舔著書稿，直至成為灰燼。他暈了過去，軟軟地癱在了地上。

　　醒來以後，姜雄傑瘋了。江老師卻有點幸災樂禍，有時也有點為姜校長難過。

十一、江老師

　　走在金牛鎮的石板路上，遠遠望見姜雄傑瘋瘋癲癲的身影，江美華都躲在一邊，等姜雄傑走過去後，她才踏上石板路，她怕看到姜雄傑這種瘋癲的情形，她怕見到姜雄傑那雙木呆呆的眼睛。她既恨姜雄傑，又憐憫姜雄傑。她還記得那首古詩：「生當作人傑，死亦為鬼雄。至今思項羽，不肯過江東。」姜雄傑這種不死不活、行屍走肉的模樣，既非英雄，又非人傑，令她內疚，使她寒心。

　　在金牛鎮，江美華是長得漂亮的，圓圓的臉龐、大大的眼睛、豐腴的身材，與黃書記的女兒黃老師相比，在相貌上她顯然高出許多。她性格活潑，喜歡唱歌跳舞，她在完小組織了一個宣傳隊，她給學生排練節目，她還請姜校長寫了幾個節目——對口詞、快板書，在公社演出時居然還得了獎。

　　鄉鎮社會權力主宰著一切，依仗著她的舅舅是金牛大隊的大隊長，依仗著她的父親是金牛鎮林場的場長，她進了金牛鎮完全小學，當上了民辦老師，金牛鎮上中學畢業回鄉務農的大有人在。

　　進了金牛鎮完全小學，她對校長姜雄傑產生了好感，那種文質彬彬的模樣，那種滿腹經綸的談吐，讓人憐愛、讓人想入非非。她搬進了學校居住，為了能夠更多地接觸姜校長。她住在姜校長的樓上，她喜歡躺在樓板上，將耳朵貼在樓板上聆聽樓下的一舉一動，姜校長常常很晚入眠，聽說在寫一部長篇

小說，她想要姜校長寫完的部分讓她讀一讀，姜校長不同意，說：「淺薄之文，不值一閱，不值一閱。」文縐縐的，有點酸氣。在她的一再要求下，姜校長答應等寫完了再給她看。

江美華想方設法接近姜校長，借本書呀，請教一個問題呀，見不到姜校長她就覺得心裏空落落的。姜校長總是正人君子一般，幾乎沒有向她正視過一眼，那種坐懷而不亂的神情幾乎惹惱了她。走投無路中，江美華設計了半夜驚叫的一幕，空蕩蕩的校園僅僅只有他們倆，發生什麼事情都沒有人知道，你知我知天知地知，性格有幾分倔強的她，決定豁出去了。夏夜的被拒絕，使她的自尊心受到了挫傷，她到底對姜校長是真心實意的，她到底是第一次向一個男子表達她的愛慕之情。她恨姜校長的無情無意，愛屋及烏，恨人及物，她甚至恨起了姜校長尚未完成的那部長篇小說了，甚至晚上在樓上故意弄出聲響來，以影響姜校長每晚的寫作。姜校長倒一如既往，似乎他們之間什麼也沒有發生似的，照樣上課下課，照樣輔導她們，只是暗暗與她保持了距離。

紅衛兵衝擊金牛鎮完小，是她悄悄向紅衛兵報告了姜校長藏有四舊書籍，她還特別告訴紅衛兵姜校長正在寫一本長篇小說，也屬於封資修的東西。因此釀成了姜校長小說手稿的被焚，多年的心血付之一炬，因此釀成了姜校長的發瘋。

夜深人靜時，江美華也暗暗反省自己，為自己的行為而深深內疚。她甚至想離開金牛鎮完小，去金牛鎮林場工作，她的父親江富貴在林場當場長。

十二、江富貴

　　在金牛河上，江富貴可是排工們的衣食父母，他管轄著林場的一方天地，也就掌管著金牛河上排工們的生計。他發派給排工們活兒，他驗收檢查排工們活兒的質量，他給排工們完成的工作開工資，雖然總是說按勞取酬、按質付酬，但是手高手低之間，酬勞的差別就大了。

　　江富貴原來也是排工，後來應徵入伍，當了幾年兵。復員後，他回到金牛鎮，開發金牛嶺後建立了林場，他被吸收進了林場，最初也是為林場伐木放排，後來金牛河上來的排工多了，林場的職工就很少再去放排了，到底放排有著危險性，每年在這條河道上都會發生幾樁事故，排工們不是排毀人亡，就是釀成重傷，落得個終生殘疾。

　　由於江富貴有著當兵的經驗，人又比較活，善於察言觀色、看風使舵，為林場第一任場長章場長所器重，當章場長調任縣林業公司時，他便推薦江富貴接任場長。多年來，江場長在林場積累了經驗，尤其是對待那些排工頭，他知道「馬善被人騎，人善被人欺」，他認為對待這些包工頭，就是要刁難，就是要壓制，不能給他們太順利，只有讓他們難過，自己才會好過，只有讓他們覺得不順利，才能讓他們倒出點什麼來，自己也才能從他們那裏得到些什麼。反正羊毛出在羊身上，只要自己在哪個地方抬一抬手，在哪個地方眼開眼閉，一切就都有

了。在他這兒，反正是國家的，在包工頭那兒，圖個輕鬆、圖個實惠。幾年來，江富貴的胃口越來越大，手也越伸越長。江富貴好喝酒，好吃甲魚，都說甲魚滋陰補腎，包工頭們與江富貴談活計大多是在酒桌上，酒桌上大多有甲魚，以致於金牛河上排工們當面叫他江場長，背後都叫他江甲魚。甚至有人還給他編了一個順口溜：

　　場長胃口大，
　　有酒好說話。
　　甲魚端上桌，
　　事情就好說。

　　現在，江場長就在姜阿翠的飯店裏，牛漢國正在勸酒呢。
　　姜阿翠為他們倆的酒杯斟滿了四特酒，桌上花生米、炒扁豆、鹽黃瓜、蠟肉燉蛋，擺了大半桌，甲魚還正在鍋子裏蒸著。
　　牛漢國擎起酒杯給江場長敬酒，他先仰起脖子一飲而盡，將酒杯底朝天給江場長看。江場長也將杯子裏的酒一飲而盡，他哈了一口氣，伸了伸舌頭，用手捏了幾顆花生米拋進大嘴裏。牛漢國拋了一根肉骨頭給臥在他腳下的旺旺，旺旺慢條斯理地一口一口地啃了起來。
　　牛漢國與江場長是老交道了，他從根子上瞭解這個人，他知道不能得罪江場長，但是又厭惡他太貪婪。經他手給江場長的錢不下五萬，當然經江場長手給他的活計也不少。今天，牛漢國是為了金牛嶺上那兩萬根毛竹的活計來的，聽說另有人在

爭這個活兒。牛漢國歷來注重先下手為強，在注重公平競爭中注意策略。

清蒸甲魚端上來了，熱氣騰騰的。牛漢國舉起筷子：「江場長，請！請！」

一塊老大的甲魚裙邊抖動著進了江場長的大口中，他瞇縫著眼睛咀嚼著美味。

牛漢國從包裹掏出一塊緞料，金光閃閃的，放在桌邊，說：「這塊緞子給嫂夫人做身衣服。」

江場長推辭了一下，大嘴一咧說：「你老牛就見外了，何必呢？！」

「一點小意思，事成之後，另有酬謝。」牛漢國將緞子往前推了一下。

牛漢國與江富貴打了多年的交道，早就將江富貴的性格脾性摸得清清楚楚。要想釣大魚，必須捨得掛魚餌。江富貴與牛漢國打了多年交道，同樣瞭解牛漢國。在他的心目中，牛漢國是一條漢子，說到做到，從來沒有食言的時候。但是如果得罪了牛漢國，他也並非一頭馴服的綿羊，他是一頭敢於頂撞的牛，甚至撞到南牆上也死不回頭。

「那麼，金牛嶺上的這批毛竹活計，就由我來承包吧！」牛漢國對江富貴舉起了酒杯。

江場長故作醉態，將酒杯與牛漢國的碰了一下：「金牛嶺，金牛嶺……」

十三、金牛嶺

　　金牛嶺莽莽蒼蒼屹立在金牛鎮背後，如一個巨人俯瞰著金牛鎮的芸芸眾生。金牛嶺以其豐富的植被哺育了金牛鎮，金牛嶺上的竹林、杉樹林、茶油樹、桐油樹等，每年提供給金牛鎮人們取之不竭的資源和財富。傳說每一座山上都有山神，進山伐木者必須敬拜山神，一旦得罪了山神就會釀成大禍，就會得到山神的懲罰。

　　上山伐木者，在上山前必須敬拜山神，焚香膜拜、舉杯祭奠。然後帶上伐木工具，斧頭、繩索，集隊上山。按照伐木者的習慣，一路上人們見到他們，不能與他們打招呼，不然會惹惱山神，帶來厄運的。上得山來，伐木者不能互相指名道姓，而必須喚為將軍，姓楊便稱楊將軍，姓李便叫李將軍。在山上抽煙不能說抽煙，而必須叫「打銃」，大便也不能說大便，而稱作「搬山」，一切稱呼都顯得頗有聲勢。

　　牛將軍在敬拜了山神後，率領著手下上山，開始在金牛嶺伐竹，他們從這片竹林的山腳下逐漸往上砍伐，「的的篤篤」的伐竹聲此起彼伏十分熱鬧。宋將軍、張將軍在一邊，麻將軍、李將軍在另一邊，孫將軍負責將砍伐下的毛竹打去枝椏。江場長將兩萬支毛竹的活計一分為二，僅給了牛漢國一萬支，給了另外一個包工頭一萬支，他們在另一個山頭上砍伐。

竹林裏雜草叢生腐葉遍地，枯死的竹子慢慢地腐爛，用腳一踩就碎了。竹林間有一些長長短短的藤蔓糾纏著，將幾根竹子糾結在一處。抬頭向竹杪望去，太陽被割碎成了斑斑點點，隨著竹子的搖曳而左右晃動。有幾隻鳥兒追逐著在林間翻飛，一隻松鼠驚慌失措地跳到另一株樹上，瞪著驚恐的大眼睛。宋海清第一次上山砍毛竹，一切都使他感到新鮮，一切又使他有點迷惑。當他將斧頭往竹子根部砍去的時候，毛竹的根部居然滲出不少汁液，他想這是否是毛竹的血液，他竟然不敢再砍下去了。他看著那邊牛漢國麻利地砍著，毛竹在他的手下一排排地倒下，他不禁又舉起了斧頭。他已經砍斷了這根毛竹的根部，毛竹卻依然站著，他用勁去推這根毛竹，毛竹竟然跳了起來，在離地面兩寸的地方晃悠著，上面竟然沒有任何牽掛。他正想再去抓毛竹的時候，牛漢國大喊一聲：「別動！」牛漢國輕輕地走過來，拿過一件布衫，往懸著的毛竹邊上一扔，那毛竹居然輕輕地倒下了。

　　牛漢國告訴小宋說，山上大多有一個氣場，往往對砍伐產生影響，那株懸著的毛竹正是為氣場所左右，拋出去的衣衫是破壞了氣場，因此毛竹就順勢倒臥了。在這個時候千萬不能驚慌，不然人一動，那毛竹說不定就向你倒來，往往會弄傷人。

　　牛漢國他們借住在山頭上的老表家裏，也在老表家搭伙吃飯。麻大哥最關注的是女人，這會兒他邊砍毛竹邊對大老李說：「大老李，我看房東家的表嫂長得不錯，尤其是她的兩個奶子，像白兔似的，總在人的面前一蹦一跳的，很想伸手去摸一摸。」

大老李皺了皺眉，說：「麻大哥呀，你怎麼三句話就離不開女人，你怎麼就沒有別的話好說呢？」

麻大哥故意齜牙咧嘴地說：「我們這些人長年打單身，不談女人，難道還談革命？」說完，麻大哥居然解開褲子門襟，掏出他那把兒，直挺挺地對準了大老李，說：「你看，你看，一說到女人，它就作怪，我也沒辦法。」麻大哥捏著雞巴對著砍伐下毛竹的根部，拉了一泡長長的尿，有幾滴尿居然飛濺到了大老李的額頭。大老李用衣袖擦了擦額頭，恨恨地罵了一句：「媽了個巴子！」

麻大哥卻仍然肉麻地說：「表嫂，表嫂，我愛你，白天黑夜想念你，你到東來我去東，你到西來我往西。」

十四、表嫂

金牛嶺的山頭上只住了一戶人家，這裏比較偏僻，雖然有山有水，但是要買點油鹽，也必須走十五里山路到金牛鎮去買。表嫂是從山背後嫁過來的，是貪圖這裏有米飯吃，在老家一年之中要吃半年的紅薯乾。表嫂是一個勤儉持家的人，養幾隻豬崽，看一群雞，種幾畦蔬菜，日子過得倒還不錯。丈夫弄了個貨郎擔，搖著撥浪鼓走村串巷，賣一些針頭線腦，原先是為自己家裏採購，後來就幹起了這個營生。只要腿腳勤快，生

意倒還可以，只是人常常不落屋。孩子小的時候，表嫂倒忙忙碌碌，孩子大了，去了公社中學讀書，只有週末才回家，表嫂有時不禁感到有些寂寞。

牛漢國一行來到金牛嶺，一說租屋搭伙，表嫂就同意了，屋子空著也是空，可以租一些錢何樂而不為呢！她一個人也要做飯，多做幾個人的飯並不費多少力氣，尚且一屋子的人吃飯，比她一個人吃飯要香得多。葷菜是他們從金牛鎮上採購來的，她只是到菜地裏摘一些蔬菜，再蒸一大碗蛋湯，做好了喚他們來吃飯，看著他們一伙呼嚕呼嚕吃得有滋有味，她自己也多吃了幾口飯。

這一伙人中，包工頭老牛待人和氣，卻不與表嫂多說話，聽他與他們一伙人說的大多是毛竹的事情，有時候老牛愛喝幾口酒，喝了酒就給那些年輕的排工們侃《三國》。表嫂偶爾也聽上一段，只是老牛是江蘇人，蘇北口音有的地方聽不懂，只看著老牛眉飛色舞、躍手躍腳，只看著那些聽眾聚精會神津津樂道，表嫂也就覺得十分有意思，他們笑她也就跟著笑了。

這些人當中，麻大哥特別和氣，見到她就表嫂表嫂地叫個不停，還常常幫她做一些事情，洗個碗的、遞個水的，還幫助表嫂劈柴，甚至幫助表嫂燒火，將柴火塞進灶堂裏，邊燒火邊與表嫂拉家常。麻大哥的嘴特別甜，很會誇人，一會兒說表嫂長得漂亮，一會兒說表嫂為人厚道，倒說得表嫂心裏甜絲絲的。丈夫雖然走村串巷賣貨，嘴卻十分拙，有時整天沒有一句話。

晚飯後，總是表嫂燒豬食的時候，將紅薯藤、黃菜葉、豬草等剁成碎片，放進一些紅薯乾與米湯，煮一大鍋給豬吃。

山村裏煮飯都是先將米倒入鍋子裏煮，等米煮得化開後就將米撈進蒸桶裏，米湯就餵豬，用蒸桶蒸出的米飯很鬆，同樣份量的米可以多出飯。豬是山村人們的儲蓄罐，過年過節時將養肥的豬殺了，可換得幾個錢。每天晚飯後，麻大哥洗完澡，就用水將頭髮梳得光溜溜的。走進廚房幫表嫂剁豬草，一邊與表嫂天南地北地瞎拉呱。表嫂喜歡有個人來陪她說說話，無論說什麼都行，麻大哥見多識廣，與他聊天可以多長得見識。時間長了，偶爾麻大哥也會動手動腳，在表嫂手上捏一下，在表嫂屁股上拍一把，最初表嫂將臉拉了下來，後來倒也習慣了，晚上眼前沒有了麻大哥倒覺得有幾分寂寞。

那天下了一天的雨，排工們就沒有出工，在家裏休整。麻大哥這一整天圍著表嫂轉，幫她切菜、炒菜，幫她清洗衣服。屋簷上的雨絲掛了一天，麻大哥的話也說了一天。麻大哥偶爾還買了些小禮品送表嫂，一個牛角小梳子，一面精緻的小鏡子，表嫂不想要別人的東西，麻大哥硬塞給她，還乘機在她的胸脯上摸了一把，弄得表嫂一陣臉紅心跳。

那天晚飯後，表嫂依然在廚房裏剁豬食，麻大哥又來了，頭髮用水梳得光溜溜的，換了一件新衣服。他要表嫂讓他來剁豬食，表嫂說：「你穿著新衣服弄髒了咋辦？還是我來吧。」

表嫂在廚房裏做事常常點著一盞油燈，雖然有電燈，她卻很少開，用油燈節約，窗外的雨依然不緊不慢地下著。

表嫂坐在小板凳上，在一個木盆裏剁著豬食，在油燈的照耀下，她的身影在牆上勾畫出一個很有曲線的圖案，那兩個乳

房就如兩座小山峰，凸起在灶臺前。麻大哥突然走上前，接過表嫂手中的活，說：「還是讓我來剁吧，表嫂你休息一下。」他順勢在表嫂的手上捏了一把，表嫂笑了笑說：「你這個讒鬼。」這無疑是對麻大哥的一種許諾與誘惑，麻大哥躍躍欲試了。

表嫂解下身上的圍裙，說：「麻大哥，你繫上圍裙吧，免得弄髒你的新衣服。」她想幫麻大哥繫上圍裙，她兩手捏著圍裙的帶子，將圍裙放在麻大哥身前，兩手圍住了麻大哥的腰。麻大哥放下了手裏的活，轉身就將表嫂抱住了，撅起一張嘴就對著表嫂的臉一陣狂吻。表嫂掙扎著推開他，卻覺得渾身乏力。麻大哥就勢吹熄了油燈，將手伸進了表嫂的懷中。表嫂渾身一陣酥麻，手上的圍裙落在了地上，麻大哥將舌頭伸進了表嫂的嘴裏，表嫂嘴裏發出哼哼嘰嘰的聲音。

窗外的雨還在下著，灶臺上的水開了，撲嚕嚕地直冒氣。

灶下的火漸漸小了，灶臺上的水也不再冒氣了。

灶裏一明一暗的火光裏，照出了灶前的長板凳上表嫂白皙的肉體，照出了騎在表嫂身上麻大哥一上一下努力耕耘的身影。

大老李在床上與小宋玩撲克，小張在一邊觀戰，看手裏剩下的牌多少，剩一張刮一個鼻子，大老李的鼻子被小宋刮得紅彤彤的，大老李總不服輸。

小張突然想起了麻大哥，說：「這一整天怎麼沒有看見麻大哥呀？」

大老李說：「肯定又是與表嫂去套近乎了，這麻大哥賊心不死呵！」

　　牛漢國哼了幾句京戲：「我正在城樓觀山景，忽聽得城外亂紛紛……」

　　「你又輸了！」小宋點著大老李剩下的牌，大老李乖乖地又將鼻子伸了過來。

　　牛漢國望望窗外的雨，咕嚕著：「這雨下了一整天，怎麼還不停呵。要是天晴，過幾天就可以放毛竹了，不知道放毛竹的趟口怎樣了？」

十五、趟口

　　金牛嶺上的這次活計，由於有兩隊人馬，就常常引起了爭執。砍伐下了的毛竹，要一根根地拖出山。小宋第一次幹如此艱苦的活，每次將三根毛竹綁在一起，砍下樹枝做一根撬棍，棍子上方留一個V字形的叉，扛毛竹行走的時候可以當作拐棍，累了的時候可以支撐著毛竹休息一下。山路陡峭，一不小心就會滑下懸崖峭壁，小宋穿著草鞋扛著毛竹小心翼翼地行走，幾天來肩膀上都磨起了水泡，草鞋也常常硌腳。最麻煩的是有一段路兩隊人馬都要走的，磕磕碰碰的事情就常常發生，大老李甚至還與對方的人動了手。最討厭的是趟口的問題，雙方都要從這個唯一的趟口將毛竹放下山去，這幾天下雨，大家都沒有放毛竹，天一開臉，他們就要行動了，不然都蝸在此地誤工太久了。

趟口是在山崖上開闢的一條滑道，就如同一架巨大的滑梯，從山頂直到山腳，將毛竹放進趟口，毛竹就會「兀兀兀兀」地筆直地滑到山底，可以減少諸多扛毛竹下山的工夫。前幾天，小宋與小張被牛漢國指派去清理趟口，從山頂進入趟口，趟口十分陡峭，必須拽住兩邊的樹枝，慢慢地往下挪。趟口裏橫七豎八地支著一些陳舊的毛竹，是以前放毛竹留下的。他們倆用斧頭將那些橫七豎八的竹子砍斷，從趟口放下去。一根毛竹橫在趟口，毛竹的根部在一棵樹樁上被劈成了兩半，小宋用斧頭去砍，想將連著樹根的部分砍斷，誰料到那彎得像一張弓的毛竹居然彈了起來，竹子在小宋的衣襟上劃了個大口子，幸虧沒有傷著皮肉，小宋嚇出了一身冷汗。

　　他們倆將趟口裏新長出來的茅草砍去，使趟口更加順暢。新長出的芭茅如刀一樣鋒利，小張、小宋的腿都被拉出了幾道血印。趟口被清理了，那隊人馬卻要先占住趟口準備放毛竹，毛竹在趟口上一邊堆著一堆。小張和小宋手拿排斧站在趟口，不准他們放。那邊依仗人多勢眾，奪去了他們手中的排斧，並七手八腳地將小張和小宋抬離趟口，並派人看住他們倆。就在他們正要往下放毛竹的時候，牛漢國出現在趟口上，他舉起雙拳向他們作了個揖，笑了笑，便開口說道：「各位朋友，大家在江湖上混，有事也有個商量，得懂個規矩，總得也有個先來後到的，不能胡來呀。」

　　那邊走出一個黑漢子，大聲吼道：「這趟口又不是你們家的，為什麼不准我們放？」那邊人多勢眾，嗡嗡嗡地跟著叫成一片。

「我沒有說不准你們放，大路通天，各走半邊，我是說要商量著放。」牛漢國依然不文不火地說。

那黑漢子說：「沒有這麼多的囉嗦，把他拉開，我們放毛竹。」

就走上兩個漢子，伸手就要拉牛漢國。牛漢國伸出手來撥開他們，準備抓他的手，一個蹲襠式，用腿掃向他們倆，這一高一矮兩個人便應聲倒地。

「大膽！」那黑漢子怒不可遏，吼叫道：「來人，把這個傢伙給推下趟口去！」

人群中便又站出來幾個人，向牛漢國這邊走來。

牛漢國不慌不忙，擺出一個惡虎撲食的架勢，那伙人剛剛見到了牛漢國瞬間掃倒兩人的功夫，不敢輕易動手。趟口上牛漢國一人與他們一伙人對峙著，他也知道自己處於劣勢，他們人多勢眾，他站的位置又甚險，稍不注意就有被推下趟口的危險。

正在僵持的時候，從那邊人群中走出一個精瘦的老人，中等身材，幾根長鬚，他對牛漢國一拱手，道：「老牛，息怒，有事好商量。我們這些人太粗魯，請您擔待著些。」

牛漢國收攏架勢，也對老人一拱手，道：「馬老，許久不見，您老身體越發健朗，我手下的人也不得體，請您老海涵。」牛漢國從肩頭取下他的軍用茶壺，打開蓋，遞給老馬，說：「這酒還不錯，請您老嚐嚐。」

老馬拿過水壺，仰起脖子喝了一口，一根細線就往他嗓子眼鑽了下去，他舒坦地吐了口氣，笑笑說：「好酒，好酒！」

他讓手下人將小張、小宋放了，牽著牛漢國的手，到樹蔭下商量放毛竹的事情了，天卻漸漸瀝瀝地下起雨來，這雨一下就是幾天。

老馬與牛漢國為放毛竹的事情作了商量，最後說定兩家共用一個趟口，每家放一百根，等放下去的毛竹搬走，另一家再放一百根。

天放晴了，陽光照在山林裏，就如千萬支銀箭，射在竹林裏、山泉上，早晨的山林裏蒸騰起不少霧氣，如誰在這山林裏紡紗，一股股紗在山林間飄蕩繚繞。山林裏的樹呀、草呀，每一片葉子都顯得十分翠綠，長出的新葉黃黃的、軟軟的，就如同嬰兒透明的肌膚，幾朵不知名的小花探出頭來，引來幾隻花蝴蝶在它周圍翻飛。

曬了幾天的趟口，下午就可以放毛竹了。

午飯後，小宋、小張等候在趟口下，準備將趟口放下的毛竹搬走。兩家說定由牛漢國一伙先放，因為他們清理了趟口，然後再由老馬一伙放。

那黑漢子也帶著幾個弟兄等候在趟口下面，他嬉皮笑臉地對著小宋、小張說：「那天多有得罪，大人不記小人過。，宰相肚裏能撐船。」

小宋、小張對他愛理不理。

「嘔荷！」趟口上開始放毛竹了，一根根毛竹放進趟口一瀉千里般地飛流直下，有的毛竹在趟口裏顛簸蹦得很高，又一頭紮下山崖，有的毛竹如箭一般直射下山，趟口裏毛竹下山

「兄兄兄兄」的聲音十分威武雄壯，不一會兒趟口下就堆著一大堆毛竹，一根根毛竹梢子朝下根在上，被斧頭砍過的梢子如長矛般地插入土中。小宋在一邊數著數，一直數到一百，停了停，見上面不再放毛竹了，他扯開嗓門，打了個「嘔荷」，便與小張兩個上前拖毛竹。一百根毛竹被擺在趟口下一邊的平地上。

老馬一伙開始放毛竹了，小宋、小張在一邊開始打撲克。

山上趟口上的毛竹越來越少，山下趟口下的毛竹越來越多。除了毛竹在趟口裏卡住了，小宋、小張上趟口清理了一次外，一切都很順利。那黑漢子對小宋、小張特別客氣，甚至給他們倆敬煙，小宋原本不抽煙，就拒絕了，小張接過一支煙，還給黑漢子點煙。

黃昏降臨了，山林裏響起一陣陣老鴰的叫聲，「哇哇哇哇」的，那是回家的老鴰們的呼喚，叫得人心煩。天邊的晚霞姹紫嫣紅，如誰在天河裏浣洗著各色綾羅綢緞，幾隻蝙蝠在晚霞中翻飛，一會兒上，一會兒下，自由自在，無拘無束。

小宋、小張將毛竹堆好，準備抽身回去，今天的事做完了。

黑大漢和幾個伙計正等在一邊，準備上面放完一百根，就上前去搬。

黑大漢在一邊數著數，他也有些焦急，準備搬完這些毛竹就收工了。

黑大漢剛數完一百，就匆匆上前去抽毛竹，其他幾個伙計也準備上前。這時，只見上面趟口又放下一支毛竹，如一支毒箭悄無聲息地串了下來，站在一邊的小宋見此情景，大叫一聲：「小心，毛竹！」

那幾個準備上前的伙計退後了一步，那黑大漢聽到叫喊，回頭一看，那支串下來的毛竹就筆直地戳了下來，那被斧頭剁砍過的竹杪直插進那黑漢子的大腿，穿過了大腿，又插進了土中，就如一隻昆蟲的標本被釘在標本夾上一般，黑大漢就被固定在趟口下端，只見鮮血就從黑漢子的大腿上湧出，那黑漢子即刻暈了過去。

　　站在一旁的那幾個伙計目瞪口呆，一時不知道如何著手，想拖出黑漢子，他又被毛竹釘住了，想去拖毛竹，毛竹上又連著個人。

　　在趟口下端人們的呼叫中，趟口上的人們紛紛下到趟口下。老馬和牛漢國商量著如何將人弄出來，用斧頭砍那根毛竹，顯然會傷及黑大漢，必須用鋼鋸將毛竹鋸斷，才能將人拖出。老馬迅速派人去老表家借鋼鋸。鋼鋸拿來了，牛漢國小心翼翼地鋸斷了毛竹，那段插過黑大漢大腿的毛竹仍然留在他的大腿上，使他的大腿就如同一個十字架。

　　老馬他們用兩根竹杠，纏上一些粗藤，做成了一個擔架，將黑大漢抬上擔架，幾個壯漢將黑漢子抬下山，先抬到金牛鎮的衛生院，對於傷處做一些處置，然後再聯繫車輛去縣醫院。

　　小宋想到了他寫給況梅梅、況婷婷的信，便請老馬他們將信捎去金牛鎮的鐵匠鋪。

十六、梅梅和婷婷

婷婷從河埠頭洗衣服回來，見梅梅手了拿著一封信，厚厚的一疊。

婷婷問：「給誰的信？」她捋了捋腮邊的一絡頭髮。

「給你的，給我的。」梅梅嬉皮笑臉地說。

金牛鎮上識文斷字的人並不多，鎮上人們要寫信常常去找小學老師。婷婷、梅梅也很少收到信，婷婷以為梅梅在和她開玩笑。把信搶在手裏一看，果然是給她們倆的，信封上清清楚楚寫著「況婷婷、況梅梅收」。

她們倆打開信封，抽出信紙坐在廳堂裡讀了起來。

　　婷婷、梅梅：你們好！
　　我到金牛嶺砍毛竹已經有半個月了，原本以為山上的生活會充滿詩意：小鳥的鳴叫、山泉的錚錚、竹子的拔節、野花的芳香。但是，經歷了真實的生活後，一切幻想與嚮往都變化了，這裏有的卻是另外一面，大自然萬物的生存競爭，植物們為了爭奪一點陽光而一個個各顯神通，一個個盡量將自己的枝幹伸展開去，那些缺少競爭力的小樹就會在別的大樹的掩蓋下枯萎。山林中動物們的爭鬥，弱肉強食、恃強凌弱，那些小動物稍有不慎，就會變成別的大動物口中的食物。人世間又何嘗不是如此，人與人的爭鬥，為了生存的權利，為了一片竹

林的開採，為了一條趄口的使用，人們都會打鬧起來，甚至流血。

在金牛嶺的這些日子，我覺得自己變得成熟了起來，雖然經受了很多生活的磨難，扛毛竹肩頭磨出了泡，走山路腳下磨出了繭，每天傍晚收工後就累得筋疲力盡，每天清晨醒來總是腰酸背痛，但是我仍然咬咬牙挺了過來。

帶上山的那管短笛早已不吹了，放進了我的小箱子裏。我想在這座山上，吹一管簫倒是比較合適的，讓紫簫沉鬱哀婉的聲音在金牛嶺上盤旋纏繞，一定很有意思，說不定金牛鎮上也可以聽到簫音呢！我現在才知道，生活並不都是陽光雨露，生活會充滿陰霾風雨，當然只有沐浴過陰霾、經受過風雨的人，才能更加瞭解這個世界，才能更加瞭解人生。

離開金牛鎮半月。好像離開了半年一般，十分想念金牛鎮的石板路，十分想念金牛鎮的鐵匠鋪，十分想念鐵匠鋪中的你們。

代問況大叔好！

也不知道是否有我的書信，如果有就請人捎給我。

祝

快樂！

宋海清
某年某月某日於金牛嶺

這兩姐妹讀完了這封信，有些茫然，信中有的字她們倆不認識，但是透過信她們瞭解了小宋的生活，在山區長大的她

們，也能夠想像得到一個城市青年到山區所遭遇到的困苦，信中的一些話語她們也似懂非懂，對於小宋目前的現狀她們倆也無能為力。她們倆想給小宋回一封信，在油燈下兩姐妹想了半天，只在信紙上寫下了幾句話：「小宋：你好！來信收到，知道你在山上生活很艱苦，望你注意安全、保重身體。」她們再也寫不下去了。油燈微弱的光映在兩姐妹的臉龐上，使這兩姐妹顯得更加嫵媚動人，臉上的真誠與坦誠，也就寫進了信中。

在這姐妹倆讀信寫信的時候，況鐵匠卻坐的門檻上，望著金牛鎮上的黃昏，陷入了沉思。

這天下午，黃書記來到了鐵匠鋪，還帶了一個人，不是金牛鎮的，矮矮的個子，方方的臉龐，兩根眉毛特別粗，黃書記十分恭敬地叫他陳部長。況鐵匠後來知道是公社的武裝部長，他來的目的是告訴況鐵匠，想讓況鐵匠的大女兒做他的兒媳婦。黃書記告訴況鐵匠，陳部長的兒子在公社農機廠當副廠長，很有前途。上個星期陳部長的兒子來金牛鎮修理農具，走過鐵匠鋪，被況鐵匠的大女兒婷婷所吸引，還在鐵匠鋪訂了一把柴刀。況鐵匠記起來了，那把柴刀已經打好，還沒來取。那預訂柴刀的年輕人也是矮矮的，黑黑的臉，在鐵匠鋪坐了很久，還和婷婷、梅梅姐妹倆說了幾句話。

況鐵匠將那把柴刀拿來，遞給了陳部長，陳部長拿出了柴刀的錢，遞給況鐵匠。況鐵匠說：「這柴刀就算我送給您的公子的，錢我就不收了，小女還在讀書，此事尚未考慮。」

黃書記在一旁說：「陳部長，錢您就收起來，況鐵匠說什麼也不會收您部長的錢呀。至於兒女之間的事情嘛，你老況

先前當然不可能考慮，現在可以考慮考慮嘛！把女嫁給陳部長家，那是去享福噢，那是打著燈籠也找不到的好婆家呀！老況，你考慮考慮！有時間陳部長派個車，將你們父女幾個接到他們家看看。」

陳部長和黃書記走了，況仁山將他們送出鐵匠鋪，一屁股就在門檻上坐了下來，對於他來說，這一對女兒是他的掌上明珠，但也是他的一樁心事。女兒大了總要嫁人，不能總留在身邊。但是他沒有想到事情來得這樣早這樣快，在他還沒有思想準備的時候，事情就來了。他暫時不想將這件事告訴她們，他還要考慮考慮。

小張來金牛鎮採購物品，婷婷、梅梅倆就請小張將信帶回金牛嶺。

十七、小張

這是一個特殊的年代，文化大革命將一切正的顛倒了過來，造反有理，革命無罪，幾乎一切革命領袖都被打倒了，幾乎一切有才幹的知識分子都被批判了，幾乎一切文藝作品都被否定了。紅寶書、紅袖章、綠軍裝就構成了這個年代的時尚色彩。

人是最能夠適應環境的，有的人就低頭認罪苟延殘喘，有的人就反戈一擊將功贖罪，有的人則揭竿而起另立山頭，在這

個年代裏魚龍混雜、渾水摸魚，嬉皮士搖身一變成為了造反派司令，老革命一夜之間變成了階下囚。偉大領袖運籌帷幄，將知識青年下放到農村去，讓他們接受貧下中農的再教育，這成為二十世紀中國社會最有華彩的一筆，也成為二十世紀城鄉之間交往中最有意味的一章。知識青年來到農村，無意之中將城市文明傳到了鄉村，他們回到城市，又將中國農村的氣息帶到了都市。倘若將知識青年稱為城鄉文化的傳遞者，是一點也不為過的。從以農村包圍城市，到知識青年下放農村，是二十世紀中國社會的兩大策略性步驟。

金牛河在這個非常的年代便迎來了各色人等，不同的人們抱著不同的目的來到此地，有的為擺脫走資派的身份，為躲避遭批判、挨批鬥的折磨，歷經坎坷來到這偏僻之地，靠力氣吃飯、憑技術生存；有的因地主富農的成分，為擺脫低人一等的遭遇，想方設法來到這崇山峻嶺，靠打工掙錢、憑血汗謀生；有的為扭轉貧困的處境，為實現他們的淘金夢，輾轉流離來到這蒼莽大山，靠體力活命、憑信念掙扎。這就形成了金牛嶺上人員的形形色色，革命幹部、地主富農、知識青年等都在這座山嶺上奔波，在這條河道上顛簸，一切醜陋的標誌、一切輝煌的光環都消失了，這裏似乎十分平等，這裏似乎特別平和，大碗喝酒大塊吃肉，他們的生活充滿著一點匪氣；不問有漢，無論魏晉，他們的生活帶著隱士之氣；這裏的生活既複雜又單純，複雜的是在這條河道上行走著各色人等，單純的是日出而作日落而息，只要付出一份就有一份收益。

在牛漢國的麾下，小張是一個比較單純的人，他來金牛河的目的就是為了掙錢，為了回家蓋房子、娶妻子。安徽阜陽是一個十分貧困的地方，小張名叫張戈金，生下來算命先生就說他命裏缺金，給起了這個名字，他家人口多，他是老大，下面還有三個弟弟、兩個妹妹。在他們家鄉，除了將女兒嫁出去，弄些嫁資讓兒子結婚外，沒有其他生財的辦法，甚至有的人家以換婚的方法解決兒子的婚事，以自家的女兒出嫁換別人家的女兒當媳婦，卻釀成了許多悲劇。小張家在解放前夕定了個富農身分，這使小張找對象的事情更加艱難了，他們家有富農之名，卻無富農之實，孩子多嘴巴多，常常有揭不開鍋的時候。從小張二十歲起，家裏就張羅著給他尋找對象，大多是一見面就沒有了下文，不是嫌他們家條件差，就是說他們家身分低，有的與他接觸了幾次，一到他家，看到那歪歪斜斜、用茅草泥巴糊就的房子，那女的也就不再來了。過了幾年，小張的婚事仍然沒有下落。

　　那年北方大旱，有不少人出門乞討。一天，小張家門口倒臥著一個女性，蓬頭垢面，奄奄一息。小張的母親正在灶前煮粥，聽到孩子在門口叫喚，便走出門張望，見到一個奄奄一息的乞討者，趕緊將那人抬進屋裏，先餵了一口熱米湯，便漸漸喘過氣來。小張的母親幫她洗了把臉，攏了攏頭髮，倒是清清秀秀的一個女子，她說她的名字叫李香，出來逃荒，與家人走散了，已經三天沒有吃一點東西了。小張母親端來一碗稀飯，一口一口地餵她，她便慢慢有了點生氣。從此，這女子就在小

張家住了下來。人倒勤快，煮飯、洗碗、擔水、澆菜，樣樣都行，倒成為小張家的主要勞動力了，使小張的母親省力不少。

過了一段日子，李香臉上有了些光澤，兩腮也有了點紅暈，小張母親像對待自己女兒一般，有時甚至比對自己女兒還上心。小張的母親暗暗有一個想法，想讓這女子當自己的兒媳婦。她瞭解到李香比小張小三歲，瞭解到李香在老家尚未婚配。母親想方設法讓小張與這女子多接觸，剁豬草讓小張幫忙，燒飯讓小張燒火，就連李香出門趕墟也讓小張陪著。鄉鄰間傳出話來，說張家得了一個不花錢的媳婦。漸漸地小張與李香果然有了感情，小張的母親就在中秋節那天，將李香叫到房間裏，說出了她的想法，並告訴李香這並非勉強她，如果不同意，她仍然可以在這裏住，仍然是她的女兒；如果她想回去，那要等打聽到她家人的具體情況，才能讓她回去。李香的臉上飛起了一片緋紅，她點點頭，小張母親不知道她的點頭是表示什麼，便一再追問：「是同意與小張做夫妻嗎？」李香依然點點頭。小張的母親喜出望外，一把將李香抱在懷裏。半晌，李香卻吐出一句話，讓小張母親悶了半天。她說：「讓俺和張哥結婚可以，但是必須先蓋房，後結婚，沒有我們自己的房子，結什麼婚呢？」

小張便抱著掙錢蓋房、結婚的打算，離開家鄉，來到金牛嶺，開始了他的人生重大步驟。在金牛嶺，小張是最節儉的一個，不抽煙不喝酒不賭博，他將一張李香的小照放在胸口貼身的衣袋裏，有時偷偷地看著照片暗暗地笑，照片上的姑娘，整

齊的瀏海，大大的眼睛，穿著一件對襟的衣服。照片被小宋看到了，他倒不避諱，將照片給小宋看了，麻大哥手腳很快，伸手就將照片搶了過去，瞥了一眼，不屑一顧地說：「一個土包子嘛！」氣得小張伸手就錘了麻大哥一拳，將照片搶了回來。

小張在金牛鎮趕墟的日子採購了一些豬肉、粉條之類的食物，中午在姜阿翠的小飯館裏吃了一碗米粉，阿翠的兒子木根在飯店裏跳跳蹦蹦的，土頭土腦的，很有生氣，腮幫上有兩個小小的酒窩，十分可愛。看著木根，小張不禁想，什麼時候自己也有個這樣的孩子就心滿意足了。飯後，他挑起擔子，與姜阿翠道別，木根也跟在阿翠的身後向小張揮手。小張沿著金牛鎮的石板路，走上曲曲彎彎的山路，往金牛嶺而去。

十八、木根

丈夫留根為隊裏炸魚不慎失手去世後，木根只有一歲。平時哭哭鬧鬧的孩子，倒乖了許多。他望著阿翠流淚的眼睛，不停地給媽媽擦眼淚，如果沒有這個孩子，阿翠肯定難以活下去的，每當有煩惱的事情時，見到木根歡笑的臉龐，她心中的鬱悶就幾乎煙消雲散了。

最初，姜阿翠也想改嫁，年紀輕輕歲月漫長。但是，有人介紹了幾個，不是家裏前妻留下了孩子，就是一見眼前沒有人

就往你身邊湊，色瞇瞇地望著你，甚至就動手動腳的。若改嫁姜阿翠怕孩子受罪，阿翠甚至要木根給她拿主意，她問兩歲多的木根：「木根要不要新爸爸？」剛剛呀呀學語的木根似懂非懂地回答：「木根的爸爸在天上，木根不要新爸爸。」這占卦一般的問答，使阿翠堅定了守寡的心。

　　孤母寡兒的生活特別艱難，如果不是開了這家飯鋪，真不知如何生活。黃書記幫了姜阿翠許多，借貸款、辦執照，哪一步少了黃書記都不行。姜阿翠從心底裏感謝黃書記，在黃書記的面前她說了好幾次，真不知道如何回報黃書記，只有下輩子變牛變馬來回報了。黃書記倒淡淡一笑，說：「下輩子我也不知道在哪裏了，難道不可以這輩子回報嗎？」

　　那天酒店開張，黃書記請了公社書記來剪綵，姜阿翠採了一些野花做成花籃擺在小酒店門口，姜阿翠前前後後忙不迭地招待來賓，金牛鎮上有頭有臉的人物都來了，小酒館擺了四桌，鞭炮聲、歡笑聲幾乎將平時寂靜的金牛鎮抬了起來。那天，黃書記顯然喝多了，話特別多，招待客人，吆喝喝酒，儼然他就是這小酒館的主人。送走了客人後，姜阿翠剛剛將門板上好，正收拾殘羹剩菜，就有人敲門。阿翠開門一看，是黃書記！他一進門反手就將門關上了，醉眼朦朧地對姜阿翠說：「你不是說要報答我嗎？我是等不到下輩子了，我是要現世現報的。」說完黃書記就將阿翠抱入懷中，阿翠推著、掙扎著，酒後的黃書記力氣很大。他們的舉動驚動了房間裏的木根，他悄悄走出來，看見媽媽在推搡著，走上前來便推黃書記，大聲喊道：「黃伯伯，你別欺負我媽媽！」這倒讓黃書記停了手，酒似乎也醒了大半。

姜阿翠掩上被解開的衣襟，說：「你也得給我一點思想準備呀！毛手毛腳的誰能接受呢？」

阿翠倒上了一杯茶，遞給黃書記，說：「你先歇歇，我去準備一下。」

黃書記在廳堂裏飲茶，姜阿翠在房間裏哄孩子，嘴裏哼著小曲，木根睡著了。阿翠走出房間，居然一絲不掛，白皙的乳房挺挺的，說：「黃書記，我給你回報來了！」

黃書記不顧一切地撲了上去。

此後隔三差五黃書記會到阿翠這兒來一下，他從不在阿翠處過夜，總是匆匆完事就匆匆離開。他每次來總要等木根睡著，他們倆才能夠進入正題。

有時候姜阿翠也厭倦她自己的生活，偷情的生活雖然刺激但總尷尬，走在金牛鎮上總覺得有人在她背後指指點點，雖然俗話說：誰人背後不說人，誰人背後沒人說。但是她總為此事憂心忡忡，她也想過與黃書記分手，幾次話到嘴邊又縮了回去。明媒正娶是不可能的，徹底擺脫又下不了決心。雖然她常常克制著自己，但是她的年輕的身體卻常常壓制不住，黃書記幾天不來她還真有些想他。

木根漸漸長大了，已經六歲了，明年就可以讀小學了，她為孩子早早準備了一個書包，是她買了幾尺卡其布自己做的，她想像著木根背著書包去上學的模樣，想像著她送孩子到學校的情景，那該是多麼幸福呀！

這天，阿翠在酒店門口的河埠頭洗衣服洗菜，今天有人定了兩桌酒，阿翠在河埠頭洗完衣服，就開始洗菜。木根先在她

身邊玩，以一根繩子學著釣魚的樣子，將繩子放進河裏一上一下地拉動著，嘴裏叫喚著：「姜太公釣魚，願者上鉤，願者上鉤。」

不知何時，身邊不見了木根的身影，阿翠大聲叫喚著：「木根，木根！」

河埠頭聚攏了不少人，阿翠仍然大聲叫喚著：「木根，木根！」

阿翠忽然發現河心有個人影，在河中上下沉浮著，好像是木根那件白布衫。阿翠奮不顧身地跳了下河，手腳並用地向那個人影劃去。

阿翠並不會水，沒有多久，就漸漸下沉。

人群中一陣陣騷動與驚呼，但並沒有人跳下水救人。忽然有人撥開人群來到河埠頭，一瞬間就跳下了河，往河中心游去，他的水性顯然不差。不一會兒，他就從後背拖著阿翠的衣服，將阿翠送上了岸。岸上的人們七手八腳地將姜阿翠拉上了岸。那人回頭又往河中心游去，他是去救那孩子的。他一個猛子紮下去，去河底下找那孩子。一會兒又浮上水面，吸一口氣又潛入水底。時間一分一秒地過去，人們的心也在抽緊著。當他終於從水底撈起木根的時候，河埠頭竟然發出了一陣陣歡呼聲。

躺在河埠頭的阿翠渾身濕漉漉的，浸了水的衣服將她的身體裹得緊緊的，女性的線條十分凸顯。阿翠慢慢醒來，見有人正在給木根做人工呼吸，先用兩手一緊一鬆地壓他的胸部，再口對口做人工呼吸。有人叫了金牛鎮衛生院的赤腳醫生來，醫

生接手給木根做人工呼吸，人工呼吸進行了近二十分鐘，木根已沒有一點動靜，醫生拿出聽診器在木根胸口聽了片刻，說：「不行了，不行了！」

阿翠已經醒來，她跪在木根的邊上，緊緊拉住醫生的手，哭著懇求道：「您救救他，您救救他呀！」

醫生無奈地攤攤手、搖搖頭。

姜阿翠發出了一聲呼天搶地的嚎哭聲：「我的木根啊！」

救人的牛漢國一身濕漉漉地站在河埠頭上，望著這一對母子，也不知道如何是好。

有人在一邊叫道：「黃書記來了，黃書記來了！」

河埠頭的人們自覺地讓開了一條道，黃書記在木根的鼻翼處摸了摸，說：「沒救了。」

黃書記請兩個婦女先將姜阿翠勸回酒店，姜阿翠呼天搶地不願意離開，她撲在木根的身上叫著、喊著、哭著，黃書記讓人將她強行拉走了，阿翠一路哭喊著離開了河埠頭。黃書記讓人拿幾件衣服讓渾身濕漉漉的牛漢國換上。

黃書記讓人給木根準備喪事。

十九、喪事

在金牛鎮上，結婚、生孩子、辦喪事都是人生的大事。鎮上的人結婚，必然要吃喜糖，必然要鬧婚房，年輕男女在別

人的洞房裏折騰新娘新郎，要麼掛一個蘋果在中間讓新娘新郎一邊一個啃，一不留神新郎就啃到新娘的嘴唇上了，引起大家哄堂大笑；要麼用圍巾捂住新娘的眼睛，讓她在屋子裏摸新郎，年輕小伙子乘勢就在新娘胸脯上抓一把，在新娘屁股上捏一把，引起新娘一聲聲尖叫，更激起了哄堂大笑。生孩子，吃掛麵送紅蛋是一種風習，紅蛋送給親戚朋友街坊鄰裏，宣告家裏生了一個丫頭還是個伢崽，得到大家的祝賀，這也是一種吉利。辦喪事年長的過世是白喜事，辛苦了一輩子，後輩都期望將葬禮辦得隆重風光，請一些頭面人物出席光祖耀宗，讓有地位的人物在葬禮上說幾句話，其實葬禮是完全做給活人看的。

金牛鎮人的結婚與送葬走的是兩條不同的路，結婚的路是靠近河邊的，送葬的路是靠近山麓的。結婚送嫁妝的隊伍就在河邊這條路上走來，抬著箱籠，扛著盆罐，拉著棉被，抬著縫紉機，吹吹打打，風風光光地一路走來。由於文化革命，原來新娘由小叔子背進洞房的風習已被取消，新娘是自己走著去新郎家的，只不過由伴娘用一柄花傘罩著罷了，頭上依然蒙著塊紅蓋頭，由伴娘牽著走。哭嫁的風俗卻依然保持著，新娘出門前必須哭著離開娘家，其實是唱著離開娘家，調門高高低低長長短短，女兒哭，意思總是爹娘將女兒養大多麼不易；父母哭，意思總是女兒去做人家媳婦要孝敬公婆服侍丈夫。新娘出門要放爆竹，新娘進新郎家的門要跨火堆，是讓鬼怪邪氣不能進入新郎的家門。送嫁的常常是跟著一大溜看熱鬧的孩子，一個個跟著隊伍進了新郎家的院子，新郎家就端出糖果茶點來招

待，花生是生的，棗子是生的，都是為了討個「早生貴子」的口彩。金牛鎮的人們對於死亡也有獨特的見識，他們將死亡看作與出生一般自然的事情。當地的人們一結了婚就在準備壽材了，買一根大樹，有錢的人家買楠木，沒有錢的人家用杉木，請當地的木匠博士用斧頭砍成壽材，再用鉋子刨光，就放在堂屋的閣樓上晾乾，到秋天就用了桐油塗抹一遍。有的人家每年都在壽材上塗抹桐油，一具壽材被塗抹得油光锃亮，壽材的主人望著黃橙橙的壽材總會感到幾分得意。人死了被放進壽材，頭下墊上繡花的壽枕，腳下登上繡花的布鞋，給亡者穿上對襟的壽衣，有錢人用錦緞，一般人用士林藍布。幾個大漢用竹槓抬著，送葬者跟隨在壽材後面，一路哭哭啼啼地送到墓地，用繩索拉著送進挖成的墓穴裏，鏟進土，豎起碑，葬禮也就完成了。

　　這兩天姜阿翠幾乎滴水不進，從早哭到黑，從夜哭到晨。她始終不相信這麼活蹦亂跳的孩子轉眼間就沒了一絲氣息，她在木根的嘴、眼睛、鼻子上吻著，她叫喚著兒子木根的名字，她相信兒子馬上會一骨碌爬起身，露出笑容叫媽媽的。但是，一切都不可能了，兒子木根眼睛閉著，皮膚慘白冰冷。木根的屍體已經被放進從況家祠堂借來的一具壽材裏，這是一具成人壽材，小小的木根放進去只占了壽材的一半，阿翠不願意去臨時打一具壽材安葬木根，這具壽材已上了五年的桐油，黃蠟蠟的。黃書記派了幾位堂客日夜陪伴她，怕她想不開，在她們的勸說中阿翠總算喝了幾口水。眼淚已幾乎哭乾了，嗓子已幾乎哭啞了，頭髮散亂了，眼睛哭腫了。她後悔自己怎麼就沒有

看好孩子，這孩子怎麼就掉進了河裏，她覺得對不起死去的丈夫，她喋喋不休地向丈夫的亡靈哭訴，祈望得到丈夫靈魂的饒恕。她知道是牛漢國救了她，她心裏卻想你牛漢國能夠救活我為何就不能救活木根呢？你救不了木根為什麼又要救我呢？為什麼不讓我與木根一起去呢？她的心裏不僅沒有感激的意思，而只有憎恨的感情了。

牛漢國這些天為那一萬根毛竹的事情，到金牛鎮林場結帳。他幾次經過姜阿翠的小飯鋪就聽見裏面傳出阿翠的哭聲，他也責怪自己為什麼不早點到現場呢？只要早幾分鐘木根大概就有救了。他憐惜姜阿翠，一個寡婦多麼不容易，孩子是她的明天、她的希望，現在孩子走了，她的希望沒了，她的明天沒了。他想為姜阿翠做些什麼，甚至去勸說她幾句，讓她節哀保重身體，舉起手剛要敲門，又將手放了下來，牛漢國並不是一個能言善語者，他不能讓孩子起死回生，他去見姜阿翠又能解決什麼呢？他讓人捎了幾百元錢轉給姜阿翠，關照別說是他給的，他想在木根出殯時幫些忙、出點力。

上午出殯前，小酒店的門板打開了，一具壽材就停在廳堂中間，金牛嶺上的貨郎將一個波浪鼓放到木根手中，木根喜歡他的波浪鼓。在釘壽材時，阿翠哭著喊著不讓他們釘，弄了幾個人強行拉住阿翠才將壽材蓋釘了下去。牛漢國、貨郎、大老李、小孫幾個壯漢抬壽材，兩管嗩吶開始淒淒慘慘地吹奏，吹的樂曲卻是毛主席語錄歌，「我們共產黨人好比種子，人民好比土地，我們到了一個地方，就要同那裏的人民結合起

來……」「領導我們事業的核心力量是中國共產黨，指導我們思想的理論基礎是馬克思列寧主義……」嗩吶居然能夠將原本歡愉的曲調吹得哀婉悱惻催人淚下。

幾天不見，姜阿翠憔悴了許多、消瘦了許多，眼睛腫了，眼圈黑了，額頭上綁了一條白布，在額角邊草草地打了一個結，士林藍的對襟衣服腰間勒了條白麻布腰帶，這倒讓原本生氣勃勃的姜阿翠有了一種病態美，那種弱不禁風嬌怯柔弱的姿態，讓人憐惜使人疼愛。

鞭炮響了，壽材抬起來了，嗩吶開道，壽材隨後。姜阿翠在兩個堂客的攙扶下緊跟其後，她幾乎已哭不出聲了。在金牛鎮的石板路上走著，牛漢國抬著壽材，回頭看著姜阿翠一步一泣的情狀，這位錚錚鐵漢眼睛紅了，他的腳步有點亂，與他對手的貨郎叫了一句：「老牛，走穩步子，走穩步子！」牛漢國急走了幾步，與抬壽材的貨郎走齊了步子，黃狗旺旺也亦步亦趨地緊跟在牛漢國的後面。

二十、貨郎

金牛鎮有兩大姓，況姓為況鐘的後裔，李姓傳說為李世民的後代，這兩族到了近代都逐漸衰弱，雖然人丁還算興旺，但是出名的人就寥寥無幾了，能夠走出山村去讀書就是當地的新

聞人物了。貨郎姓李名鶴，性格雖然有點沈默寡言，人卻十分厚道，鄉裏鄉親的有什麼事情需要相助，他總會挺身而出，湊點錢出個份子，出點力幫點忙，總離不開他。

辦完喪事，他原本想在金牛鎮的親戚家住下，後來看看月亮很好，將路面照得一清二楚，他就慢慢地踏著山路往家走，十五里山路走熟了的，一步一步慢慢地行。山崖下的金牛河奔騰著喧囂著，浪花在月色下泛著粼粼波光，山道上冷不防串過一隻小獸，不知是麂子還是野兔。李鶴在夏收季節都要回來，持一桿銃，夜晚守侯在梯田上，防止野豬來吃糧食，蚊子就在身上叮咬，蟲子就在眼前翻飛。鐵銃的槍膛裏裝上了火藥，放入了一截專打野豬的鐵條。野豬們十分狡猾，嗅覺靈敏的野豬老遠就能夠嗅到人的味道，只有在颳迎面風的時候，才能不為野豬嗅到人的味道。野豬是集體行動的動物，半夜時分，一群野豬漸漸挨進稻田，闖入已結穗的田裏，發瘋般地啃食稻穗。打野豬必須打它的頭顱，野豬是一種復仇心特別強的動物，只要你沒有打死它，它就會死皮賴臉發瘋似地盯著你追著你。一銃放去，打在一頭野豬的頭部，在夜晚的山凹裏激起一陣回響，那野豬掙扎了幾下，終於倒下了，邊上的野豬們便圍了上去，看看那倒地的野豬已沒有希望了，野豬們便一轟而散，它們撤離了這塊地方。小心翼翼走上前去，對著倒臥的野豬再補上一銃，野豬的生命力極其頑強，一點不能麻痹大意，如果不補上一銃，只要它能緩過氣來，它突然間就會蹦起身，將它的兩根獠牙插入獵人的身體。分野豬肉是有講究的，往往請山村

中有威望的老人主持。將野豬開膛破肚後，在打野豬時候只要在場的人都有份，第一個發現野豬的人是很重要的，分肉者就拎著野豬的尾巴，在野豬的臀部轉一圈，圈內的野豬肉就歸第一個發現野豬者所有，其他的人有的剁一個野豬腿的，有的分一點野豬內臟的，其餘的都歸了放銃的人所有。多少年來，山村就是這樣分野豬的，大家都認為是天經地義的。這貨郎想到了去年夏天打到一隻碩大野豬的情景，至今想起還非常得意。

貨郎來到自己家的門口，今天是星期六，讀中學的孩子大概回來了。已經是半夜了，四處沒有一盞燈，只有那盤圓月逐漸下沉，那銀色的月光灑在門口的臺階上、豬圈的屋頂上。貨郎一推門，門閂沒有閂住，貨郎有些吃驚，便推開門，躡手躡足往裏走。當貨郎推開臥室的門，打開燈，不禁大吃一驚，他的床上居然躺著兩個人，赤條條的兩個人，一個是他的妻子，一個是他的房客，那個滿臉麻子的麻大哥。

這貨郎不禁恨從心中起怒向膽邊生，他隨手拿起根吹火棍，掀開被褥，就沒頭沒腦地對著他們打了下去，一邊嘴裏恨恨地罵道：「打死你，姦夫淫婦！打死你，姦夫淫婦！」

那表嫂睜開眼來，見丈夫站在床邊，手裏拿著根吹火棍沒頭沒腦地打來，她的白皙的大腿立刻留下幾道紅印。麻大哥一骨碌翻身下了床，準備伺機衝出門去。見情況不妙，赤裸著的表嫂上前就將一把丈夫抱住了，嘴裏連聲乞求道：「別打了，別打了！是我不好，是我不好！」貨郎掙脫了表嫂的糾纏，衝到麻大哥身邊，劈頭蓋臉地狠揍，打得麻大哥嗷嗷直叫喚。表

嫂又撲上前來，使勁拽住丈夫手中的那根吹火棍，麻大哥乘機一溜煙逃回了自己的屋子。

這個屋簷下的人都醒了，大老李、小宋、小張、小孫等人都出來了，表嫂的中學生兒子也睡眼朦朧地出來了。表嫂已套上了衣褲，披頭散髮滿臉羞愧之色。大家都問怎麼回事，一邊的表嫂一言不發，氣喘噓噓的貨郎指著麻大哥的房間說：「去問麻大哥吧！」大老李走到麻大哥住處，門被閂了，敲了許久，聽到是大老李的聲音，麻大哥才將門打開，驚恐萬狀的麻大哥居然還一絲不掛，他的額頭上青的、紅的一塊塊，有的地方已經腫了起來。大老李馬上就意識到了，憤憤地對麻大哥說：「你呀你！你的老二怎麼會這樣饞呢？小頭享受，大頭吃苦呀！」

牛漢國沒回來，大老李也不知道怎麼處理此事。

望著仍然在啜泣著的表嫂，大老李勸說貨郎先睡覺，等明天牛漢國回來再處理此事。

表嫂房間裏熄了燈，貨郎搬了張躺椅睡在了門口，他仍然難以入眠。他也不知道怎樣處置與別人偷情的妻子。山裏人成個家不容易，原來一家三口樂也融融的生活被破壞了。這貨郎也熄了燈在躺椅上抽水煙，黑夜裏紙煤一閃一閃的火光映出了貨郎這張愁苦的臉，水煙筒撲嚕嚕的響聲擾亂了他的思緒。他甚至想操一把刀宰了這對姦夫淫婦，他也知道殺人要償命，他最擔心的是他的孩子，尚未成年的孩子狗崽沒有父母將如何生活下去。

天漸漸亮了，晨曦中貨郎在躺椅上睡著了，涎水從口角邊流出來，拉了一條長長的絲。

房間裏的表嫂卻沒有睡著，她撫摸著大腿上的傷痕，想著天亮以後將如何面對，如何面對自己的丈夫，如何面對自己的孩子，如何面對這個世界。她甚至想用根繩索在樑上自盡，但是她捨不得自己的孩子。她現在有點恨麻大哥了，都是這個麻子，花言巧語讓她失了身。

小鳥開始在山林中啾啾地叫了起來。她下了床，輕輕推開門，見在躺椅上的丈夫睡得很沉，便悄悄從他身邊擠了出去，走進兒子狗崽的房間，大概因為半夜裏的鬧騰擾亂了孩子的夢，現在的兒子正蒙頭呼呼大睡。

二十一、狗崽

山村的人們有種說法，孩子的名字起得越賤孩子的命就越硬。因此，在山村裏阿貓、阿狗等名字就屢見不鮮。貨郎給孩子起了個狗崽的小名，也是盼望這名字能夠逢凶化吉。

昨天半夜的事情，狗崽朦朧間也瞭解了點什麼，山村中孩子對於男女間的事情的教育幾乎都是從大人的言語行動中得來的。狗崽知道大人們常常開玩笑地問別人，昨天晚上打了「粑」沒有？那是說男女之間的性事。山村中男女之間的玩笑

常常是離不開這些話題的。在水田裏耘禾，有人就會問剛剛來了月經的女孩，半開玩笑地問：「細伢子，長了毛吧？」那女孩會羞怯地舉起耘禾的棍子，假裝要揍他。一邊的人就唱山歌般地代為回答：「去年沒有，今年稀稀拉拉地長了兩三根。」引起一陣大笑。夏收季節，在割禾打穀的行列裏，那些好開玩笑的婦女，會故意拿年輕的單身漢開玩笑，將稻穗塞進那漢子褲衩的破洞中，引得那漢子發怒，便去追打那些婦女，婦女們四處躲藏，那漢子抓住一個便在屁股上摸一把，在胸脯上抓一把，那婦女也戲謔地在那漢子褲襠裏抓上一把，激起哄堂大笑。幾個婦女湊在一處商量，不一會兒，她們一湧而上，將那漢子抓住，七手八腳地把他的那條短褲衩剝了下來，拋在樹上，讓他的那個把兒在日頭下曝光。山村的孩子們就在這樣的氛圍中耳濡目染，逐漸長大逐漸成人。

狗崽一覺醒來已近中午，走出房間，就見廳堂裏坐了許多人。飯桌前坐了牛漢國，一副義憤填膺的模樣。麻大哥坐在一邊的矮凳上，一隻手遮著臉，臉的一邊青腫了。父親坐在牛漢國對面，正抽水煙，滿臉的煙灰色，母親仍在房間裏不出來。大老李、小宋、小張、小孫等人，也坐在廳堂裏。黃狗旺旺也一聲不吭地臥在桌子下面，關注著屋子裏發生的一切。

顯然他們的談話已經進行了一陣子了。「朋友妻，不可欺，你麻大哥連房東的妻子也欺負了，你還有沒有一點人情，有沒有一點人性呀！」牛漢國仍然在罵麻大哥，在給李鶴這貨郎出氣，他知道不將這貨郎心中的鳥氣吐出，事情也就沒法解決。麻大哥則坐在一邊一聲不吭。

牛漢國又勸貨郎：「表嫂人不錯，能幹；主要是麻大哥這個人邪，他這個方面一貫有問題。成一個家不容易，毀一個家就一瞬間。老李，你想想。」

　　「那就這樣隨他們去了？我這張臉往哪兒擱呀？還要不要我做人呀？」貨郎哭喪著臉說。

　　「老李其實你也有錯的地方。」牛漢國對貨郎說。

　　「什麼？他們倆弄在一塊兒是我的錯？！」貨郎瞪大了眼睛不解地說。

　　「別急，別急，請你讓我慢慢地道來。」牛漢國如說書一般。

　　「平時你老李關心了表嫂多少？這個家不就主要靠表嫂撐著的嗎？你在外面走村串巷當然也是為了這個家，但是你回到家裏，又關心了表嫂什麼呢？你賣了那麼多頭飾、鐲子給堂客們，你給表嫂買過一件嗎？表嫂在家裏忙裏忙外，你回到家有過一句問候嗎？你常年在外，回到家還是三棍子打不出個悶屁，有你在跟前與沒有你在跟前有什麼兩樣？表嫂想找你說說話，你也不給她這個機會，夫妻之間不交流不關心，那麼感情就會疏遠的，難道說這件事你就完全沒有任何責任？」牛漢國循循善誘地說。

　　狗崽聽著牛漢國一句句說，覺得很有理。他為母親難過，也為父親難過。他憎恨眼前這個滿臉麻子的人。

　　「那麼，你說怎麼辦？」貨郎抬起頭，臉上掛著兩行淚水。

　　「我想不能為這一次過失就毀了這個家。這個事情的主要

責任在於麻大哥，讓麻大哥給賠禮道歉，讓麻大哥賠點錢。」牛漢國今天剛跟林場結了賬，伙計們的工資都還沒發。

「這事就在這裏解決了，出門誰都別說，只要這裏的人不說，也就沒有別人知道。」牛漢國揣摩到了貨郎的心理，他也不想拆散這個家，他只是要面子。

這貨郎沒有作聲，心裏大概接受了牛漢國的建議。

最後得出的決議為，麻大哥當面向李鶴道歉，並立下令狀，從此再不與表嫂來往，從此不再跨進表嫂家一步，賠償貨郎二百元錢。白紙黑字寫得清清楚楚，簽名蓋章手續齊齊全全。

狗崽看見父親小心翼翼地將紙收了起來，將二百元放進了衣兜裏。

牛漢國告訴貨郎說，他們明天就搬走，去麒麟峰紮排放排。

二十二、麒麟峰

麒麟峰離金牛鎮四十多里，因這裏的山峰狀似麒麟而得名，那高昂的頭顱，那躍動的腳爪，那連綿的鱗甲，就如同一隻巨大的麒麟蹲在你的眼前。在麒麟峰上，有兩株千年老樟，巨大的樹幹四五個人手拉手也圍不過來，亭亭綠葉如一柄巨傘，遮住了半個山頭。傍晚時分，老樟上停的鳥有數百數千，各種各樣的鳥鳴聲響成一片，倘若有人驚動了鳥群，那些鳥猛然間一起展開翅膀騰空而起，幾乎遮住了半邊天。

麒麟峰上也不知從何時起就建了一座小廟，飛簷翹壁，古剎森森，幾尊泥菩薩，幾個香爐，聽說先前還有一和尚，後來大概究竟此地人煙稀少生活不便，那和尚也就離開了小廟，不知是還俗了，還是去當雲遊僧人了。小廟雖然逐漸頹敗，但隔三差五地還有人來燒香，聽說都是些求子心切的堂客，「麒麟峰上麒麟廟，麒麟廟裏求子靈」，麒麟送子的童謠一傳唱，就引來了四鎮八鄉的求子者，也不管路遠山陡，也不怕林深人稀，反正身上沒有錢財，到哪兒也不懼被搶。有些歹人對錢財並不很感興趣，卻對女人有意思，便遠遠地盯梢那些來拜求的年輕堂客，悄悄尾隨其後，一直到此人煙稀少處，手擎一柄小刀，看著沒別的人，從山林中跳將出來，大吼一聲，那年輕堂客早就被嚇得暈了過去，便拖到草叢中做了好事。那些受辱的堂客大多守口如瓶，既不喊叫，更不報案，只是匆匆下山回家，有些堂客回家後果然得子，生下一男半女，就說是求菩薩求來的，也不知道是誰的種，卻弄得這小廟名聲倍增，就有人出資整修了小廟，為泥菩薩粉了金身，為廟門上了朱色，就不斷有年輕媳婦來此拜求的，也不知道可謂惡性循環還是良性循環。因此，只要在此山道上看到一兩個女性，不挑擔不攜小的，大多就是奔麒麟廟去的，大多是去拜求麒麟送子的。

　　抗戰期間，這麒麟峰上曾經打過一場惡戰，一隊日本鬼子在麒麟峰迷了路，被游擊隊圍困在山凹裏，日本鬼子人地生疏，游擊隊員諳熟地形，依仗人多勢眾將包圍圈越縮越小，在日本鬼子的頑強抵抗下，游擊隊死的人比鬼子多得多。戰鬥最

後進行到肉搏的時候，日本鬼子一個個揮舞著軍刀，游擊隊員用砍刀斧頭，戰鬥最後結束前，許多日本鬼子誓死不投降，紛紛用刺刀剖開了自己的腹部，在日本軍國主義精神中走向天國。打掃戰場的時候，聽說鮮血將這裏的河灘都染紅了，戰場的情景慘不忍睹，掐脖子的，咬耳朵的，扣眼珠的，應有盡有。甚至後來人們晚上都不敢經過這裏，說夜晚這裏常常發出一陣陣奇怪的乒乒乓乓格鬥的聲音。

　　牛漢國他們在麒麟峰下的河灘上搭建起了三個竹棚，在河灘上建構了一個品字形。晚上躺在竹棚裏的竹床上，仰望著麒麟峰，仰望著夜空，聞著山野中特殊的植物氣息，聽著金牛河潺潺的水聲，會有許多遐想。小宋與牛漢國躺在一個竹棚裏，黃狗旺旺守候在他們的竹棚外。牛漢國喜歡小宋，覺得這年輕人聰明單純，也能夠吃苦，做事喜歡動腦筋。小宋崇敬牛漢國，覺得牛漢國閱歷豐富，善解人意，剛勇剽悍，善良幽默。他們倆就如同叔侄一般，甚至牛漢國還常常拿工作上的一些事情與小宋商量，有機會小宋也會將他內心的想法說給牛漢國聽。牛漢國在金牛河上放了幾年排，除了吃喝開銷，除了接濟一些單身老人，還積攢了一些錢，牛漢國從來不將錢存放銀行，一是銀行太遠，不方便；二是錢放在銀行，不放心；三是人心叵測，怕遭算計。因此，牛漢國就將錢都藏在他的一件小背心裏，背心是灰卡其布做的，前後有不少口袋，他將錢一疊疊的放進口袋，用線將袋口縫住，白天就將背心套在身上，晚上就把背心當作枕頭。他從來不與麻大哥、大老李睡一個屋

子，他不放心他們，覺得他們的心不善，有邪氣，他喜歡與小宋住一屋。

牛漢國常常給小宋講他過去的經歷，小宋是一個最好的聽眾，他從來不打斷牛漢國的講述，他在聽了講述後常常會問一些頗有深度的問題。

小宋望著漫天的星斗，自言自語地說：「這裏的天空比城市裏低得多，這裏的星星比城市裏的亮得多。」小宋向天上伸出手，好像要去摘星星似的。

「小宋，想家了？」牛漢國問。

小宋點點頭，他問了牛漢國一個一直想問而不敢問的問題：「老牛，你有家嗎？」

牛漢國遲疑了片刻，噓了一口氣，說：「家，有過，後來，散了。」

在小宋的催問下，牛漢國講述了他家庭破裂的經過。牛漢國為拯救因饑餓在死亡線上掙扎的老兵們，私自打開倉庫，分吃了種子犯了錯誤後，被關了禁閉，王震司令員來處理了此事後，他問牛漢國有何困難和要求，牛漢國提出想到國內四處走走，散散心。獲得批准後，牛漢國攜妻子從北大荒南下，北京、天津、濟南、徐州、南京、鎮江、無錫、蘇州、上海、杭州、長沙、廣州，幾乎走了小半個中國。後來因為妻子懷孕了，才停止了行程。牛漢國決定不再回北大荒農場，他想回到故鄉江蘇農村，而妻子卻想到城市裏生活，並提出想到上海生活，說走了這麼多城市上海最好，而且她有親戚在上海。牛漢

國卻認為豪華都市並非他牛漢國生存之地，他這樣的土包子只能適應農村的生活。牛漢國獨自回了老家農村，妻子卻住在上海。老家農村缺醫少藥，看病要走十幾里路到公社衛生院，許多病人往往有病就忍著，小病常常就拖成大病，救治不及就一命嗚呼。牛漢國懂點醫道，便通過公社衛生院，在村裏開設了一個小診所，中西醫結合，傷風感冒，打針吃藥，小毛小病，都可以在小診所裏得到解決。小診所為當地村民解決了問題，牛漢國的生活也有了著落。妻子生孩子了，牛漢國去上海探望，在繁華大都市裏，牛漢國感到特別不習慣，城市裏人動輒罵人為鄉巴佬，一次坐公共汽車不小心踩了別人的腳，牛漢國正想道歉，那女的卻吐出一句話：「鄉巴佬，沒有坐過車呵？！」牛漢國火了，說：「我不小心踩了你的腳，可以給你賠禮道歉，你憑什麼罵人鄉巴佬？鄉巴佬也是人呀！」孩子滿月了，牛漢國就回了老家。妻子也曾經去過牛漢國老家，她也覺得不習慣。後來，夫妻倆長年不在一起，牛漢國就覺得別扭，寫信給妻子說：「要麼你帶孩子來農村，要麼離婚。」妻子的回信也說：「要麼你來上海，要麼離婚。」他們倆就去辦了離婚手續。

「他們現在在哪兒呢？」小宋問。

「仍住在上海，兒子已經十歲了。」牛漢國若有所思地回答。

「他們都好嗎？」小宋問。

「已經許多年沒去看兒子了，也不知道長成什麼樣了。」牛漢國有點惆悵。

「孩子他媽後來又結婚了沒有？」小宋總喜歡打破沙鍋問到底。

「我也不知道。」牛漢國搖搖頭。

他們倆都沈默了，只聽到山野間秋蟲的鳴叫與金牛河流水的聲音。

小宋想今年回家過年時，抽空去找找看，去看看牛漢國的兒子、妻子。單純的小宋想為什麼牛漢國的妻子就同意跟他離婚呢？結為伴侶的夫妻倆為什麼會分道揚鑣呢？

女人啊女人，小宋還很不瞭解，小宋也很想瞭解，「女人啊女人，女人啊女人……」小宋在自言自語中進入了夢鄉。

二十三、女人啊女人

「女人啊女人，其樂無窮！」麻大哥與小張住一個竹棚，他們倆躺在竹床上聊天。麻大哥因為與表嫂的事情賠了款，最近砍毛竹的工錢大部分進了別人的口袋，弄得自己煙也沒得抽，人常常打不起精神。但是一談到女人，麻大哥立刻來了勁。

麻大哥臉上的浮腫雖漸漸退去，但是臉上的青紫色依然可見。麻大哥似乎早已忘卻了金牛嶺上挨揍的尷尬，吐沫飛濺地與小張吹噓著。

「人生在世，吃喝玩樂，食色性也，古人就告訴我們，吃東西與性交是人的本性，光能夠填飽肚子，不能夠解決性慾問

題，那也就沒有完全滿足人的本性。」麻大哥好像在給小張上啟蒙課。

「那麼談戀愛算是資產階級的，還是無產階級的？」小張問了一個奇怪的問題，大概是因為文化革命將一切談情說愛的文藝作品都打成了毒草。

麻大哥哈哈大笑，說：「無產階級就不談戀愛了嗎？無產階級就不生孩子了嗎？無產階級也是人，人就要吃飯！人就要性交！人就要生孩子！」

小張恍然大悟地點點頭。

「老弟，你與你安徽的媳婦上過床沒？你大概還是童子身吧，你還沒感受過男女之間的妙趣吧？經過我麻大哥品味的女子，胖的、瘦的、高的、矮的、老的、嫩的，少說也有一打了吧，你應該跟著我麻大哥多學幾招。」麻大哥早已忘了被貨郎追打的尷尬。

「麻大哥，你怎麼弄到那麼多的女子，她們怎麼都會聽你的呢？」小張疑惑地問，他想到有幾次他想抱一下李香、親一下李香，都被她推開了。

「老弟，這你就不知道了，這裏就大有講究了。老弟，我告訴你，據我的經驗，女人有三軟：耳軟、心軟、身子軟；男人則有三硬：嘴硬、手硬、身子硬。對付女人，不能光用男人的三硬，而應該先迎合女人的三軟，先應該說軟話，說一些讓女人開心的話，說一些誇耀女人的話，讓耳軟的女人聽著舒適的話，凡是女人都願意別人說她漂亮，再醜陋的女人都有虛榮

之心，如果用男人的硬嘴去對付女人的軟耳必然失敗，對女人不必都說實話，該吹的吹，該誇的誇，該瞞的瞞，該騙的騙，該哄的哄，該花的花，對女人完全說實話，必然一敗塗地；其次是做軟事，女人心軟，小恩小惠必然不可少，送個小禮品呵，遞上點脂粉錢哪，是籠絡女人的心，如果用男人的硬手對付女人的軟心，必然走投無路。女人心軟，男人可以在女人面前說說自己的痛苦，將你面前的女人看作最可以信賴的人，讓她同情你、憐憫你，不能一味在女人面前趾高氣揚，要充分利用女人心軟的特性，只有你牽動了女人這顆軟弱的心，甚至讓心軟的女子為你流幾滴眼淚，那戲就好唱了。」麻大哥沾沾自喜地說。

「那如何唱戲呢？」小張聽得津津有味。

「那就得看你如何利用男人的身子硬，對付女人的身子軟了。」麻大哥露出淫邪的眼光說。

「說軟話、做軟事，然後呢？」小張追根問底。

「說軟話、做軟事以後，就不能再軟了，再軟就糟糕了，那還有什麼戲？根據我的經驗，如果火候已到，就可以著手進行了，男女之間的事情，男的想，其實女的也想，但男的總是主動，女的總是被動，該動就動，一路順風，該動不動，遺憾無窮。」麻大哥笑嘻嘻地說。

「那麼如何動呢？」小張仰起身子問。

「那就大同小異了，抓兩點，貫徹一條嘛！」麻大哥發出一陣淫蕩的笑聲。

「兩點？一條？」小張疑惑地問。

麻大哥順手在小張的褲襠裏抓了一把，說：「這就是一條呀，老弟，怎麼還沒入正題就撐起傘來了？」

小張打開麻大哥的手，說：「我還以為是貨郎揍你的那條吹火棍呢！」

麻大哥無意識地摸了摸青紫色的臉。

半夜裏，小張做夢了，夢見了李香，夢見他回到了李香身邊，對她說了許多她喜歡聽的軟話，送給李香許多禮物，李香笑了，夢中的小張囁嚅地自言自語：「該動就動，一路順風，該動不動，遺憾無窮。」小張動了，「抓兩點，貫徹一條」，小張夢遺了。

二十四、遺憾無窮

「遺憾無窮，遺憾無窮！我那張牌緩一手出就好了，我就可以自摸糊了，也就不會放炮了，那一炮放得可慘了！」小孫頗為傷感地對大老李說。

「輸了多少？」大老李問，他與小孫住一個竹棚。

「那下輸慘了，不是那下我還不會出來呢！」小孫憤憤地說。

「老婆、孩子呢？」大老李問。

「只有顧不得了，把老婆、孩子賣了，也還不了那把牌輸的錢，那天打牌，也太想扳本了，下的賭注太大了，本想贏了就洗手不幹了，想不到弄得如此下場。」小孫的眼睛濕了。

　　「你老婆、孩子現在還好嗎？」大老李問小孫，其實他是同病相憐，也想念自己的家了。

　　「聽說還可以，我只能寄一點錢給我姐姐，讓他悄悄轉給我的老婆，如果直接寄到家裏，肯定會給那些債主奪走。」小孫唏噓著說。

　　「哎……」大老李長歎一口氣，顯然牽起了他的思鄉情：「世界上是沒有懊悔藥可買的，很多事情只有留下深深的遺憾了。其實經濟的問題沒有政治的問題麻煩，欠錢還錢就是了，政治上有問題幾乎沒有辦法解決的。」

　　「人為財死，鳥為食亡。錢財的事情是人生最大的事情。」小孫不贊同大老李的話，顯然他沒有經受過大老李出身問題的困擾。

　　「當然，政治其實是歷史給你的一個印戳，現在說的『出身不由己，道路己選擇』，他媽的，完全是胡說八道，為什麼總說『老子革命兒好漢，老子反動兒混蛋』，你怎麼選自己的道路呢？」大老李恨恨地說。

　　「我是不懂政治的，我看政治就是騙子，誰手法高明，騙術高明，誰就是政治家，就如同在牌桌上賭牌，不管你用什麼手段，無論是作弊，還是連檔，只要贏了錢，就是勝利者，就會得到擁護，就會有人跟著你。」小孫點著了一根煙，吸著。

「我看政治就是整人，我整你，你整我，就是政治，今天我整你，明天你整他，就構成了政治，文化革命是最大的政治，其實我看就是最大的整人，你看整死了多少人。所謂的政治家就是能夠玩著花樣整人的，不能整人的是不可能當政治家的，因為他沒有手段，臺上握手、臺下踢腳，就是政治家，政治家都是一些鐵面無情的人物，都是一些往死路上整人的人，所以有人將政治家稱為政客。如果沒有政治家，這個世界大概會太平許多。」大老李幾乎變成了一個哲學家。

大概大老李說得太深了一些，小孫搭不上話了，他便一口一口地吸著煙，煙蒂的紅光在夜色裏一閃一閃的。

一隻貓頭鷹「哇」地叫了一聲，夜的山谷裏傳來了回聲。

一隻田鼠鑽出洞口，它感到了生的威脅，一下串出很遠，貓頭鷹幾乎悄無聲息地撲騰了下來，兩隻鋒利的爪子一瞬間抓住了這隻田鼠，飛到了一株苦楝樹的枝頭，三口兩口就將這隻田鼠吞下了肚。一盤圓月將苦楝樹枝頭的貓頭鷹映成了一幅剪影。自然界的生存競爭就是這樣無情，人世間的生存競爭更是殘酷無情。

大老李已睡著了，鼾聲一陣又一陣。

小孫抽完了一支煙，卻睡不著了。他悔疚自己當初的豪賭，他悔疚自己沒能擔負起做丈夫、做父親的責任，如今遠離家庭在金牛河放排，也不知道何時可以回故鄉。他想念他的任勞任怨的妻子了，想念他的活潑可愛的孩子了，這次放排下去，該給他們寄點錢了。

想到妻子，想到妻子那張圓圓的臉龐、那對杏仁眼，想到那天離家前妻子與他的流淚擁別，妻子不敢大聲哭，怕被那些債主知道，又不願意丈夫走，但又無可奈何。那天離開前，小孫幾乎是惡狠狠地拿妻子發洩了一番，他們倆幾乎是邊流淚邊幹的，他們倆都有一種前所未有的興奮，新婚的時候好像都沒有這種感覺，在小孫半夜離開以前，他們倆接連做了三次。他的手不禁伸向了自己的檔處，那老二已經堅挺如石了，他不由自主地上上下下套弄著自己的老二。

　　麒麟峰頂的山林裏，一頭公野豬追上了一頭母野豬，將兩隻前腳搭在了母野豬的身上，公豬一根細長的陰莖插入了母豬的陰戶，母豬發出一陣刺耳的叫聲，公豬將精液箭一般地射入了母豬的陰戶，公豬發出了一陣愉悅的嚎叫。

二十五、嚎叫

　　深夜的麒麟峰並不平靜，大自然演繹著一幕幕生存競爭適者生存的大戲，在秋夜裏各種動物有序的吟唱裏，不時會傳出一兩聲怪異的嚎叫，令人有點毛骨悚然不寒而慄。

　　從小宋身邊發出一聲聲嚎叫，守在竹棚外的旺旺也發出了驚恐的叫聲。小宋醒了，小宋坐了起來，是老牛發出的聲音。他推推身邊的牛漢國：「老牛，老牛！」

牛漢國停止了嚎叫，睜開了眼，說：「做了個惡夢！」

小宋好奇地問：「做了個什麼夢？」

牛漢國睡眼惺忪地說：「太可怕了！太可怕了！」

小宋催著老牛快說。

牛漢國揉揉睡眼說：「我先是夢見在朝鮮戰場上，那次帶領偵察員去摸舌頭，那個被我用匕首割了脖子的美國巡邏兵，提著他自己的頭四處找我，逼著我幫他把頭安上去，我沒命地逃，他那具無頭屍首死死地跟著我，我逃到哪兒，他就跟到哪兒。後來，好像又到了北大荒，我看見在高粱地裏，那美國大兵在強姦一個農家姑娘，高粱地裏的高粱被踩倒了一大片，那姑娘被那美國大兵強按在地上，那姑娘還在死死地掙扎，那美國大兵還是沒有頭，那姑娘被他強行剝去了衣服，只剩下一隻紅肚兜了。那美國大兵挺出那根巨大的雞巴就往那姑娘身下刺去。我大喝一聲舉起槍把就朝那美國大兵身上砸去，那大兵瞬間沒有了身影，槍把卻砸在了那姑娘的頭上，流出了一灘血，那姑娘死了？我站在一邊束手無策。後來，好像我又躺在了這竹棚裏的竹床上，那個無頭的美國大兵來到我的床前，手裏提著他的頭，那頭顱已浮腫，腫得老大老大，眼睛、鼻子幾乎分不清楚了，他站在我的面前，始終將那隻醜陋不堪浮腫的頭顱提在我的眼前，一種不屈不撓不達目的誓不罷休的樣子，他的意思還是想讓我將他的頭安上去。我想起身，卻怎麼也動彈不了，想叫喊，又發不出聲音，接著就被你推醒了。」

「簡直是一篇小說。」小宋說。

「可能抗戰期間這個地方曾經打過一場惡戰，死了不少人。這個地方陰氣重，容易做惡夢。」牛漢國驚魂未定地說。

　　小宋起身，走出竹棚，黃狗旺旺站起身，對著他搖頭擺尾的，小宋對著金牛河裏撒了泡尿，長長的尿一條銀線一般射向河裏，河裏「撲刺」一聲跳起了一條魚，蹦跳了幾下，蹦到了河灘上的卵石上，小宋來不及繫褲子就跑到卵石上，撲住了那條一尺長的魚。他用腳踩住魚，繫上了褲子，捧住魚回到了竹棚裏，說：「老牛，老牛，我抓到了一條魚！」

　　牛漢國樂了，說：「就你小宋有運氣，拉尿就尿到了一條魚，搬山不知道會搬到什麼玩意兒了。」他說的搬山就是解大手。

　　天漸漸開始亮了，老牛與小宋也睡不著了。

　　老牛起身抽了支煙，去河灘上剖麻了，準備紮竹排，旺旺屁顛顛地跟在後面。

　　小宋開始拾掇這條魚，在河灘上用幾塊卵石支起了鼎鍋，準備先用這條魚煮湯，放幾片冬瓜。小宋準備煮竹筒飯，他砍了幾節竹子，將竹節上打個小洞，灌進一些米，放進一些水，再用竹葉塞住，將竹筒放進火中烤，等到竹筒爆裂了，就撥離了火，那米飯就熟了，竹筒飯有一種特別的清香。

　　吃早飯的時候，魚湯大受歡迎，你一勺我一勺，一會兒就鍋底朝天了，小宋自己沒吃到幾口。牛漢國有點過意不去，責怪小張吃多了，小張在一邊囁嚅著說：「我以為小宋燒的時候早喝過了。」湯喝完了，牛漢國說這魚是小宋半夜裏拉尿尿來

的，大家問怎麼回事，小宋一解釋，麻大哥開玩笑說，這不是我們都喝小宋的尿湯吧？大家都笑了。

牛漢國突然想到他還有兩根炸藥一隻雷管，便提出下午他們去炸魚，大家一齊歡呼雀躍。

二十六、炸魚

午後的河灘上已經紮成了一掛排，六個竹排斗被首尾連在一起斜在河灘上，另外兩掛排正在加緊紮著。

太陽照在河灘上，幾件衣服晾在用竹子搭成的晾竿上，一邊的晾竿上曬著兩床被褥，這是小孫、小張的被褥。

在休息的時候，牛漢國讓麻大哥留守，其他人一起去深潭裏炸魚。

他們帶上了炸藥、雷管往上遊而去。這裏是一個葫蘆形的深潭，炸魚必須在深潭裏才有收穫。

小宋住在況家祠堂，金牛河流過祠堂邊不遠處有一個深潭，常常有人在此處的深潭裏炸魚。金牛鎮的人會水的不多，能潛水的更少，有的人炸魚只是撈取被炸浮上來的魚，許多被炸昏了的魚都沉在河底，沒過多久那些魚醒來又搖搖晃晃地游走了。小宋常常去炸魚的潭裏潛水撈魚，在況家祠堂，一聽到炸藥爆炸聲響，他們就會扔下手裏的事情，往深潭邊跑去，脫下衣褲跳進深潭，潛下河底，撈取獵物，那種兩隻手一手擎一

條、口裏還咬著一條的境界，那種愉悅，那種興奮，非一般釣魚者所能夠體悟的。知識青年在當地有一種無所畏懼的個性，幾乎不畏懼任何權勢。公社武裝部陳部長的兒子常來況家祠堂邊的深潭裏炸魚，炸藥並不需要到水庫工地上去摸，只要向他的老子要就行了。小宋他們幾次在況家祠堂邊的深潭裏潛水撈魚，差一點與那黑小子發生衝突，那小子先不准小宋他們撈魚，說魚是他的炸藥炸的。知青小梅回答說，炸藥是你的，但是魚是大家的，我們是來撈魚，不是撈炸藥。那黑小子爭辯不過，竟然扔下了河底被炸昏了的魚，帶著一伙人揚長而去，倒將炸魚的成果完全給了小宋他們，以致於他們吃了好幾天的鮮魚。

小張拽來一個竹排斗子，用竹麻牽住，繫在河灘邊的灌木上，讓那只竹排斗子飄在深潭上。牛漢國讓大家閃到灌木叢後邊，他在一個玻璃瓶子裏填裝好了炸藥，並輕輕地放進了雷管，小心翼翼地插上導火索。他點上一支香煙，用勁吸了幾口，將煙頭去點那炸藥，見到導火索吱吱吱地冒火，他便將炸藥往深潭裏一拋，人便退到灌木叢後。

在焦急等待了一分鐘後，「轟隆」一聲巨響，深潭裏的水柱竄得老高，那竹排斗子也被震得搖搖晃晃，山谷間回聲響成一片，驚得旺旺一陣狂吠。大家一個個迫不及待地來到潭邊，潭面上已經浮起了一條條銀白的魚兒，亮晃晃的。牛漢國取下肩上掛著的酒壺，遞給準備下水的小宋、小孫，說：「水涼，喝幾口，暖暖身子。」

小宋、小孫喝了幾口燒酒，小宋穿著短褲衩下水，小孫乾脆脫得一絲不掛。大老李、小張在竹排上接應，牛漢國在河灘

上抽煙，指揮著深潭裏的行動。黃狗旺旺也跳進了河裏，它用嘴叼著漂在水面的魚，游回岸上，將魚交到牛漢國手裏，牛漢國摸了摸它的頭，它便又竄下河去，一會兒又叼上一條魚來，大老李要去接它口中的魚，旺旺並不理會，一直將魚送到牛漢國的身邊。河面上的魚已經撈完了，旺旺站在河灘上，渾身一抖，抖落了身上的水，它站在河灘上望著小宋、小孫潛水撈魚。

秋天山裏深潭的水涼，上面的水由於太陽曬，還有些暖意，下面的水就有點涼了，潛到河底那水可以說有點冰了。小宋在況家祠堂練就了潛水撈魚的本領，不一會兒水面上的魚撈完了，他就潛下水撈潭底下的，深潭底下銀晃晃的躺著一大片，小宋特別興奮，揀那些大的魚先撈，撈上來便拋在竹排上，接應的小張興高采烈地一個勁地叫好，旺旺也在竹排上歡蹦亂跳地接應著，它將拋上竹排的魚一條條地叼給牛漢國。小孫游泳只會狗爬式，四肢爬水般一起行動，在潭面上發出咕咚咕咚的響聲，他想潛水，試了幾次，總潛不下去，急得手足無措。大老李見了，讓小孫上排接應，他自己脫光了衣褲，喝了幾口酒跳下潭裏。他們倆輪流將潭底的魚撈了上來，不一會兒，竹排上就堆了一大堆，有的魚已慢慢醒來，被小張用排斧敲昏了，旺旺在竹排上注意著，看到活了的魚趕緊上去，或用嘴叼著，或用腳踩住。大老李故意將撈上來的魚向小孫的襠裏拋去，一條魚不偏不倚正拋在小孫的命根上，小孫急忙用兩手去護，早已來不及了，疼得他馬上蹲下了身，他憤憤地罵道：「大老李，我操你家祖宗！」大老李在河心擎起手行禮向小孫表示歉意。

潭底的魚已經撈得差不多了，小宋感到越來越冷，牙齒開始格格格地打顫。

牛漢國讓他們上岸，小宋筋疲力盡地爬上岸，牛漢國遞上酒壺，讓小宋再喝幾口酒，並讓他趕緊將濕褲衩脫去，穿上衣服。穿上衣服的小宋嘴唇發紫，牙齒還在打顫，話都幾乎說不清楚。

小孫對著上了岸的大老李當胸就是一拳，大老李正要還手，被小張拖住了，兩個赤身裸體的男子，在這深山野林間，擺出一副決鬥的姿態。

牛漢國大吼一聲：「住手，誰都不能再動手！」

小孫氣呼呼地指著自己的命根說：「都紅腫了，是這傢伙幹的！」

大老李氣呼呼地說：「跟他開了個玩笑，他卻當真的了。」大老李的襠裏好像有一條凍僵了的蛇疲軟地臥在草叢中。

「算了，算了！」小宋嘴唇還在哆嗦，他勸說道：「大老李拋疼了小孫，給小孫賠個不是，小孫打了大老李一拳，也向大老李說聲對不起，就沒事了，今天有鮮魚吃，還賭什麼氣？」

他們將撈上來的魚用兩條軍褲裝了起來，軍褲寬大的兩條褲腿被裝得滿滿的，放在竹排上像兩個肥碩胖子的下半身。他們坐著竹排順流而下，麻大哥見到他們，見到兩大包魚，高興得蹦了起來。

晚上，在河灘上點起了兩堆篝火，他們將新鮮的魚用竹子串著，放在火上烤，空氣裏彌漫著一股魚的香氣，魚兒燒烤

著，酒壺傳遞著。上弦月爬上來了，驚動了苦楝樹上的幾隻大
鳥，它們騰空而起，在夜空中盤旋徘徊。秋蟲吟唱著，秋風吹
動著，金牛河跳躍著。

酒壺空了，臉兒紅了，篝火暗了，歌聲起了。

麻大哥在唱：

　　斑鳩飛起叫嚕嚕，
　　郎無妻來妹無夫，
　　只要你心合我意，
　　妹做妻來郎做夫。

大老李在唱：

　　想妹想得病纏身，
　　要吃山中百草根，
　　千藥萬藥吃不好，
　　見妹一眼病脫身。

小宋拿出了短笛吹了起來，〈北京的金山上〉、〈紅軍
不怕遠征難〉、〈翻身農奴把歌唱〉……短笛在夜的山嶺間盤
旋，在夜的金牛河上盤旋，在夜的心靈上盤旋，山醉了，水醉
了，人醉了。

牛漢國用河水澆熄了篝火，對大伙兒說，明天要開排，
早些起床，將另一掛排紮好。麻大哥、小張在這裏紮另外一掛
排，我們幾個將這兩掛排撐下金牛鎮，將今天炸的魚帶一些下
山，小張把其餘的魚該曬的曬，該烤的烤，別臭掉了。

二十七、開排

　　晨霧還在金牛河上飄蕩的時候，牛漢國就開排了，兩掛
竹排一前一後，牛漢國、小宋在第一掛，大老李、小孫在第二
掛，旺旺跳上竹排，想跟隨牛漢國走，被牛漢國趕上了岸，旺
旺站在岸上咕嚕咕嚕地，表示一種不滿和牢騷。小宋將魚裝進
一個竹簍子裏，綁在竹排中間，竹簍上遮了些野芭蕉葉，以免
為太陽曬臭了。大老李在開排前為昨天的事給小孫賠了禮，他
怕兩個人憋氣影響撐排，小孫鼻子裏「嗯」了一聲，算了接受
了大老李的道歉。

　　從麒麟峰到金牛鎮的水路大約需要走3個多小時，路上有
幾個險灘：烏龜背、牧羊坡、仙人球、狼牙石、獅子窩、鯉魚
洞、甲魚頭，這些地方怪石嶙峋，水道狹窄，水流湍急，在這
些地方必須小心謹慎，梢有疏忽，就會釀成排散人傷，弄不好
甚至會弄出人命。排工們常常說，放排是腦袋掛在竹篙上的，
開車是腦袋懸在方向盤上的，放排並不比在新開闢的盤山公路
上開車輕鬆，水火無情呀！排工們出工，總是腰裏綁一根腰
帶，是當地老表用的白布做的腰帶，將一柄排斧插在腰間，這
腰帶平時可用它擦汗洗臉，也可以用它洗澡。排斧與一般的斧
頭不同，從頭到尾均一寸半見寬，一頭方方的，可錘打，一頭
開刃，可砍物，排斧彎彎的，如同一彎新月。排工們認為放排
帶上排斧，可以避邪，可以逢凶化吉。

　　小宋兩腳叉開，手持一根新竹篙，站在二排上，竹篙還是牛漢國昨天親自給他做的。牛漢國在頭排上精神抖擻，左一篙右一篙地撐著，似乎漫不經心，其實篙篙踏實。牛漢國對小宋說：「山有山路，水有水路。不認山路，會迷路，不識水路，會斷路。水是力大無窮的，人的力氣再大，在水的面前都是微不足道的。撐排必須看清水路，必須將排撐在上水道，順著水路，排才能順流而下，逆著水路，將排走在水路的下端，那排就會被水打上岸打上石壁。」牛漢國指著水中浪的波紋告訴小宋。

　　按照牛漢國的指點，小宋果然看清了水中的路脈，那一條條波紋順著河道形成波浪，形成漣漪，一張樹葉飄落，必然順著水路漂流，必然飄向水路的那一端。牛漢國告訴小宋，撐排要有先見之明，要在排入水道前就將排撐到水路的上方，那麼排才能進入水路，且竹篙不能太靠攏竹排，尤其是在水流湍急處，人力是鬥不過水力的，你別看那浪濤齜牙咧嘴張牙舞爪的，它卻有它的脾性，只有摸透水的脾性，順著水的脾性，排才能走得順走得溜，撐排應該膽大心細，不懼怕任何急流險灘，細心看清水路，急流勇進，小心謹慎，排才會一路順風。

　　聽著牛漢國的講述，看著牛漢國在前面撐著，體會著牛漢國講述的要領，小宋有點躍躍欲試了。牛漢國好像揣摩到了小宋的心理，讓小宋到頭排試試。小宋站在頭排上，有點將軍騎在駿馬上的氣概，隨著牛漢國的指點，左一篙右一篙撐了起來。這裏的水道比較寬，水勢不險，小宋看著水路，按照牛漢國說的要領撐著，體悟著。

前面到了烏龜背，一塊形如烏龜背一般的巨石，凸起在河道中間，湍急的河水在巨石上激起幾尺高的浪花，巨石將並不寬的河道一分為二。牛漢國上了排頭，告訴小宋，到烏龜石必須讓排走左端，排工們唱道：「烏龜石邊走上方，水濕褲襠也不慌；烏龜石邊走下方，哭天哭地哭爺娘」。牛漢國威風凜凜猛撐了幾篙，排頭便往烏龜石的上方行去。小宋在二排上幫襯著撐了幾篙，只見竹排進了狹窄的水道後竟然擠作了一堆，擠作了一捆，小宋努力在竹排上保持身體的平衡，竹排轟隆轟隆地擠出了烏龜石，到了水面比較寬的地方，那竹排便舒展了開來，恢復了原狀。小宋低頭一看，褲襠裏濕了，心裏想不是尿濕的吧？又想這大概就是「水濕褲襠也不慌」吧。

　　過牧羊坡、牛漢國讓小宋到前排撐著，他點起一支煙，告訴小宋，下去沒多遠，就是仙人球了，關於仙人球，還有一個傳說故事呢：「金牛河美麗的風光吸引了天上的一位思凡的仙女，便獨自來到金牛河，在這青山綠水間無拘無束自由自在，吃野果，採野花，飲泉水，臥樹丫。天長日久，便覺得有些寂寞，便生出思凡之心，便想覓一郎君陪伴。這山林之間，唯一可見的，除了採藥的藥工、砍柴的樵夫，便是放排的排工了。那仙女用人間拋繡球的方式，採摘了一束野花，紮成一個繡球，在河道邊細心等待仔細察看，見一俊俏的排工撐排而來，便將那野花的繡球拋將過去，那繡球不偏不倚正中下懷。那排工居然跳下排來，隨著仙女上岸，在岸邊的野花叢中同結連理，那俊俏排工情語綿綿，那仙女才覺得人間之樂趣原來在男

女之間。不知不覺已過半月，那排工決意要回去，說家中還有病臥的老母親，等他安置好老母親就回來，與仙女終身相伴。仙女與俊俏排工依依惜別，送排工上排，直到那竹排不見了影子。此後，那仙女便日日站在河道邊翹首盼望，手裏捧著那個用野花做的繡球，一年，兩年，八年、十年，那俊俏排工始終沒出現，那仙女絕望了，她想不到人世間怎麼這般絕情，她站在河道邊漸漸幻化成一尊石像，手中依然捧著那個仙人球。」

小宋被這個傳說打動了，說：「真情女子負心漢！」

牛漢國操起了竹篙，指著前面不遠處河道邊佇立著的一塊石頭說：「看，那就是仙人球！」

牛漢國使勁地撐了起來，對著小宋喊：「小宋，左邊撐篙，快撐篙！」

小宋趕緊撐了幾篙，竹排避免了與石崖壁的碰撞，順利地往下游而去。

小宋回頭仔細看了看佇立在河道邊的仙人球，那捧著仙人球的仙女的姿態，那苗條的身姿、那翹首的神態，令人憐憫。

牛漢國說：「這仙女沒有等到負心漢，便將過路的排工都視為仇敵，她佇立在這險惡的河道邊，分散排工的注意力，排工們稍不注意，就會在此將排撞上石崖壁。」

小宋回首仙人球，發出一聲感慨。

二十八、感慨

中午時分，兩掛竹排到了金牛石，由於前幾天下雨，金牛河漲水，金牛石身後的那幾堆牛屎已被水淹沒了，金牛石也只露出了半截身子。排停到了金牛鎮林場，讓林場接了排，送了一些魚給江場長，牛漢國他們幾個就往金牛鎮而去，往姜阿翠的小飯店而去。

飯店關著門，鄰居說，木根死後，飯店再也沒開過張，阿翠去了娘家。牛漢國本來想送一些魚給阿翠，現在人不在，也就沒辦法了，便送了兩條魚給告訴阿翠情況的鄰居，鄰居道了謝，樂顛顛地捧著魚走了。

離開姜阿翠的飯店，牛漢國就有些感慨，說道：「好好的一個飯店，怎麼就關了？好好的一家人家，怎麼就散了？」牛漢國轉身就去了鐵匠鋪，小宋想著今天正是星期天，婷婷、梅梅一定在，便樂滋滋地跟在牛漢國後面。

進了鐵匠鋪，況鐵匠正在打鐵，見他們進來，放下手頭的活，招呼了一聲：「老牛，來了。」神色有些沉重。

小宋沒見到婷婷、梅梅，眼睛四處張望，況鐵匠說：「她們倆去淘米洗菜了。」

牛漢國對況鐵匠說：「老況，今天帶了些新鮮魚來，中午就在你這裏吃飯了，小宋，先弄幾條魚去洗洗，中午吃魚。小孫，去買瓶四特酒，我們跟況大哥喝兩口。」

小宋一溜煙去了河埠頭，婷婷、梅梅正拎著洗淨的菜和米，往回走呢，見到小宋，兩姐妹十分高興。見小宋手裏提著幾條魚，便問道：「哪裏來的魚？」

小宋回答：「炸的，中午在你們家吃飯，吃這幾條魚。」

梅梅讓婷婷先把米和菜提回去，她便幫助小宋洗魚。

小宋用斧頭剖開魚肚子、刮去魚鱗，梅梅就在一邊掏空魚肚子，洗淨魚。

梅梅問小宋：「我們倆給你的回信收到沒有？」

小宋回答：「收到了，不過寫得太短，才兩行字。」

「你是秀才，能夠寫那麼一大篇，我們倆是村姑，怎麼有你的文才呢？」梅梅笑著說。

「多寫寫就能寫了。」小宋說。

「唉，你跟那個麻子在一起吧，當心一點，別讓那個麻子把你帶壞了。」梅梅還記著那個欺負姐姐的麻子，她也是關心小宋。

「這幾天有沒有我的信？」小宋問。

「有一封，好像是上海來的，大概是你家裏來的，不會是為你說堂客的吧？」梅梅調皮地說。

「哪有這樣的事？我可以將信給你看的，我們城市裏人我這樣的年紀說對象太早了，就是說了，我不同意，家裏也是沒有辦法的。」小宋有點急了。

「我們這裏崽俚子二十來歲就一定要說對象了！」梅梅說。

「我又不是金牛鎮的人！」小宋與梅梅在一起就常抬槓。

「你來我們金牛鎮不是金牛鎮的人，還是麒麟背的人呵？你就在我們金牛鎮找一個堂客算了！」梅梅說。

「找誰呵？找你呵？」小宋半真半假地說。

「我才沒有這樣的福分呢，嫁給城裏來的秀才。」梅梅鞠了一捧水，灑了小宋一臉。

小宋鞠了一捧水，要灑梅梅，梅梅拔腿就跑。

回到鐵匠鋪，況鐵匠正嘀咕呢：「怎麼洗幾條魚洗這麼長時間，就等著魚下鍋呢！」

魚做好了，端上了桌，酒斟上了，牛漢國與況仁山碰了碰酒杯，說：「況大哥，喝酒！」

婷婷、梅梅沒有上桌，夾了點菜坐在門檻上吃，小宋也夾了菜坐在了門檻上，家裏來信讓他想辦法弄兩付床板回去，哥哥結婚打傢俱要用，小宋想告訴婷婷、梅梅。

大老李、小張、小孫都在喝酒，牛漢國說到姜阿翠，他們都覺得她怪可憐的，丈夫去世，兒子又淹死，好端端的一個飯店又關了門。

況鐵匠長噓了一口氣，說：「人命苦，喝涼水都塞牙！」

看見婷婷、梅梅與小宋邊吃邊聊親切的模樣，況鐵匠心裏覺得堵得慌。

牛漢國覺得況鐵匠好像有什麼心事，見這麼多人又不便問。吃了飯，他便囑咐他們幾個先回去，他與小宋晚走一腳。

況鐵匠給牛漢國泡了碗茶，讓兩個女兒將牛漢國送的另外一些魚去河埠頭剖洗，牛漢國讓小宋送一些魚給惠德婆婆，牛

漢國剛來金牛鎮時，就住在惠德婆婆家，他讓小宋告訴惠德婆婆，他等一下就去看望她。

牛漢國試探性地問：「況大哥，家裏可有什麼為難的事？有沒有我可以出力的？」

況鐵匠搖搖頭，說：「是為了我這兩個寶貝女兒！」他便一五一十地將黃書記帶公社武裝部長來鐵匠鋪的事告訴了牛漢國，說後來黃書記還來討回音。

牛漢國回答說：「我見過陳部長，矮矮的，黑黑的，一個粗人，不知道他的兒子怎樣？」

「也是那個模樣。」

「長相雖然也是一方面，但為人是最為重要了。」牛漢國說。

「我也託人去打聽過，有的說這孩子朋友多，講義氣；有的說這孩子蠻，常常與人打架；有的說這孩子與公社理髮店的小寡婦有一腿，你說我們本分人家的女兒，嫁給這樣的孩子，我放得下心嗎？」況鐵匠愁眉不展。

「這樣的人家，當然不能馬馬虎虎將女兒嫁過去。你不同意嫁，他們難道來搶不成？」牛漢國說。

「黃書記一次次為此事登門，為他們說盡了好話，還說他們不久會將訂婚的禮金送來。」況鐵匠顯然有些束手無策。

牛漢國說：「這事首先你自己得拿個主意，當然也可以問問你的孩子，行有行的辦法，不行有不行的態度，不能支支吾吾黏黏糊糊，到時候反而變得尷尬了。」

況仁山點點頭，神色好像也輕鬆了一些。

牛漢國與小宋離開鐵匠鋪的時候，居然看見姜阿翠的身影從鐵匠鋪門口閃過，牛漢國叫了一聲：「阿翠！」

姜阿翠停住了腳步，見到是牛漢國，她憔悴的臉上擠出一點笑容：「是牛大哥呵。」

「中午去飯店找你，飯店沒開門，說你去了娘家。」牛漢國說。

「是，住在這裏，老想木根，總覺得木根還在眼前。」阿翠悲切地說，眼眶就紅了。

「在娘家住大概好一點，人多事多，也就不會常常想起了。」牛漢國說。

「我的弟媳太勢利，總覺得我開飯店賺了錢，沒有了後代，應該給她家一些。住在娘家，也常常受氣，這不，我還是回來住了。」阿翠抬了抬手上的花布包說。

牛漢國想了想說：「阿翠，我有一個想法，不知道你願意不願意，不願意就當我沒說。」

姜阿翠瞪著眼睛望著，等待牛漢國下面的話。

「阿翠，你就跟我們上山，給我們做飯，我付你工錢，一來可以避開原來的環境，二來可以幫幫我們這些流浪漢，你說呢？」牛漢國用期待的眼神望著阿翠。

況仁山在一邊插嘴道：「阿翠，你就跟老牛去吧，離開這裏一段時間，對於你對於他們都有好處。」

姜阿翠思索了片刻，點點頭，說：「好吧，你們在這裏等一下，讓我回去收拾一下。」

牛漢國說他要去探望惠德婆婆，等一下就到鐵匠鋪等。

小宋用竹篙挑著姜阿翠的兩個小小的包裹，走在後面。姜阿翠走在前面，牛漢國緊跟著阿翠。剛踏上金牛嶺的山路，誰都沒有說話。過了金牛石，阿翠對牛漢國說：「老牛，我還沒有謝過你的救命之恩呢！」

牛漢國回答道：「可是我並沒能救活木根呀！」

「那不是你的錯，是我的錯，是我沒能看好他。」阿翠至今仍然十分內疚。

金牛河水潺潺流淌，你可知道這個不幸女子的內心，你可瞭解這苦命女子的苦衷。對於木根的死，阿翠有著深深內疚，她自認為她與黃書記不正常的關系，導致了木根的死，她自認為這是老天對她這個貪慾女人的懲罰。自木根死後，她避開了黃書記，去娘家也是她的一種躲避，她去丈夫留根的墓前懺悔，她去兒子木根的墳前懺悔，但是這一切並沒有減輕她心裏的重負。她甚至想過出家當尼姑，但是附近沒有尼姑庵。她的眼淚為丈夫流、為兒子流，她的心在流血、在流淚。她不知道自己的人生應該如何走，她不知道自己的生活還有什麼意思。這大千世界為什麼就不放過她一個弱女子，這茫茫蒼天為什麼不給她一條生路呢！？

二十九、生路

　　麒麟峰來了個姜阿翠，日出日落更瑰麗；河灘邊來了個姜阿翠，日子過得更有味。

　　姜阿翠來了，排工們的心態變了，排工們的生活變了，一切變得整潔了、有序了，一切變得有滋有味了，不僅是飯菜做得有滋有味了，而且每一寸時光都變得有滋有味了。男人們有一位女性在眼前，再不能赤裸裸地下河摸魚洗澡了，衣服都穿得整潔了，言語也變得斯文了，就連坐在一起吃飯，也不像以前那樣你爭我奪了，不像以前那樣喝湯發出「呼嚕呼嚕」的聲響了。這些漢子，無論粗魯，還是細緻，都好像頓然都變得彬彬有禮了。男人們有一位漂亮女性在眼前，幹起活來個個幹勁倍增，一個個暗暗較著勁，比試著智慧，比試著力氣，原先兩個人抬的，一個人扛起就走，原先三個人幹的，兩個人就行了。孔雀開屏，為誘惑異性，男人較勁，為獻媚女性。「男女搭配，幹活不累。」牛漢國這才真正領悟了此話的真諦，請姜阿翠燒飯，雖然多開支了一份工資，其實卻獲得了更大的實利。女人啊女人，你能使人生多彩，女人啊女人，你能使生活生色。牛漢國突然對於自己長年缺乏女性的生活感到有些後悔，突然感到身邊有一個長得並不賴的女性的愜意。

　　牛漢國在「品」字形的竹棚後，又搭出了一個竹棚，是專門給阿翠搭的，最靠近山崖，與「品」字形的上面一個「口」

相對。阿翠又提出建議搭一個臨時茅廁，免得隨地解決，弄得到處臭哄哄的，一不當心就踩到一堆屎。阿翠在茅廁門口掛了一塊牌子，寫著「有人」兩字，進去「辦公」的，就將牌子掛上，出門後就將牌子取下，男女合用，並無大礙。

姜阿翠手腳勤快，該洗的洗，該補的補，河灘上曬了不少衣被，這些男子漢們太不會生活了，那些被子也不知道有多少時間沒洗，搓出來的水都像醬油湯一般，衣服也東破西脫線。阿翠洗衣被洗得累了，胸前背後出汗了，阿翠補衣服補得乏了，右手的手指酸了麻了。阿翠在竹棚前忙碌，看排工們在河灘上忙碌，排工們在河灘上紮排，看阿翠在竹棚前忙碌。

阿翠來了，竹棚前更有了生氣，連鳥兒也飛到了阿翠的身前身後，連蝴蝶也飛到了阿翠的肩頭，連平時怕人的松鼠，也爬在枝頭對著阿翠望呢！連黃狗旺旺也比以往更快樂呢，它常常臥在阿翠的身邊，舒坦地享受著阿翠撫摩著它的愜意。

麻大哥顯然有些收斂，因為有過金牛嶺表嫂的事情，他臉上的青紫已褪了，但是他的好色之心卻難以更改。他雖然有點不動聲色，但是那對邪眼總是滴溜溜地轉著。阿翠搓洗衣被，他望著阿翠搓洗時兩個乳房在衣衫裏一上一下的跳動，他的心好像也在一上一下的跳動。阿翠補衣服，他望著阿翠補衣服時一雙玉手十指如蔥，他就有著想上前摸一下的衝動。

阿翠對小宋特別親熱，大概由於小宋是從城裏來的，是離開爹娘的孩子，撥動著阿翠母愛的心，裝飯添菜總要比別人滿一點多一點，小張、小孫都有點吃醋了。小宋勤快，總是幫阿

翠做事,切菜呀洗碗呀,越讓阿翠生出憐愛之心,她念叨著:
「這城裏孩子,到咱們大山裏吃這樣的苦,爹娘知曉,不心疼
死才怪呢!」

　　姜阿翠的臉色漸漸恢復了紅潤,姜阿翠的神態漸漸恢復了
精神,她的眼睛也亮了,她的話也多起來了,雖然她還會常常
念叨死去的木根,雖然她還會常常悔疚以往的人生,但是與這
些放排漢子們在一起,使她逐漸從喪子的沉痛中掙扎了出來。

　　牛漢國有時抽著煙,望著在竹棚前後忙碌的阿翠,他會自
言自語地說:「這應該是一條生路了!」

　　紮排的進度快了,又放了幾掛排下去,岸上的毛竹堆漸漸矮
了,河灘上的卵石被腳踩光溜了。日出而作,日落而息。月亮躲
起來了,啟明星爬上來了;日頭落下山了,黑夜又降臨了。

三十、黑夜

　　小宋現在想來,昨天夜裏怎麼這麼黑,簡直是伸手不見五
指,牛漢國吹熄了那根廢竹纜做的火把後,河灘上頓然一片漆
黑;小宋現在想來,昨天夜裏他怎麼睡得那麼沉,連姜阿翠的
驚叫也沒叫醒他,連旺旺的驚叫聲也沒吵醒他。等牛漢國他們
打起電筒、拿起排斧圍在阿翠的竹棚外,問阿翠發生了什麼事
情時,只聽見阿翠的一聲聲抽泣。小宋卻又睡著了。

　　早晨起床，小宋發現有些異樣，阿翠並沒有如往日一般，在河灘上生火做飯，而是換了小張做飯。「阿翠病了？」小宋問小張。

　　「她有點不舒服。」小張將米倒下鍋。

　　「怪不得是你做早飯？」小宋說。

　　阿翠躺在竹床上，眼淚仍掛在腮邊，她感到自己的命苦，總是受人欺負，她回憶著昨天半夜的事，她不敢對排工們說。

　　昨天半夜裏，阿翠被人弄醒了，她發現有人鑽進了她的竹棚，鑽進了她的蚊帳，鑽進了她的被窩，一隻手在她的身上四處貪婪地摸著。她大氣不敢出，天黑得伸手不見五指，一點看不清跟前是誰，她渾身發抖，她想推開身邊的這個人，又感到渾身乏力；她想叫喊，又覺得喊不出聲。直到一張嘴貼到她的唇上的時候，她突然間猛地推了一把那張臉，接著她發出了撕心裂肺般地驚叫聲，那張臉不見了。接著，竹棚外有幾隻電筒亮了，排工們在問：「阿翠，怎麼回事？阿翠，怎麼回事？」黃狗旺旺發出了一陣狂吠。

　　驚魂未定的阿翠定了定神，回答說：「做了個惡夢。」

　　大家散了，電筒熄了，又是伸手不見五指，姜阿翠不敢睡了。

　　早飯時候，一切似乎與平時沒有什麼兩樣，大家一起吃早飯，只有阿翠沒來吃飯；一切又似乎與平時完全兩樣，因為阿翠沒來吃飯。

　　姜阿翠仍然躺在竹床上，天亮的時候，她睡著了半個時辰，現在她在考慮如何對付那隻貪婪的手、那張卑鄙的臉，她

不知道是誰幹的，她不想驚動大家，她甚至想馬上離開這裏，回金牛鎮，但是她又有點心不甘，她要找出那隻手，她要找出那張臉，不能就這樣被人欺負了。她的眼前晃動著這一張張臉，小宋，小張，小李，大老李，她突然懷疑是否是牛漢國幹的，他邀請自己來做飯時就暗藏著這樣的用心？她又搖搖頭，否定了自己的揣測，牛漢國的眼睛清澈見底，是一個敢做敢為的漢子。一定是那個麻大哥，那雙眼睛色色的，充滿了邪氣。姜阿翠想讓自己悄悄地察言觀色，她一定要弄清楚是誰。

三十一、察言觀色

　　排工們開始紮排了，阿翠起了床，吃了點東西，昨夜沒睡好，人還有點乏。

　　阿翠故意若無其事地到河灘上走了走，給排工們送茶，她想察言觀色打探打探，她要特別注意麻大哥。

　　「沒事了？」牛漢國叼著一支煙，他望著阿翠問。

　　「只是有點累。」阿翠盯住牛漢國的眼睛。

　　「你看什麼，我臉上有什麼？」牛漢國笑笑，感到阿翠的眼神有點怪。

　　「你臉上有花呀！誰看你了？」阿翠戲謔地說。

　　姜阿翠端了碗水給麻大哥：「麻大哥，喝茶呀！」

麻大哥眼睛一亮：「謝謝！」他覺得這阿翠今天怎麼這麼客氣，平時正眼都不看他一眼，接茶碗的時候，便在阿翠的手上多停留了幾秒鐘。

阿翠趕緊將手抽了回來，她想：「是他，麻大哥，一定是他！」她想到昨天半夜，伸向自己嘴唇的這張麻臉，心底裏便感到有些噁心。

阿翠叫其他漢子喝茶，小宋、小張、小孫都來了，喝了一碗茶，又去幹活了，叫大老李，他在排上搖搖手，說不渴。

中午，阿翠鈍了鍋魚湯，湯裏放了點筍乾，很鮮。

阿翠將魚湯裝進碗裏，一一端到他們手裏。麻大哥的手仍是那樣不老實，弄得阿翠身上起了一陣雞皮疙瘩。

吃飯時，大老李一個人坐得遠遠的，大概是想家了吧。阿翠將魚湯端去，誰料這大老李心不在焉，失手將魚湯打了，灑在他自己的腿上，燙得他跳了起來，阿翠的褲腳上也被灑上了一灘。

午後，阿翠在自己的竹棚裏小憩，心裏一直在嘀咕著這事，反反覆覆思量著到底是誰，似乎像是麻大哥，但是又不能確定。她突然想到不知道旺旺是否知道，她摸摸旺旺的頭，她問旺旺是誰所為，旺旺伸出舌頭舔舔她的手，卻沒有任何表示。阿翠想如果有一隻獵犬就好了，就可以探明是誰了。她忽然又想到，這獵犬完全靠的是嗅覺。閉上眼睛，她回憶起昨天半夜的一切細節，「氣味」！她幾乎跳了起來，昨夜，她嗅到了一股特別的氣味，這是男人的氣味，不同的男人身上的氣味

一定是不一樣的，丈夫留根的汗氣重，氣味有點酸酸的，黃書記煙癮重，他的氣味是濃鬱的煙草味，昨夜的氣味有點腥，像狐狸散發出的味，對，狐臊味！

下午，阿翠又去了河灘，今天的阿翠特別勤快，排工們也有點覺得奇怪。

阿翠熬了一鍋大麥茶，炒得焦黃的大麥香香的。

麻大哥戲謔地對排工們說：「看阿翠想我這個情哥哥了，離開一時半會兒，也耐不住了。」

阿翠仍然將茶一碗碗地端到排工們的手上，並故意在每一個排工身邊多逗留了一會，用鼻子使勁地嗅著，一邊回憶著對照著留在記憶中那種氣味。尤其在麻大哥身邊，她還特意拿起麻大哥的汗巾抹了下手，乘麻大哥不注意，將汗巾放在鼻子前嗅了嗅，又在麻大哥身背後使勁吸了吸鼻子，「不像，不像」，她自言自語。

「不像什麼？不像你的情郎哥？」麻大哥開玩笑地說。

大老李在排上將幾隻排斗用麻連接起來，讓他喝茶，他還是搖搖手。

姜阿翠開始有點懷疑了，她篩了一碗茶，端去了給大老李，她走上了竹排，竹排搖搖晃晃的，她差一點摔倒，牛漢國趕緊上前，接過碗，說：「排上不好走，讓我端給他。」

太陽下山前，阿翠收衣服，她將每一件衣服都嗅了嗅，阿翠甚至想像著自己已經變成了一隻獵犬，伸長著鼻子四處嗅著。突然，阿翠嗅到了一件襯衣，一件有一種狐臊味的襯衣，

與昨天半夜裏的很像，雖然襯衣上的狐臊味很淡，夾雜著洋鹼的味、太陽的味兒，但是那股狐臊味仍然沒曬去。

阿翠故意將這件襯衣留在竹棚裏，等到晚飯前有人找襯衣，出門一看，是他——大老李，那眼神怯怯的，總躲著你注視他的目光，尤其讓阿翠更加堅定的是，大老李的臉上有兩條斜斜的指甲印，她記起來了，一定是昨天半夜她將這張臉推開時留下的！

大老李拿了襯衣轉身就要走。

「慢著！」阿翠大喝一聲，大老李打了個激靈，轉回身來，膽怯地望著阿翠問：「有什麼事情？」

「莫要人不知，除非己莫為。」阿翠一字一頓慢慢地說，盡量壓下胸中升騰起來的怒火。

「這是第一次，也是最後一次，天知地知，你知我知，我不會告訴任何人的，你也別說給任何人聽！每個人都有他的人格，侮辱他人的人格，其實也就是侮辱了你自己。阿翠再也不會被別人欺負了，誰再欺負阿翠，我會與他拼命的！」阿翠掏出放在枕頭邊上的菜刀對大老李揚了揚。

大老李沒有說什麼，臉上有些愧色，轉身走了。

阿翠後來與牛漢國閒聊時說，大老李這個人心眼太多，要提防著他點，阿翠並沒有再提半夜裏發生的這件事。

牛漢國點點頭。他要麼是早已瞭解了大老李這個人，要麼並沒有在意。牛漢國抬頭看看天色，說：「要下大雨了，你趕快收衣服，我去將排繫緊一下。」

三十二、大雨

　　山裏的雨說來就來，雨隨著風，風挾著雨，狂風暴雨在麒麟峰上肆虐著，在金牛河上肆虐著。麒麟峰上竹林在風中如一個蓬頭垢面悲哀至絕的婦人，隨著風勢將頭左右前後地搖晃，一會兒往左，一會兒朝右，一會兒向前，一會兒退後。各種植物的樹枝在風的作用下，在雨的敲打下，與平時迥然不同，細小的樹幹、樹枝都被風彎成了一把把弓。枯葉被吹起飛得老高，又突然被壓在了金牛河上，一瞬間就被捲進了金牛河裏，順流而下了。驚慌的鳥兒一瞬間就飛得杳無蹤影了，不知道是躲在哪個山崖下去了，豆大的雨點砸下來，打得竹棚頂上「的的篤篤」地響，宛若演奏著一闋木琴曲。

　　在金牛河上，大雨來臨時人們大多朝屋子裏躲，只有放排工人是從屋子裏往雨裏衝的，不將這竹排繫緊了，大雨一下，河水一漲，這排就會被沖走的。此刻，雨具已沒有任何作用了，再厚的雨衣也會被風捲起，再大的雨傘也會被風吹散。牛漢國將一掛排繫緊在岸邊的一株老樹上，對著後面喊：「大老李，把這掛排中間再繫一下！」風急雨大，聲音幾乎被淹沒了。後面兩掛排上，麻大哥、小張、小孫、小宋也都在風雨中忙碌著，並將河岸邊的那幾堆毛竹用竹麻綁在一起，以免漲水被沖走。牛漢國只好用手勢比畫著，大老李明白了他的意思，用一根麻把竹排的中間繫在了大樹上。

這幾天，大老李一直在關注著姜阿翠的舉動，他怕阿翠將半夜裏的事情說出去，他甚至想過乾脆將這婦人騙到沒人處弄死了，反正自己並不是第一次做這樣的事，後來又覺得不妥，他覺察到其他人並不知道這件事，阿翠顯然並沒有將這事說出去，這女人說到做到，他倒有點服了。他再也不敢輕舉妄動，他真怕阿翠會用那把菜刀剁了自己，他也真後悔自己那天半夜裏的衝動。

他們渾身濕透了回到竹棚裏，一個個脫得精光，趕緊擦乾身子。麻大哥用手指撥了一下自己的陽具，說：「他媽的，這鬼天氣，連雞巴也硬不起來了！」

他轉身點著小張的襠裏，說：「你小子昨夜又跑馬了，瞧它一副垂頭喪氣的模樣。」

小張撅了撅屁股，躲開了麻大哥的手，說：「這就是你麻大哥人生唯一的樂趣了！」

「人生在世，總要找一點樂子，不然就會憋死了。」麻大哥穿上了褲衩。

風小了一點，雨弱了一點。

阿翠在門外叫：「可以進來嗎？」

「等等，等等！」小張趕緊套上褲衩，說：「進來！」

阿翠端進了兩碗熱薑湯，她自己的身上卻已經淋濕了。

下午，雨停了，山裏的空氣變得特別清新，深吸一口，甜甜的，涼涼的。金牛河的水卻渾濁了，上游的枯樹雜草都往下游流來，上游河灘邊的木料、竹子都隨著上漲的河水沖了下來，甚至有一隻被淹死的小豬也沖了下來，被泡得圓鼓鼓的。

河水漲了，放排有危險，牛漢國讓排工們下午休息。

　　麻大哥在河邊，望著河裏被沖下來的毛竹，突然想到，何不將這些沖下的毛竹撈起，賣給林場不是可以得些外快嗎？

　　麻大哥找到小張，小張不幹，找到小孫，小孫也不願意，問小宋，小宋是學撐排正在興頭上，聽麻大哥說，可以將一個竹排斗撐下去，沿途將毛竹撈上來，那不也可以練練撐排的技術嗎？小宋答應了。

　　麻大哥從已經紮成的竹排上解下一個竹排斗，將這竹排斗撐離岸，小宋拿著竹篙跳上了排。

　　麻大哥在前面撐排，他讓小宋先將竹篙放下，專門打撈散落的毛竹。

　　金牛河水漲了，不像以前清澈了，黃黃的，渾渾的，河水比以往湍急了許多，麻大哥在湍急的河水中左一篙右一篙地撐著，小宋在竹排後面左一根右一根地打撈著。走了一段，麻大哥讓小宋在前面撐著，他自己到後面打撈。小宋站在排頭，覺得自己如同一個橫槍躍馬威武的將軍，他敏捷地撐著，那竹排如同一隻並不馴服的烈馬，蹦著、跳著，尥蹶子，撅屁股，踢後腿，想方設法總想將騎在它背上的人掀下去。一掛竹排與一個竹排斗子不同，由七八個竹排斗子連在一起的一掛排，在河中行走的時候，前後相連，前後相關，如一條長龍在水中蜿蜒前行，而一個竹排斗子，缺乏前後的繫連，尤其容易在山崖石壁上碰撞，你稍一用力，就撐過了頭，你馬上撐回來，尾梢又使竹排斗子整個橫了過來。小宋在排頭撐著，緊張得滿頭是汗，他便叫麻大哥接手。

　　竹排上被打撈起來的散毛竹越來越多，竹排也越來越沉，吃水就越來越深，小宋的腳踝都浸在水中，竹排越走越累，竹篙撐下去竹排的反應越來越遲緩。過仙人球時，那竹排竟然往仙人球上撞了過去，竹排歪斜了，小宋差一點被撞得掉下竹排，剛剛站住腳跟，麻大哥將竹排又撐了開去，竹排歪歪斜斜地又走進了河道。小宋早已經沒有精力打撈毛竹了，他們倆都知道，能夠將這超負荷的竹排順利撐至金牛鎮就不錯了，小宋甚至想卸下打撈來的毛竹，然後輕裝前行，因為天色已經漸漸暗了下來，也不知道能否在天黑以前抵達金牛鎮。麻大哥卻依然執拗地將竹排往下游撐，小宋在後排不時地幫助撐幾竹篙。

　　竹排進狼牙石了，一根根尖尖的石筍在河道中犬牙交錯，就如同一隻巨大的惡狼張開了血盆大口，欲吞噬每一掛竹排，吞噬每一個生靈。麻大哥似乎已有點麻木了，他木然地將竹排撐近了狼牙石，由於河水猛漲，原先的狼牙石有的都淹進了水下，那鋒利的狼牙卻啃嚙著竹排，竹排剛剛進狼牙石，只聽到排底在狼牙石上摩擦的聲音，鋒利的狼牙石將竹排割成了兩半，竹排散了，竹排上打撈上來的毛竹散了，竹排上原來的毛竹也裂開了，竹排搖搖晃晃地如一個病入膏肓的病人，趔趔趄趄、磕磕碰碰，隨時隨地都會倒臥在地一命嗚呼。麻大哥趕緊將即將散開的竹排撐到了岸邊，這竹排再也不能撐了，麻大哥跳進河灘的淺水裏，讓小宋在跳下水在後面推，把即將散亂的竹排弄上了岸邊，在山崖邊的樹林裏砍了根粗藤，把這即將散亂的竹排繫在了一株大樹上。

小宋呆呆地望望四周，他在考慮在這山野間如何度過這漫漫長夜，他看到四周有幾塊巨石，那上面好像可以躺下兩個人，他想今晚大概要在這大石上過夜了。抬頭是黑黝黝山林，低頭是湍急的河水。他想如果是牛漢國，這竹排是肯定不會被打散的。他也想是否可以走出這山林，這山野中前不著村後不巴店，他有點束手無策了。

三十三、走出山林

　　夜色降臨了，四周開始彌漫起霧靄，金牛河上也開始漂浮著薄霧，在河面上一縷縷一條條，時隱時現，如有仙女在金牛河裏浣紗一般。河水依然我行我素地流淌著，依然沖決著一切、掃蕩著一切。歸家的鳥群匆匆掠過，令人想起家的溫暖。

　　麻大哥與小宋渾身濕漉漉地，小宋的嘴唇有點發紫，身上有點涼，他望著麻大哥，究竟怎麼辦？年輕的他有點束手無策了，他後悔聽從麻大哥的勸告，後悔到河裏來打撈毛竹，現在倒好，偷雞不著蝕把米，打撈上來的毛竹跑了，自己的竹排也散了，不少毛竹也順水漂走了。在這前不著村後不巴店的地方，怎麼辦呢？

　　麻大哥到底見的事兒多，他提議一起往上爬，只要能夠找到一條路，就能夠走出山林，回到麒麟峰的竹棚。小宋沒有說

話，跟著麻大哥的身後，一步一步地往上爬。山高林密，每走一步都十分艱難。樹叢中荊棘叢生，茅草層疊，大腿上已被荊棘刺了幾下，腳踝上被茅草割了幾道口子，滲出了一些血。腳踩在山林裏的枯葉上，冒出一陣陣腐敗氣息，有些令人作嘔，不知踩到一個什麼東西，軟綿綿的，令人不敢再下腳。小宋手腳並用地往上爬，抓一棵樹時驚動了樹枝上棲息的鳥，那鳥猛然間「哇」地一叫，撲棱棱地飛起，驚得小宋出了一身冷汗，手一鬆，差一點掉下懸崖，趕緊拽住另外一棵樹幹，往下一看，隱約間見金牛河已在山崖下面了，人摔下去，必然粉身碎骨。小宋爬到稍稍平坦一點的地方，招呼一邊的麻大哥，一起休息一下。

麻大哥摸著黑靠近了小宋，他在小宋的肩上拍了一下，說：「小伙子，別洩氣，總會有路的，注意安全。」

小宋拍了一下麻大哥的手，說：「牛奶會有的，麵包也會有的。」這是電影《列寧在一九一八》中的臺詞。在此刻，平時有再多的隔閡，再有所不滿，都煙消雲散了，找到出路，回到竹棚，是他們共同的目的，兩個人在一起，總比一個人膽子壯一些，好歹互相也有個照應。麻大哥大概為了消除小宋心裏的焦慮和膽怯，說給他講個故事。他說：「衛生局工作小組來到一個偏僻山村，推廣避孕節育措施，但醫生發現在這裏推廣這些措施很難，他們先說服這裏的女人們服用避孕藥丸，再教山村裏的男人們戴安全套。有一個村民在八年裏生了八個孩子，醫生特別上他家的門，慎重其事地告訴他，他必須要採取

避孕措施，他們對他說只要他戴安全套的話，他的老婆以後就不會再生小孩了。這村民也認為必須節育了，不然他難以承受越來越重的家庭負擔，就接受了安全套。一個月後，工作小組發現這個村民的老婆又懷孕了，醫生非常氣憤，把那村民叫來，問他為什麼沒有戴安全套。這個村民答道：「我確確實實是戴了，可是，過了六天，我給尿憋壞了，只好把前面那部分剪掉啦。」故事的結尾出人意料，很幽默，但是小宋總笑不出來。

往上的路更陡了，山崖筆直地向上，小宋、麻大哥幾乎是拽著石頭縫裏長出的茅草往上爬，先得拉拉看那茅草是否長得實，才可以借力，否則一拽，茅草脫落了，人就有跌下懸崖的危險。身上的衣褲早被體溫焐乾了，此刻登攀，脊背上又開始冒汗了，他們倆慢慢地一步一步艱難地往上攀。

下弦月出來了，在這山崖上好像亮起了一盞燈，麻大哥與小宋會心一笑，看見了崖石的頂端，金牛河在遠遠的山腳下了，他們倆鼓足勁往上攀登。麻大哥先攀上了崖頂，他向小宋伸出手，將小宋拉上了崖頂。站在山崖的頂端，夜風習習，小宋舒了一口氣，他對麻大哥開了句玩笑，說：「多虧帶了安全套，才能安全爬到山頂。只是給尿憋壞了。」小宋轉身對著山崖就尿了起來，那長長的一串尿在山崖上不知道飄到了哪裏，許久才聽見崖石下面落地的聲音。

稍稍息了口氣，麻大哥與小宋又開始尋覓下山的道路，他們終於找到了一條下山的路，大概是採藥人走的道，雖然雜草叢生，但是依稀可見有人走過的痕跡。

　　凌晨時分，他們倆回到了麒麟峰河灘邊的竹棚裏。換下了髒衣服，稍稍洗了一下。牛漢國醒了，知道他們倆的遭遇，他十分生氣地對小宋說：「胡扯蛋，多麼危險呀！你怎麼就這麼相信這麻子，跟了這麻子去了呢？」

　　小宋沒有做聲，他還沉浸在走出山林的忐忑中。

　　「床頭還有點吃的。」牛漢國說。

　　小宋咬了幾口餅，喝了許多水。

　　牛漢國說：「還可以睡一會兒，天亮就出排了。」

　　雖然特別疲憊，小宋卻很久沒有睡著，眼前一直晃動著湍急的河水、散亂的竹排、陡峭的崖石、黝黑的山林，他想人的命運常常懸於一旦，人的生命也常常懸於一旦，在很多時候，只要稍一疏忽，生命就會如秋葉一般飄零。他想像如果在黑幽幽的山林裏踩到一條毒蛇，那麼就會一命嗚呼了。

　　早上醒來，小宋覺得渾身軟綿綿的，牛漢國進來說：「小宋，你病了，大概做惡夢了，大喊大叫的，不知道在說些什麼。今天你就休息吧，多喝點水，我那小箱子裏有藥，你是文化人，如果需要就吃幾片藥。我們放排去了，阿翠也有點不舒服，就交給你照應了，鍋裏還有點粥，照應好自己，照應好阿翠。」

　　小宋點點頭，說了句「我們同病相憐吧」，又昏昏沉沉地睡著了。

三十四、同病相憐

迷迷糊糊地覺得有人在給自己的額頭上擦汗，輕輕的、柔柔的、涼涼的，很舒服。小宋睜開眼睛，是阿翠，她正用毛巾在給自己擦汗呢！老牛讓我照顧阿翠的，怎麼讓她來照顧我呢？小宋想，便一骨碌起身，被阿翠按住了，阿翠一隻柔軟的手摸在他額頭上，涼涼的。

「你還在發燒呢！多休息一下。」阿翠憐惜地說。

「你呢？你也病了？」小宋問。

「這些天晚上沒有睡好，感到有點疲憊。」阿翠淡淡一笑。

「你來了以後，我們的生活比以前好多了。」小宋有點奉承地說。

「大城市裏的崽，到我們這山溝溝裏吃苦，太不容易了。」阿翠摸著小宋的頭說，她聽說了小宋和麻大哥打撈毛竹的事。

單獨面對阿翠，小宋甚至覺得阿翠有點像自己的母親，自己生病時母親也是這般照料自己的，他想天下的母親大概都是一樣的，母愛是最無私的、最偉大的，他不禁有些同情阿翠了。

「阿翠，你挺不容易，我真為你難過，這麼好的孩子竟然被水淹了。」小宋本來想表達對阿翠的謝意，不善言辭的他卻說了一句最不應該說的話，觸痛了阿翠的傷疤，阿翠的眼淚無聲地流下來了。

　　阿翠有時候想想自己真是命苦，丈夫炸魚被炸死，兒子被水淹死，到麒麟峰來還受人欺負，弄得半夜裏常常睡不著。她本想弄清楚事情就離開，但是一想回到金牛鎮又擺脫不了黃書記的糾纏，又打消了回去的念頭。她早就厭惡與黃書記之間的這種關係了，偷偷摸摸的，她不願意讓人們覺得她是勢利眼依仗權勢，原先其實有一大半是為了生存、為了孩子，現在孩子沒了，她也覺得沒有負擔了，她一個人無論如何總可以活下去，她不必再依靠誰，不必再看任何人的臉色行事。她來到麒麟峰，更加瞭解了這些風裏闖雨裏行的排工，雖然個別排工有卑劣的行徑，但是多數排工性格豪爽為人真誠，與他們在一起感覺到放鬆，特別與牛漢國在一起，她感覺到這實在是一位值得信賴的漢子，她為自己最初甚至懷疑牛漢國半夜闖進她的竹棚而悔疚。

　　「是我不好，提到了你的傷心事。」小宋拿毛巾遞給阿翠。

　　阿翠接過毛巾，擦去了眼淚，笑了笑。

　　阿翠將鍋裏的粥熱了一下，裝了一碗，準備來餵小宋。小宋堅決不肯，他下床洗漱後，自己端著碗，就著鹹菜吃了起來。他覺得今天的粥好像特別好吃。

　　阿翠也裝了半碗，與小宋一起吃著。在這個大山裏，只有這兩個人，這兩個同病相憐的人，在一起吃著最簡單的早餐，卻也有著他們的樂趣。

　　早飯後，阿翠說回竹棚裏休息一下，她讓小宋也再上床躺一躺，還給小宋倒了杯茶，放在床頭。

迷迷糊糊地，小宋又睡著了。

　　小宋醒了，見到床頭站著一隻小松鼠，兩只小眼睛滴溜溜地盯著他，它好像知道小宋並不會傷害它，它正在用兩隻前爪和牙齒啃著一顆堅果。小宋向它伸出手去，好像問它討要那顆堅果似的，它轉身「嗖」地一溜煙走了，它的大尾巴甚至掃到了小宋的鼻子。

　　小宋走出竹棚，伸了個懶腰，已近正午了，牛漢國他們要下午才回來。小宋走到阿翠的竹棚外，叫了聲阿翠。

　　「進來！」阿翠應了一聲。

　　走進阿翠的小竹棚，小宋眼睛一亮，小小竹棚裏被阿翠收拾得井井有條，竹床上的白色床單一塵不染，床頭的一隻小竹筒裏插著幾枝野花，腥黃的色彩十分耀眼。小宋第一次走進阿翠的竹棚，用一種新奇的眼光四處打量著。他記起了一首古詩詞的意境，便念叨著：「炊煙三兩人家住，山深無覓黃花處。」

　　阿翠問：「你在念叨什麼？」

　　「詩。」

　　「什麼乾呵濕的，感覺好些麼？」阿翠問。

　　「好多了。」小宋答。

　　阿翠問：「小宋，有了堂客嗎？」

　　「哪裏？城市裏結婚晚。」小宋有點不好意思。

　　「我們金牛鎮像你這般年紀的，做爸爸的也有了。」阿翠眼睛盯住了小宋，望得小宋低下頭來。

　　「怎麼樣，在我們金牛鎮找一個堂客？」阿翠問。

「沒有想過。」小宋眼前卻出現了梅梅的身影。

下午，牛漢國回來了，特意買了一些吃的給阿翠、小宋，還給阿翠撿了幾帖中藥，牛漢國說阿翠是中竅堵塞，積鬱所致。到底是懂些醫道的，阿翠信了，升起了火熬著，小宋端給了阿翠喝，阿翠皺著眉，喝了下去，倒覺得好了些。

牛漢國說金牛鎮成立了「鬥到底」紅衛兵團，為首的是江富貴場長的女兒江美華，正在金牛鎮破「四舊」呢！

三十五、破「四舊」

金牛鎮的古戲臺前燃起了一堆火，江美華正指揮著一伙人在往火堆裏拋東西，雕刻著「福、祿、壽」的牌匾，祭祀的燭臺、舊的黃曆，一伙孩子在一邊興高采烈地叫著、跳著、笑著。戲臺兩邊的雕花柵欄，也被投到了火堆裏，火舌卷得老高。她的臂膀上套著一隻紅衛兵的袖章，頭上戴著一頂草綠色的軍帽，兩根小辮子翹出在軍帽下面。她的兩隻手撐在腰間，腰上紮著一根皮帶，望著熊熊燃燒的火，臉上露出極為興奮的神情。

偏僻的金牛鎮與外界呈半隔絕狀態，外面的事物傳到這裏往往已過了許久，外界的許多東西傳到此地往往會有所變異，發配到此地的右派並沒有受到太多的折磨，下放這裏的知青也並沒有受到歧視，一切按照金牛鎮原有的規範與准則行事，任

何人來到此地天長日久就會融化進這個氛圍中。這裏的人們並不追求深刻，而追求和諧，希望人與人之間的和諧，人與山水之間的和諧。這裏人們的生活並不富裕，但是在大自然的恩賜中，他們也能夠基本過上一種不愁衣食的小農生活。

金牛鎮的古戲臺是金牛鎮演戲、開會的地方，原來縣劇團在此地演過採茶戲《呂布戲貂蟬》，江美華那時看過，記憶特別深的是那個演呂布的小生，白白淨淨，唱得婉轉嘹亮，那眉眼都會說話，一顰一笑都往人心裏去。當時情竇初開的江美華硬是擠到後臺去看那演員，卸了妝，那演員則是普普通通一個，令她有點失望。最近古戲臺前放映過電影革命樣板戲《智取威虎山》，讓小鎮熱鬧了一個晚上。現在古戲臺前的大喇叭裏常常傳出黃書記的聲音，傳達公社的文件，佈置金牛鎮的工作，古戲臺成為金牛鎮的輿論中心。古戲臺呵古戲臺，你上演了多少人間的悲喜劇；古戲臺呵古戲臺，如今你又在上演了一幕怎樣的鬧劇？

江美華去了公社幾次，得到了陳部長的支持，陳部長支持她將金牛鎮的文化大革命開展起來，他說：「金牛鎮這頭牛不應該再沉睡了，應該醒醒了，外面都轟轟烈烈，金牛鎮不應該死水一潭。」陳部長的大手特別有勁，親切地握住了她的手，用另一隻手在她的手背上拍了拍說：「好好幹，我們公社革命委員會支持你！」她還與陳部長的兒子結識了，從他那裏瞭解了外面搞文化大革命的情況，她將「破四舊」作為揭開金牛鎮文化大革命的第一個行動。

　　不知道是誰將一頂紙糊的高帽子戴在了姜瘋子頭上，那瘋子在金牛鎮上一走，屁股後就跟了一長串孩子，跟著瘋子一路走一路叫：「要文鬥，不要武鬥，要文鬥，不要武鬥。」

　　鐵匠鋪已經來破過「四舊」了，除了掛在牆上的一柄古劍被定為「四舊」，被江美華搜走了外，鐵匠鋪裏裏外外都被翻了一遍。婷婷、梅梅瞪著怨恨的眼神，看著紅衛兵們在鐵匠鋪裏出出進進，她們倆整理著被翻亂的雜物。況鐵匠仍然默默地在鐵砧上打鐵。陳部長送來了幾百元定親款，他不願意接受，黃書記強行將錢壓在風箱上。婷婷明確表示不願意嫁給陳部長的兒子，這些天婷婷言語少了，大概也是為此事而犯愁，梅梅卻依然嘻嘻哈哈，她勸婷婷說，自己拿定主意，難道還強行搶人不成！

　　陳部長來過金牛鎮幾次，江美華向陳部長作了彙報，彙報了在金牛鎮開展文化革命的計劃，金牛鎮的文化革命便開始了。江美華陪著陳部長在金牛鎮各處走走，晚上黃書記請陳部長喝酒，讓江美華作陪，也許是陳部長酒喝多了，竟然在桌底下伸手在江美華大腿上捏了幾把，弄得江美華有點心驚肉跳，但是又不敢叫喚，她只是暗暗將陳部長那只毛茸茸的大手撥開了。

　　江美華是有野心的，她想在金牛鎮出人頭地，她並不想就當一個普普通通的民辦教師，姜瘋子的下場讓她有所警醒，這麼有才華的姜雄傑校長卻變成了一個瘋子，頭髮亂糟糟、鬍子拉雜、神情麻木地常年走在金牛鎮的石板路上，她想走出大山，走出金牛鎮，幹一番事業，她在尋找機會，她在等待時機。

三十六、時機

　　姜阿翠搭乘牛漢國的竹排去了趟金牛鎮，深秋了，天氣有點涼了，她回去拿些衣服。阿翠不想在金牛鎮久待，她怕碰見黃書記，誰料到偏偏就在金牛鎮的石板路上老樟樹下撞上了，真是狹路相逢。雖然是在金牛鎮的石板路上，黃書記好像顧不得這麼多了，他見到阿翠，眼睛一亮，急切地走上前，一把拉住阿翠，問：「這些天你去了哪兒？多讓我掛心哪！」

　　阿翠掙脫了他的手，說：「在麒麟峰，給排工們做飯呢。」

　　黃書記說：「今天晚飯後我到你那兒去？！」話語中有著不容爭辯的語氣。

　　「我今天晚上不住金牛鎮，我要回麒麟峰！」阿翠回答道。

　　「你是否另外有人了？把我忘得一乾二淨了？」黃書記看著阿翠的眼睛。

　　「黃書記，你別亂猜疑，絕對沒有，我早就想對你說，我們倆不應該再保持這樣的關係了，這對我們倆都不利！」阿翠覺得這倒是一個時機，她十分堅決地說。

　　「這麼說你就將我們倆這些年來的感情一筆勾銷了？！」黃書記憤憤地說。

　　「黃書記，我感謝這些年你對我的照顧，但是我不想再將我們的這種關係發展下去了，請你諒解。」阿翠睜著一雙有些幽怨的大眼睛，誠懇地說。

　　黃書記咬牙切齒憤憤地一字一句地說：「好，你無情，那麼，就別怪我無義！」

　　阿翠不作聲，她似乎卸掉了一個包袱。輕鬆了許多，她走了，留下黃書記站立在原地，站立在那株如傘蓋一般的老樟樹下，呆呆地望著阿翠遠去豐滿的背影。

　　阿翠與小宋一起回到麒麟峰已經是傍晚了。

　　暮色裏的麒麟峰佇立在晚霞中，山林在晚風的吹拂中，有幾株楓樹的紅葉在山林中顯得格外醒目，如同一把把火，在晚霞的輝映下，搖曳著、燃燒著。暮色裏山林的空氣顯得特別清新，阿翠走在山道上，腳步好像十分輕捷，她不由自主地唱起了一曲當地的民歌：

　　　　妹不連哥也就罷，
　　　　硬起心頭莫想他；
　　　　榕樹無花也結籽，
　　　　吊蘭無土也開花。

　　歌聲清脆婉轉，曲調柔美率直，在山林間，在河水上，在懸崖邊，盤旋回蕩，使小宋覺得這個世界是多麼地美好，覺得眼前的這個曾經愁眉苦臉的阿翠，如一株得到了陽光雨露滋潤的花兒，綻開了花苞，這山林、這河流，就充滿著歡愉，充滿著生動。

　　回到竹棚，牛漢國採摘來一些草藥，讓小宋為阿翠煎熬，牛漢國說，這些草藥都是滋陰的，阿翠身子骨虛弱，應該補一

補，藥熬好了，牛漢國竟然自己先喝了一口，讓阿翠等半個時辰再喝。小宋後來告訴阿翠，牛漢國怕弄錯了藥，他自己先飲了，沒有問題，才敢讓阿翠喝，阿翠內心湧起一種感動，淚花就在眼眶裏了。

阿翠將藥渣倒在路口，山裏人都是這般想的，將藥渣倒在路口，讓過路人踏，可以帶走病人的病。阿翠倒完藥渣，轉身的時候，看到一條灰褐色的蛇，迅捷地爬進了灌木叢中，阿翠不禁停下了腳步，她知道這是有毒的五步蛇。

三十七、五步蛇

山林裏是一個動物世界，各種各樣的鳥兒、蟲子在這裏生存，有時也能碰到麂子、野兔，當然最常見的是蛇，身上有銀色環紋的銀環蛇，頭上有黑褐色眉紋的蝮蛇，通身碧綠的竹葉青蛇，這都是毒蛇，人一旦被咬後十分危險。山裏也有無毒的蛇，如黑褐色的赤練蛇，花白色的菜蛇等。山林裏最常見的是懶蛇，它不好動，白天常常盤曲成團，在路旁，在溝邊，在屋旁，在落葉間，它的吻端突出，食蟾蜍、青蛙、老鼠、蜥蜴等，由於其毒性強，被咬後常常有生命之虞，人們又將其稱為五步蛇，意思是被它咬後只能行五步。它去內臟曬乾可入藥，祛風寒、定驚搐，又被稱為蘄蛇。

　　那天，牛漢國被五步蛇咬了。那天，牛漢國為阿翠採草藥，阿翠吃了幾天的草藥，身體狀況大有好轉，精神狀態也特別好。牛漢國建議阿翠再吃一段時間草藥，將身體徹底調理一下。下工後，牛漢國與小宋去近端的山凹裏採藥，小宋跟著牛漢國認識了幾味草藥，他跟在牛漢國身後，捧了一大捧草藥。回到竹棚，吃完飯，小宋就幫著煎藥。阿翠說等一下她自己來取，她要先洗一下衣服。牛漢國看看藥煎好了，他先喝了一口，看看藥涼了，阿翠還沒有過來，牛漢國就將藥給阿翠端去。走到阿翠的竹棚門口，牛漢國叫了一聲：「阿翠，你的藥！」話音剛落，他的腳踩到了一條軟軟的東西，腳背上像針刺了一下似的，渾身就打了個激靈。「不好，被蛇咬了！」他抬眼一看，一條灰色的蛇遊進了草叢中，「懶蛇」！經驗豐富的牛漢國，順勢就坐了下來，手裏的藥碗仍然沒放。

　　阿翠出來，見到牛漢國坐在地上，手裏捧了隻藥碗。她將藥碗接過來，想將牛漢國拉起來，牛漢國擺了擺手，說：「我被毒蛇咬了。」

　　「什麼，被毒蛇咬了？」阿翠有些驚慌失措。

　　牛漢國拉起褲腿，腳背上有兩個牙痕正在往外滲血，腳背已開始腫了。牛漢國解下腰帶，在大腿處捆綁了一下，以免毒液往上行。

　　阿翠放下藥碗，不管三七二十一捧起牛漢國的腳背，就用嘴去吮吸傷口，牛漢國還沒有反應過來，阿翠就將吮吸出來的血水一口一口吐到地上了。

「別，別，別……」牛漢國想將腿收回來，但是阿翠將腿緊緊地拽住了，他覺得自己的腿已經有點不聽使喚了。

　　旺旺來了，它好像也知道了牛漢國被蛇咬了，魂不守舍地在一邊左右為難。

　　「別動，聽我的，讓我將毒液吸出，不然你會沒命的！」阿翠命令他說。

　　牛漢國有點頭暈，他不再爭辯了，靜靜地坐著，看著阿翠捧著他的腿，將嘴在他的傷口處一口一口地吮吸著，又一口一口地將有毒的血水吐出。牛漢國知道，這是一個十分危險的舉動，萬一她的口中有破損處，那毒液也會讓阿翠中毒的，那麼弄不好會又賠上一條命。牛漢國也知道，阿翠的舉動對於被毒蛇咬了的人，是最直接最有效的，將被毒蛇咬的毒液吮吸出來，就會減輕中毒的症狀，也就可能拯救一條生命。

　　阿翠喘了口氣，將綁在牛漢國的腿上的腰帶再勒緊些，以免毒液往腿上走。

　　旺旺叫來了其他的排工，排工們來到了阿翠的竹棚前。阿翠繼續在牛漢國腳踝的傷口處吮吸著，大家看到了阿翠捧著牛漢國的腿一口一口吮吸的場景，大家先是感到吃驚，繼而被感動了，小宋的眼眶紅了，小張的眼眶也紅了，麻大哥站在牛漢國身後，用身體抵住牛漢國，讓他的身體有個依靠。

　　小宋提出換下阿翠，由他繼續吮吸。阿翠搖搖手，說：「有危險讓我一個人來承擔吧，老牛是為我而被蛇咬的，我不承擔，誰來承擔呢？」

　　阿翠吮吸出來的血水越來越淡了。大家七手八腳地將牛漢國抬上竹床，麻大哥採了一把野草，並打來一盆水，在牛漢國的傷口上擦拭著，小宋將牛漢國的腳在水盆裏擠，擠出傷口裏的餘血。小宋記起了他箱子裏從上海帶來的季得勝蛇藥，便急忙打開箱子尋出，黑黑的一片，在碗底上用點水磨化了，輕輕地塗抹在傷口上。

　　聽到牛漢國說咬他的蛇是五步蛇，阿翠有些失色，她知道五步蛇的毒性，她期望著老牛會平安無事。

　　牛漢國開始有點昏迷了，傷口也開始紅腫了起來。阿翠讓小宋餵些水給牛漢國喝，多喝水多排尿，對於排毒也是有益的。在這個深山老林中，一個拯救生命的行動不知不覺中進行著，在一個普普通通的山村婦女和歷經磨難的退伍老兵之間進行著。生命有時特別脆弱，一不小心生命就如同一顆流星劃過夜空，如同一陣清風吹過山林，如同一片枯葉飄落大地，生命會轉瞬即逝；生命有時卻特別堅強，如竹筍頂起巨石的壓迫，如林帶抵抗著狂風的侵襲，如小舟抵禦著大浪的顛簸，善心與信念，常常是支撐著生命的支柱；關愛與奉獻，常常是拯救生命的動力。

　　阿翠告訴小宋，今天晚上必須守夜，他們倆分工，小宋守上半夜，阿翠守下半夜。

三十八、守夜

夜降臨了，夜將一切苦痛與歡樂包裹了起來、隱藏了起來，讓受傷者可以舔淨自己的傷口，讓作惡者可以構想自己的陰謀，讓受辱者可以擦拭自己的淚痕，讓尋歡者可以尋找自己的歡樂。麒麟峰的夜，除了梟鳥的夜鳴、河水的奔騰、秋風的吹拂，今天夜晚，還有臥床的牛漢國一高一低喘息的聲音，這牽動了排工們的心，牽動了阿翠的心。阿翠暗暗為牛漢國祈禱，她跪在竹棚的門口，跪在牛漢國被毒蛇咬的地方，跪在星光下，她向菩薩祈禱，祈望大慈大悲的菩薩放牛漢國一條生路，她向山神祈禱，祈望虛懷若谷的山神救牛漢國一條生命。她知道牛漢國是因為自己而遭蛇咬的，如果是自己去拿藥，那麼這條臥在她竹棚門口的懶蛇，就會咬在她的腳上。她的心亂亂的，恍恍惚惚的。雖然上半夜由小宋守夜，阿翠想稍稍睡著一下，但是怎麼也睡不著。她想起了牛漢國在她的小飯店裏吃飯的情景，想起了牛漢國將她從金牛河中救起的場景，想起牛漢國打撈起兒子木根的屍體，想起木根死後牛漢國的慷慨捐贈，想起她來麒麟峰後牛漢國的關心……她長長地噓了一口氣：「這個世界為什麼好人沒好報呢？為什麼惡人不遭到懲罰呢？」阿翠久久地跪在竹棚門口的地上，跪拜著、祈禱著。黃狗旺旺守侯在竹棚外，靜靜地安臥著，它好像也知道牛漢國的困境，它一會兒進竹棚望望牛漢國，用舌頭舔舔牛漢國的手，它比平時更加安靜了。

　　小宋在竹棚裏守夜，聽著牛漢國急迫的呼吸，心裏為牛漢國而焦慮，他想，為什麼自己不去給阿翠送藥，不然就不會咬到牛漢國了。裸露的傷口腫了，傷口附近的皮膚已變作青紫色。雖然已是深秋，牛漢國的額頭仍然在冒汗，一粒粒汗珠如珍珠般的綴在他的額頭，小宋用毛巾將牛漢國額頭的汗珠輕輕地擦去。竹棚外，秋蟲的鳴聲有些急促，秋涼給秋蟲帶來了威脅，如牛漢國急促的呼吸。金牛河水的濤聲一如既往，深秋的夜空顯得高而深邃，點綴在夜空上的星星讓他記起了孩提時的兒歌：

　　青石板，青又青，
　　青石板上釘銀釘。

　　秋夜的空氣清新，秋夜的天籟不眠，小宋感到有點寂寞了，他喜歡古典詩詞，背誦著他喜歡的易安居士的詞〈聲聲慢〉：

　　尋尋覓覓，冷冷清清，悽悽慘慘戚戚。
　　乍暖還寒時後，最難將息。
　　三杯兩盞淡酒，怎敵它、晚來風急！
　　雁過也，正傷心，卻是舊時相識。
　　滿地黃花堆積，憔悴損，
　　如今有誰堪摘？
　　守著窗兒，獨自怎生得黑！
　　梧桐更兼細雨，到黃昏、點點滴滴。
　　這次第，怎一個愁字了得！

小宋背這首詞，無意識中是想到了「愁」字，想到了眼前尚未擺脫危險的牛漢國，詞中的寂寞難耐、黃花秋意，正合小宋目前的處境，小宋一字一句地背誦著、體味著。

　　夜怎麼會這麼漫長，平時他並不覺得，一覺睡去，天已大亮，早上起身，總覺得還未睡醒，總嫌夜晚太短，而今日卻覺得這夜怎麼這般漫長。小宋又背誦著其他的詩詞：韋莊的《菩薩蠻》「爐邊人似月，皓腕凝霜雪。未老莫還鄉，還鄉須斷腸。」李煜的〈浪淘沙〉「獨自莫憑欄，無限江山。別時容易見時難。流水落花春去也，天上人間！」漸漸地，小宋進入了夢鄉。

　　阿翠進了竹棚，將坐臥睡著的小宋放上了竹床，她倒了碗茶，將牛漢國的頭下加了一個枕頭，他的頭仍然太矮，阿翠伸開臂膀，讓牛漢國的頭靠在自己的臂膀裏，用小勺子餵茶給老牛喝。牛漢國仍然閉著眼睛，大概知道是餵茶，他一口一口將勺子裏的茶喝下。阿翠餵完茶，將牛漢國的頭放回枕頭上，就覺得靠牛漢國頭的臂膀有點酸。小宋不知道在夢裏說著什麼，咕嚕咕嚕地，她上前看了一下，見小宋的表情特別緊張，便在小宋緊鎖的眉頭上摸了摸。

　　望著眼前躺著的兩個男人，阿翠感到有點心疼，她身上的母性讓她總想盡力幫助世界上任何弱小者、無助者，其實在這個世界上，姜阿翠自己是最弱小、最無助的，而現在她卻似乎覺得她完全有能力幫助他們。牛漢國的呼吸漸漸平靜，小宋的夢囈也停止了。姜阿翠想到唱歌大概可以使他們睡得更沉，如同母親給孩子唱搖籃曲。她便開始輕輕地哼山歌：

　　吃口涼水解心頭，
　　唱首山歌解憂愁，
　　涼水解得心頭悶，
　　山歌解得百憂愁。

　　阿翠輕輕地哼著，她想用山歌的小舟載著這兩個男人的靈魂，尤其載著這個被毒蛇咬了的男人的靈魂，讓他的靈魂抵達安全之境。她甚至想如果有一個大大的搖籃，將這兩個男人都放進搖籃，她在一邊唱一邊搖，那該是一個多麼美麗的境界。

　　姑娘大了莫要留，
　　留在家裏結冤仇；
　　好比後園毛桃子，
　　未曾轉紅有人偷。

　　小宋的眉頭舒展了，在夢中他走進了一個綺麗的世界，百花生樹，奇香撲鼻，雲霧繚繞，清泉叮咚，這個綺麗的世界是阿翠用心唱出來的。

　　牛漢國的神情安靜了，在夢中他進入了一個熟悉的天地，一望無際的大豆，一望無際的麥田，收割機正突突突地收割著，這是北大荒的良田，捏一把都會出油的良田，這是北大荒的收獲季節，他的心舒坦了。

　　晨曦透進山林的時候，牛漢國醒了，阿翠卻倚在床頭睡著了，旺旺仍然忠誠地守侯在竹棚前。

三十九、偷桃子

　　陳部長感到有點沒有臉面，他的黑臉彷彿更黑了，他責怪黃書記，這麼一點事情也辦不成，況鐵匠始終不鬆口，他始終要將訂婚的幾百元人民幣還給陳部長。逼得黃書記去了鐵匠鋪好幾次，軟硬兼施想說服況鐵匠，況鐵匠這榆木疙瘩總不開竅。黃書記說，許多人想攀這門親還攀不上，人家陳部長親自上門，你還不同意，這樣的人家到哪裏去覓呀！女兒嫁過去，不愁吃，不愁穿，部長家有權有勢，有什麼事情不能辦的。況鐵匠卻依然不作聲，依然賭氣一般地打他的鐵，一塊鐵屑居然飛濺在黃書記的手臂上，燙起了一個泡。

　　陳公子則胸有成竹的樣子，與他手下的一伙紅衛兵將公社的文化革命鬧得紅紅火火，他讓江美華寫了幾張大字報，揭露公社馬書記的罪狀，當然許多是無中生有的，由他提供材料，江美華執筆，署名為「鬥到底紅衛兵團」，只要打倒了馬書記，公社革命委員會主任就非他老子莫屬了。文化大革命說到底是一種爭權奪利的動亂，思想單純一點的就糊糊塗塗地做了別人的槍炮，為他人所利用，到頭來卻弄得一點羊肉未吃到卻沾一身腥；思想複雜一些的就時刻謀劃著自己的利益，利用他人，達到自己的目的，小恩小惠，小利小誘，讓他人為你賣命，驅他人為你出力，你卻置身幕後，羽扇綸巾，談笑間灰飛煙滅，成功你便獲益，失敗你不受損，無論成功與否，那些出

頭椽子，必然先爛。歷史上諸多群眾運動都是如此，得益的必然是少數。

　　陳公子叮囑了江美華，注意觀察婷婷的行蹤，摸清婷婷的生活習慣。江美華問有何目的，陳公子說這你不必瞭解。陳公子通過江美華，瞭解到婷婷每天下午六時許，必然到鐵匠鋪門口的河埠頭淘米洗菜。那天，陳公子糾集了一些酒肉朋友，開了一輛吉普車，帶了一隻大麻袋，一根粗繩子，悄悄地來到了金牛鎮，陳公子想先斬後奏，讓生米變成熟飯，事情就好辦了。

　　這幾天，婷婷受涼了，腹瀉，一天上幾回茅坑，她正想去淘米洗菜，肚子裏咕嚕咕嚕一陣叫，急著要上茅坑，她便讓梅梅去淘米洗菜。梅梅走出門口，見門口的石板路上有幾個生人，她也沒有在意，就去河埠頭淘米洗菜。她剛蹲下身，將米淘籮放進河裏，用手搓洗著米，忽然覺得身後走上幾個人，待她回頭想望一望，一塊毛巾塞進了她的嘴，一隻大麻袋從她的頭上套了下去，米淘籮慢慢地沉了下去。梅梅全力掙扎，想大聲叫喊卻發不出聲音。幾個人將裝著梅梅的麻袋往一輛吉普車上抬，車子一溜煙地開動了，任憑梅梅掙扎動彈，也沒有人幫助她。車子開了許久，到了公社，他們將梅梅抬進了「鬥到底」紅衛兵司令部，他們打開麻袋，梅梅就看見指揮這些人動手的，是那個黑黑的、矮矮的漢子，他好像到過鐵匠鋪幾次。

　　陳公子問：「你是誰？」

　　梅梅不回答，卻問：「你是誰？」

陳公子回答：「我是『鬥到底』紅衛兵司令。」

梅梅回答：「我是況梅梅。」

「該死，錯了！」陳公子一拍大腿說。他原來想綁婷婷，卻綁了梅梅，這雙胞胎太像了，一般人簡直分辨不清，現在只有將錯就錯了。他們將梅梅關進了一個偏僻的倉庫裏，任憑梅梅哭鬧，也沒有人聽到。陳公子想以桃換李，將梅梅換婷婷。

婷婷從茅廁裏出來，久久不見梅梅淘米、洗菜回來，便去河埠頭看看，只見菜尚未洗，米淘籮不見了蹤影，米卻撒了一地。婷婷大聲叫梅梅，卻沒回應，梅梅去了哪裏？她不禁有點擔心了。婷婷將菜洗了，又去淘了點米。飯煮熟了，菜炒好了，天漸漸黑了，仍然沒有見到梅梅的身影。婷婷告訴了爸爸，況鐵匠先到河埠頭仔細看了看，似乎梅梅沒有失足落水的跡象，他又去金牛鎮轉了一圈，仍然沒有見到梅梅的身影。況鐵匠去了金牛鎮梅梅認識的幾乎所有的人家，都沒有梅梅的消息。黃書記來了，他讓況鐵匠別急，梅梅這麼大的孩子，如果沒有什麼意外，不會有什麼事情的。

晚飯後，黃書記接到一個電話，是陳公子打來的，說梅梅在他的手裏，他們想綁婷婷，綁錯了梅梅，他想讓黃書記出面，將梅梅換婷婷。黃書記在電話裏呵斥說：「胡扯淡，是人，又不是牲口，綁了人，綁不了心！」黃書記讓陳公子馬上將人送回來，那邊卻掛斷了電話。

黃書記給陳部長打電話，說陳部長去北京出差了，要過幾天才能回來。黃書記不敢輕舉妄動，生怕得罪陳部長，想乾

脆等部長回來再說。他便去了鐵匠鋪，告訴況鐵匠，梅梅在公社，是跟別人去玩了，過幾天就會回來。婷婷要去公社找梅梅，黃書記說這麼晚了，路又遠，反正人在了，就沒有問題了，我黃書記還會騙你不成。況鐵匠說那麼等明天再說吧，要去也得明天白天去。

　　黃書記破天荒地買了一瓶酒，拉況鐵匠到廳堂裏一起喝酒。婷婷想梅梅了，她不吃飯，坐在門檻上，望著河埠頭，望著天上漸漸暗下來的夜色，眼淚沿著她的兩腮悄悄流了下來。她有一些話要對梅梅說，要推心置腹地說說她的婚事。

四十、推心置腹

　　牛漢國逐漸可以自己行走了，他腳上的傷口早已癒合了。金牛鎮的人們說，牛漢國被五步蛇咬而能夠活下來，是一個奇跡，能夠這麼快就痊癒也是一個奇跡。牛漢國知道創造奇跡的人是姜阿翠，如果不是她，牛漢國也就一命嗚呼了。

　　遭蛇咬以後，牛漢國走路就特別小心，旺旺常常跟隨著他，打草驚蛇是他行走前的必須，小宋為他找了一根雜樹棍子，削得齊齊整整的，頂端利用樹叉做成了一個把手，這棍子既可以當拐棍，又可以打草驚蛇。說也奇怪，後來牛漢國幾次碰到蛇，都化險為夷了。由於已經能夠行動，牛漢國就不想歇

著，早晨就抓排斧準備去剖麻，伸手剛要抓倚在竹棚旮旯裏的排斧，手剛剛伸出去，便覺得不對，排斧上竟然捲著一條蛇，牛漢國操起那根拐棍就打了過去，將那條銀環蛇打死了。一天，牛漢國去茅坑，正蹲下身準備解大手，見茅坑頂上倒懸著一條碧綠的竹葉青蛇，牛漢國揮動拐棍打了過去，那蛇應聲而死。從此，牛漢國就拐棍不離身了。

由於被蛇咬傷，牛漢國休息了數日，阿翠對他可說是關心備至，他們倆進行過幾次推心置腹的談話，阿翠瞭解了牛漢國並不平常的人生經歷，牛漢國知曉了姜阿翠悲哀矛盾的內心世界。姜阿翠甚至將她與黃書記的曖昧關係，以及如何斷絕了與黃書記的關係，都一五一十地告訴了牛漢國，她已經將牛漢國視為一個最可信賴的朋友了。

牛漢國真誠地問阿翠，今後打算如何？

阿翠回答說還沒細細考慮，車到山前必有路，船到橋頭自會直，一個人獨來獨往無拘無束，也會很快活。

牛漢國說女人與男人到底不一樣，男人應做依靠，女人需要依靠，男人可以浪跡天涯，女人應該有一個窩。

由於牛漢國行走尚有點不便，牛漢國僅僅剖麻紮排，放排的事他暫且就不管了。那天，幾掛排放走了，河灘上便只剩下牛漢國、姜阿翠兩人，牛漢國在竹棚裏歇著。

中午時分，牛漢國與阿翠剛剛吃完飯，尚未收拾，突然就變天了，山谷裏頓時狂風大作，山林裏的樹被風刮得倒過來，又搖過去，倒過來，又搖過去，那些山林裏的枯葉、雜草被狂

風捲起，被吹得老高老高。天突然黑了下來，如黃昏一般，驀地一道閃電劃過天空，如同將山崖劈開一般，轟隆隆的雷聲在山谷間回蕩。

雨落下來了，豆大的雨點砸在了竹棚頂上，砸在了竹林裏，砸在了河灘上。牛漢國、姜阿翠急忙躲進了竹棚，旺旺也跟著進了竹棚。當他們倆剛剛站穩腳跟，突然在竹棚不遠處一道閃電，巨大的雷聲接踵而來，震耳欲聾、驚心動魄，雷電將阿翠震得跳了起來，她猛然撲進了牛漢國的懷抱，牛漢國措手不及地站在那兒，摒住呼吸，手足無措，他不知道是應該將身前的這個女人推開，還是將她緊緊擁抱，他從內心深處喜歡這個女人，他同情她、憐憫她、感激她，這是一個可憐的女人，這也是一個可愛的女人，更是一個可敬的女人，他不願意做乘人之危的事，他不願意讓人落下話把。懷中這個可憐可愛可敬的女人確實讓他動心，他已經多久沒有與異性這麼近距離的接觸了？他甚至懷疑過自己是否還有與異性接觸的能力？這個女人依偎在他的懷中，她的頭髮有一種野花的清香，她的身體有一種淡淡的體香，他真想、真想緊緊地將她攬進懷中，緊緊地擁抱，無論風雨雷電，無論洪水猛獸，都置之不理。

牛漢國還是沒有動作，他的兩隻手下垂著，不敢輕舉妄動，他的一顆心砰砰地跳著，雖然外面風雨的聲音是那樣大，但是他仍然聽見了自己心臟跳動的聲音。阿翠的兩隻手慢慢從牛漢國的腰間往上移，輕輕地攬住了牛漢國的脖子，兩隻豐滿的挺挺的乳房就貼在了牛漢國寬闊結實的胸膛上。牛漢國的手

不由自主地擁住了阿翠的脊背，將阿翠的身體更緊地擁入了他的胸懷。兩個成熟男女的身體相擁著，兩顆心都在激越地跳動著，兩個人都在喘息著，牛漢國有點不能自持了，他想有所動作，但是他卻十分遲疑。阿翠的嘴唇慢慢移到了牛漢國的臉上，她忘情地在牛漢國的臉上、腮幫上吻著，牛漢國終於將他的嘴唇緊緊地吻在了阿翠的香唇上，這是一個久違了的長吻，這是一個驚天動地的長吻，牛漢國有點笨拙地喘著、吻著，姜阿翠瘋狂地笑著、吻著，在這個瓢潑大雨的山谷裏，在這個荒無人煙的河灘邊，演繹著人世間最為原始、也最為真誠、最為熱情的一幕。

姜阿翠在牛漢國的耳朵邊輕輕地說：「我想把我的身體給你。」

雖然輕輕的一句，卻比電閃雷鳴更為驚心動魄。牛漢國有一種透不過氣來的感覺，他木然地點點頭。

姜阿翠將牛漢國的外衣脫了，又脫牛漢國的襯衣，牛漢國感到不習慣，小時候媽媽才這樣為他脫衣，牛漢國止住了阿翠的手，說：「我自己來！」

阿翠開始脫她自己的衣服了，她將那件士林藍的對襟褂子脫了，再一粒粒地解開那件白布內衣的衣扣，那兩隻堅挺的乳房，如兩尊白塔聳立在牛漢國的眼前，牛漢國有點心驚肉跳。

山林裏的風雨來得快，也去得快，不知何時雨停雲開了，山谷中又恢復了平靜，天空被大雨洗滌過了，山林被大雨洗滌過了，麒麟峰又展露出平日的身姿，金牛河水逐漸變得渾濁起

來，山林間、河面上升騰起了一縷縷山嵐霧靄，如同為這一幕拉上一塊窗簾，見不下雨了，旺旺便走出了竹棚。

當這兩個男女赤身裸體地面對面時，牛漢國驚歎了：大自然如何造就了如此豐腴美豔的胴體，那線條的婉轉柔美，那神態的自然坦誠，那眼神的迷離恍惚，無不顯現出少婦的成熟與誘惑，無不刺激著牛漢國荒蕪的心田。

當這兩個男女赤身裸體地面對面時，姜阿翠驚歎了：人世間如何長成了如此雄強剛健的體魄，那肌肉的凹凸起伏，那肌膚的古銅顏色，那眼光的堅定執著，無不顯現出男子的陽剛與魅力，無不撥動著姜阿翠多情的心弦。

山林間的雨水積聚了，滲出了腐葉，滲出了草地，跳著、笑著、喘著、叫著，匯成了涓涓細流，蜿蜒盤旋淌下了溝壑，跌下了山石，便匯聚成一條黃龍，挪騰著、湧動著、沖擊著、喘息著、迴旋著、奔騰著，以摧枯拉朽之勢，用不可一世之力，摧毀一切阻擋，推開一切門戶，箭一般地射入金牛河。

金牛河的水漲了，金牛河突然變得更粗獷了、更蠻橫了、更霸道了，一切污泥濁水都匯聚進來，一切枯枝敗葉都席捲而去，一切恬靜柔美被蕩滌一空，一切溫文爾雅被沖決排斥，無論是峭石，無論是峽谷、無論是絕壁，無論是淺灘，無論是深壑，金牛河水征服著一切、霸佔著一切、沖決著一切、蹂躪著一切，金牛河無所畏懼地、不可一世地、狂妄自大地一瀉千里……

深潭中的河水已變得十分渾濁，麒麟峰不能以你為鏡了，山巔的白雲不能以你為鏡了。

金牛河，你聽見了這河灘上演奏的生命樂曲麼？

麒麟峰，你窺見了這竹棚裏發生的生命搏鬥麼？

四十一、生命搏鬥

梅梅被捆綁在一個黑洞洞的屋子裏，這是一種生命的搏鬥，她的嗓子喊啞了，她的眼淚流乾了，他們就是不放她走。她知道他們原先想綁的是婷婷，而不是她，她的心裏倒有幾分高興，她代替了姐姐，姐姐可以不受這樣的罪了。她知道了那個黑黑的、矮矮的人想娶姐姐當堂客，她想她看不上，姐姐也一定看不上的。

梅梅被捆綁在這個黑屋子裏，也不知道過了多久，他們將吃的東西送來，解開她捆綁著的手。最初梅梅不吃，他們打她，她也不吃。後來，梅梅真的餓了，她想不能就這樣餓死，不能讓他們得逞，她要求吃東西了，她要積蓄力氣，她要找機會逃走。

梅梅吃了點東西，喝了點水，身上有了點力氣，她坐了起來，她想，爸爸、姐姐一定在四處尋找她，姐姐一定流淚了，爸爸的嗓門一定喊啞了。她的眼前晃動著姐姐的面影，晃動著陳公子黑黑的面影。她的眼前忽然晃動著一張白淨的臉，宋海清那張誠摯的臉龐，那雙明亮的眼睛，那真誠的笑容。

　　陳公子給黃書記打電話，仍然提出要以梅梅換婷婷，黃書記讓陳公子先將梅梅放回來，婷婷的事情再做努力，黃書記告訴陳公子綁人是犯法的，陳公子又將電話掛了。

　　陳公子有些惱羞成怒，他在公社裏依仗父親陳部長的權勢，幾乎沒有辦不成的事，他豎起了「鬥到底」紅衛兵團的旗幟後，他的勢力更大了，呼風喚雨頤指氣使，抄家、破四舊、批鬥人、寫大字報，他成為了公社的風雲人物。他不相信他會栽在鐵匠鋪的小女子手裏，他身邊有不少女子巴結他，他卻看中了鐵匠鋪的婷婷，他覺得在鐵匠鋪裏見到婷婷打鐵時候的情景，他被那種陽剛與陰柔融為一體的情景所震撼，他在鐵匠鋪裏與婷婷的聊天，為婷婷的美麗與文靜所吸引，他千方百計想將婷婷弄到手，甚至不惜動用他的父親，然而卻並沒能如願，他設計了綁架婷婷的計劃，又因為綁錯了梅梅而受挫。他想以桃換李，將梅梅換成婷婷，卻遭到黃書記的拒絕。

　　陳公子心情十分鬱悶，便約幾個朋友一起去喝酒，到了附近的一家酒館，叫了幾個菜，開了一瓶四特酒，他們便喝了起來。有人說別喝悶酒，就提議划拳，輸者盡一杯。他們就「八匹馬」、「五魁首」地劃起了拳。今日陳公子心情欠佳，手氣也就不好，划了一會兒拳，倒連飲了好幾杯酒。一瓶酒空了，再要了一瓶，加了幾個菜，又划拳喝酒，酒瓶又空了。陳公子有點醉了，他也記不起喝了多少杯，他的話語多了，是為婷婷的事，當然也為梅梅的事。一起喝酒的朋友知道他的苦惱，便勸他別自尋煩惱，對於女人不必那麼認真，又說朋友是臂膀，

女人是衣服，穿了脫，脫了穿，一件又一件。又有人說，梅梅
其實也不錯，他勸陳公子將錯就錯，陳公子卻說他還是鍾情於
婷婷，那些酒肉之徒就說那麼就先將梅梅讓他們玩玩，喝醉酒
的陳公子不置可否。

　　他們幾個醉醺醺地就來到了關押梅梅的屋子裏，打開屋
子，梅梅警惕地望著這一伙醉醺醺的傢伙。有人就開始對梅梅
動手動腳，有人將手放到了梅梅的胸部，梅梅大聲驚叫，喝得
醉醺醺的陳公子打了梅梅一個巴掌，梅梅停止了驚叫，她的手
腳仍然被捆綁著，她低著頭用她的長髮掩蓋被人解開的衣襟。
惱羞成怒的陳公子上前，一把撕開梅梅的衣襟，將梅梅姦污
了，陳公子離開後，那些酒足飯飽之徒便一擁而上。

　　梅梅暈了過去，迷茫中她想家人一定在四處尋找她。

四十二、尋找

　　況鐵匠、婷婷到公社找了好幾次，都沒有找到梅梅。梅梅
失蹤已有好幾天了，婷婷急得哭了好幾次。小宋也來幫助尋找
了，小宋還動員了幾個知青一起，在公社的旮旮旯旯裏都找遍
了，還是沒有找到梅梅的身影。小宋就去公社派出所報案，況
鐵匠、婷婷一起去了，公社革委會的李副主任讓他們將事情的
經過寫下來，由婷婷口述、小宋執筆，將梅梅失蹤的經過白紙

黑字寫了下來。李副主任讓他們別太著急，只要人沒有離開這塊地盤，只要人沒有出意外，是一定能夠找到的。李副主任還跟隨他們去了趟金牛鎮，去了河埠頭察看，讓況鐵匠將細節也一一告訴他。

小宋覺得這件事情有點蹊蹺，好端端的一個人，怎麼就失蹤了呢？他想肯定出了什麼事，已過了許多天，還沒有找到梅梅，大半凶多吉少，他牽掛著這個他內心喜歡的女孩，他為梅梅焦慮萬分，但是又有點無能為力，他暗暗為梅梅掉眼淚，又怕被人看見一個大男人為一個小女子落淚，讓人笑話，他就擦乾了眼淚。

李副主任到金牛鎮引起了人們的注意，在這小小鎮子上，只要有一個外面的人來，只要發生一件事，馬上就會家喻戶曉。黃書記來了，拉著李副主任到他家裡吃飯，黃書記在飯後對著他咬了一會兒耳朵，他如釋重負般地鬆了口氣。

李副主任讓黃書記馬上隨他去公社，讓況鐵匠、婷婷、小宋在金牛鎮等候消息。摩托車帶走了李副主任和黃書記。黃書記與李副主任找到了陳公子，陳公子說他們已經把梅梅放了，現在她到哪裏去了，他就不知道了。

李副主任詢問了陳公子是在哪裏將梅梅放了的，梅梅穿了什麼衣服，李副主任和黃書記便去了公社那條街尋找，終於在街頭的一家餐館裏找到了梅梅，梅梅呆呆地坐在餐館裏，木木地望著街上來往的行人，她的衣服好像被撕破了，露出了一點胸部，她的神情十分惶惑，見到人來她就躲。

「梅梅！」黃書記叫她，她好像沒有聽見一般，她好像已不認識黃書記了。

李副主任見狀，就先將梅梅帶去了公社辦公室。

傍晚，黃書記、梅梅坐著一輛船型摩托，回到了金牛鎮。黃書記在公社為梅梅買了一件新衣服。

見到梅梅，婷婷抱住了放聲大哭，況鐵匠抱住了這兩姐妹流眼淚，小宋在一邊感慨唏噓。小宋看出了梅梅神情的變化，原先活蹦亂跳的女子，現在變得十分木然，梅梅在哭泣著的爸爸、婷婷懷抱裏，臉上毫無表情，她好像已不認識自己最親的親人了，她好像對一切都逆來順受了。

見到梅梅木然的表情，況鐵匠突然覺察到了什麼，他叫著梅梅的名字，梅梅的眼睛木然地望著屋頂，況鐵匠跪下了雙腿，抬眼望著梅梅，他長嚎一聲，泣不成聲。

梅梅瘋了，金牛鎮上又出了個女瘋子，她整天坐在鐵匠鋪的門檻上，望著河埠頭，望著石板路，見到有人走過，她便匆忙回到屋子裏，她好像不認識任何人了，連小宋、婷婷也不認識了。原先活潑可愛的梅梅沒有了，變成了一個木然的、膽怯的幽靈。

況鐵匠去了幾趟公社的革委會，讓革委會調查梅梅是為誰帶走，是誰將梅梅弄成現在這個樣子的。李副主任無可奈何地笑笑，向況鐵匠攤了攤手。況鐵匠找到黃書記，想讓黃書記幫助他弄清楚這件事，黃書記則勸他說，這件事情不好辦，他勸況鐵匠就忍了吧。

　　況鐵匠讓婷婷照看好妹妹，婷婷幾乎寸步不離梅梅，鐵匠鋪少了歡笑，多了沉鬱，連況鐵匠打鐵的聲音也成為了一種沉悶的節奏。

　　過了幾個月，婷婷發現梅梅的腹部鼓了起來，況鐵匠帶梅梅去了衛生院，請醫生看看是否肚子裏長了什麼東西，醫生說梅梅懷孕了。況鐵匠幾乎不敢相信自己的耳朵，他這才想到了梅梅是被人糟蹋了，梅梅的瘋癲一定與此事相關。

　　小宋將梅梅的事寫了封長信給省報，報社派人來到了金牛鎮，找到況鐵匠瞭解事情的真相，況鐵匠搖搖頭，他也不能告訴記者事情發生的真正原委，他也沒有力氣和精力為這事再奔走了，他也不相信有人能夠將此事弄清楚。記者找到小宋，小宋將他所瞭解的一五一十地告訴了記者，那記者有一種打破沙鍋問到底的性格，找到了公社革委會的李副主任，李副主任終於將事情的真相告訴了記者。縣革委會抓走了陳公子等肇事者，陳部長四處活動，打通關節，縣裏輕描淡寫地判了為首的肇事者陳公子三年，其他的兩年、一年不等，梅梅的神智卻始終未清醒，況鐵匠也曾經帶她去縣醫院看過兩次，配了些藥，回來吃了也未見有效，她的肚子越來越大，況鐵匠想將她腹中的胎兒打掉，醫生說梅梅現在的身體狀況，打胎大概會有危險，況鐵匠也不再堅持。梅梅每天仍然木然地坐在鐵匠鋪的門檻上，如一個古稀老人一般木然地望著這個世界，似乎是看透了這個世界，似乎是看不懂這個世界；又似乎是在守株待兔，等待著那隻自己撞死的兔子。

四十三、守株待兔

　　黃書記那天在金牛鎮上邂逅姜阿翠，他憤憤地對阿翠說出你無情、就別怪我無義後，呆呆地站在那株老樟樹下望著阿翠的身影遠去，他真恨不得衝上去扇她兩個嘴巴子。他自言自語地說：「君子報仇，十年不晚！君子報仇，十年不晚！」

　　立冬到了，公社開始組織興修水利，各大隊都派了人去公社，黃書記將姜阿翠列入了修水利的隊伍中，請人將消息捎給了姜阿翠。

　　阿翠與牛漢國商量，去還是不去，牛漢國心裏是不贊同她去，但是考慮到黃書記這個人的險毒，牛漢國思索了片刻，認為阿翠可以先去公社修幾天水利，然後再設法請病假回來，牛漢國與公社衛生院的院長熟，可以幫她弄到病假條，阿翠從公社請假，就與黃書記沒關係了，黃書記也奈何不了她，如果黃書記讓她去修水利，她抗拒不去，那他就可能會有口舌來整人。

　　姜阿翠聽從了牛漢國的話，雖然她離開牛漢國心裏有點依依不捨，但是牛漢國的分析也很有道理。阿翠便整理了自己的衣物，用被單打了一個包裹，為排工們燒了一些菜，天氣涼了，菜幾天不會壞，阿翠便坐上牛漢國的竹排去金牛鎮了。

　　牛漢國在竹排第三個斗子的中間綁了一張小竹椅，讓阿翠坐在竹排上，可以稍稍輕鬆一些，天氣涼了，坐在竹排上，那河水打在腳背上涼颼颼的。小宋在第二個排斗上撐著，牛漢

國在排首撐著。姜阿翠覺得看牛漢國撐排是一種享受，那種剽悍雄強的姿態，那種敏捷果敢的動作，尤其是竹排過險灘下激流時牛漢國用力將竹篙撐起來時，就如同一位將軍彎弓搭箭一般，雖然她常常望見的是牛漢國的背影，但是她好像已經看見了牛漢國脊背上凸起的肌肉，與牛漢國在一起時，她總喜歡撫摸著牛漢國脊背上的肌肉。竹排下險灘時她甚至想上前助一把之力，望著小宋嫻熟撐著竹篙，姜阿翠笑了。阿翠原本是不願意去修水利的，在牛漢國的一再說服下，她終於同意了牛漢國的建議。阿翠聽說過《水滸傳》中的故事，也聽過牛漢國說《三國演義》的情節，她甚至有點羨慕古代的土匪盜賊的生活了，佔據深山老林一塊地盤，打家劫舍分金分銀，大口喝酒大塊吃肉，她甚至暗暗想道，如果牛漢國是一個山霸王，那麼她就當一個押寨夫人。

竹排將到金牛鎮時，姜阿翠看見了那塊金牛石，靜靜地躺在了金牛河的中間，阿翠有點同情傳說故事中的金牛了，為追求自己的幸福、因渴望自己的愛情，但是卻遭到了如此的待遇，她內心有些憤憤不平，為什麼天界與世間一樣，真摯的愛情為什麼總遭到摧殘，為什麼天界與世間一樣總是惡人當道。阿翠想向牛漢國提出，等她修水利回來，他們就去打結婚證，做名正言順的夫妻。

竹排到了金牛鎮，小宋要回況家祠堂取衣物，牛漢國讓小張、小孫、麻大哥、大老李先到鎮上的商店裏買些東西吃，馬上回麒麟峰去，這天可能會下雨，怕河灘上的那堆竹子沖掉。

他自己幫姜阿翠將行李送去，並與小宋相約明天早上一起送阿翠去公社報到。

姜阿翠打開房門，屋子裏久不住人，便覺得有點黴味。牛漢國剛放下包裹，阿翠就迫不及待地撲了上來，抱著牛漢國的臉吻了起來。牛漢國回吻了一下，說：「肚子餓了，先弄點東西吃。」牛漢國打開了封閉的窗戶，讓房間裏透透氣。

姜阿翠點起了爐灶，洗淨了鍋子、鍋鏟，在鍋子裏放了點水，煮米粉，讓牛漢國照料著，她去屋後的白留地摘了些白菜，準備用香菇、白菜炒米粉。燈光下，炒好的米粉端了上來，香噴噴的，牛漢國掏出酒壺，邊喝酒邊吃米粉，他讓阿翠也喝一口酒，阿翠喝了口酒，嗆了，咳得眼淚都出來了，牛漢國在阿翠的背上拍了拍。

飯後，阿翠燒了鍋水，她自己先洗了個澡，又要牛漢國也洗了個澡。阿翠將她明天準備去修水利的行李準備好了，明天一早就去公社報到。阿翠與牛漢國的關係尚處在地下狀態，雖然排工們有點心照不宣，但是他們倆卻沒有公開同居在一起，每次他們倆在一起時，總是尋找一個機會，總是匆匆忙忙地完事。今天，他們倆如同新婚一般，阿翠早早地就將床鋪好，將房間裏整理得整整齊齊，並在床頭的一隻瓶子裏插上兩朵杏黃色的小花。

熄了燈，他們倆相擁著上了床，經過了幾番風風雨雨後，他們倆赤裸著躺在一起，姜阿翠好像對牛漢國有說不完的話，她的手撫摸著牛漢國脊背上突出的肌肉，阿翠想著這次與牛漢

國分手，不知道什麼時候再聚會，她的眼眶濕了，她緊緊地抱著牛漢國，好像生怕會失去牛漢國一般。牛漢國為阿翠抹去眼淚，說著一些寬慰的話，他們倆慢慢進入了夢鄉。

突然傳來一陣陣急切的敲門聲，阿翠剛剛套上衣褲，門就被人撞開了。黃書記第一個闖了進來，後面大隊民兵連長、婦女主任、大隊會計、江美華等一湧而上。黃書記惡狠狠地說：「好呀，淫婦、姦夫，當場活捉，我們已經守候了你們許久了，給我綁起來！」

一伙人七手八腳拿著準備好的繩索就上前捆綁他們倆。

牛漢國套上衣褲，義正詞嚴地對著黃書記說：「且慢，書記，你憑什麼說我們是淫婦、姦夫，我與她都是單身，為什麼不能在一處？我們倆在一處犯法了嗎？你們憑什麼捆我們？」

「你們有結婚證嗎？你們是合法夫妻嗎？你們沒有結婚證就住在一起，就是亂搞男女關系，你們就是淫婦、姦夫，給我綁起來！」黃書記聲嘶力竭地說。

一湧而上的人們將他們倆分別捆綁了起來，牛漢國並不想抗拒，他想看看黃書記究竟如何將他們發落。

姜阿翠的眼光緊緊盯住了黃書記，眼睛中射出了一道仇恨的眼光，她恨不得衝上去咬他幾口，世界上竟然有這麼卑鄙的人，他完全不在乎他們過去的一點情分。

黃書記的眼光躲避開姜阿翠逼視的眼神，他的心中有些幸災樂禍，他想誰也別想逃出我的手，誰與我作對誰就沒有好下場，他記起了大字報上常常讀到的一句話：「順我者昌，逆我者亡。」

黃書記對捆綁了姜阿翠、牛漢國的人們說：「將他們押到古戲臺上去。」

四十四、古戲臺上

大隊的廣播喇叭一遍又一遍地廣播著通知，通過有線廣播傳到了金牛鎮的各家各戶，古戲臺前老樟樹上的大喇叭將通知傳遍了小小的金牛鎮：「社員同志們請注意，社員同志們請注意，請馬上到古戲臺參加會議，請馬上到古戲臺參加會議。」金牛鎮大隊歷來有規定，參加會議者可以加工分，不參加的要扣工分。因此，一有會議通知，男女老少便會應聲而往。

古戲臺前已經掛起了幾盞汽油燈，照得古戲臺上明晃晃的，在古戲臺前的廣場上，還用毛竹一頭栓上破舊衣服，在柴油裏浸了後，點起火來，成了一個個大火把。鄉民們從四處趕來了，金牛鎮通往河對岸的木橋上、金牛鎮的青石板上人們絡繹不絕。古戲臺前的人們各自帶著長凳、椅子、矮凳，如同看戲一般，戲臺下已坐了黑壓壓的一片，嘈雜的聲音響成一片。

黃書記上了戲臺，他清了清嗓門，臺下的嘈雜聲靜了下來，黃書記對著話筒說：「社員同志們，先讓我們讀一段最高指示，偉大領袖毛主席教導我們：『領導我們事業的核心力量是中國共產黨，指導我們思想的理論基礎是馬克思列寧主

義。』」黃書記在金牛鎮的絕對權威，讓人人對他有所畏懼，他一上臺，臺下鬧嚷嚷的聲音就沉靜了下來。黃書記站在臺上，汽油燈的燈光將他的影子在古戲臺的牆上留下了一個長長的斜斜的影子。黃書記接著說：「今天我們開一個大會，金牛鎮上發生了一件有傷風化的醜事，被我們當場抓獲，鐵證如山，是可忍孰不可忍，我們絕對不能容忍！」黃書記在話筒前發出震耳欲聾的吆喝聲：「將淫婦、姦夫押上臺來！」古戲臺前的高音喇叭發出了一陣陣刺耳的喧囂聲，人們紛紛將耳朵蒙住。

大隊婦女主任吳春花和「鬥到底」紅衛兵團長江美華押著姜阿翠上臺，阿翠的脖子上被掛了一串破鞋，她掙扎著、退縮著，終於被強行地推上了臺，刺眼的汽油燈光讓姜阿翠幾乎睜不開眼。吳春花早就聽說姜阿翠與丈夫黃書記有染，但是她始終未抓到任何把柄，今天姜阿翠被捉被鬥，出了她心頭的一口鳥氣，想到這裏吳春花的臉上不禁露出一絲復了仇的笑容。吳春花和江美華她們倆一人揪住她的一隻胳膊，使勁地將她的胳膊往下按，疼得她只有將頭低下去、低下去，吳春花乘機在姜阿翠的手臂上狠狠地掐了幾下，阿翠驚叫了一聲。阿翠不敢看著臺下，臺下是一張張熟悉的面孔，是多年相處的鄉鄰鄉親，她並不為自己與牛漢國的關係後悔，她為黃書記的行為而憤恨。口號喊了起來：「打倒腐化墮落分子姜阿翠！」古戲臺前零零落落地舉起了幾隻手臂，應付地回應了幾聲吶喊。在這個年代，各種各樣的帽子層出不窮，順我者昌，逆我者亡，只要與有權有勢的人作對，就可以有各種各樣的帽子可戴，腐化墮

落分子就成為最常見的一頂帽子。文化革命的說法是帽子拿在群眾手裏，只要你不老實，就給你戴上帽子，其實帽子常常是由權勢者掌握的，往往用莫須有的罪名讓你戴上一頂所謂的帽子，讓你見人矮三分、低人一等。

　　牛漢國被氣勢洶洶地押上戲臺了，押牛漢國的民兵連長、大隊會計都是矮個子，他們倆的個頭都只到牛漢國的肩部，押著高高大大的牛漢國顯得有些滑稽，說是他們倆押著牛漢國，倒不如說是牛漢國牽著他們倆。牛漢國如一尊鐵塔一般在古戲臺上一站，那威風凜凜的姿態，不像被批鬥，倒像是在演戲。那兩個押著牛漢國的民兵連長、大隊會計想讓他將頭低下去，便在押著他的臂膀上用勁，牛漢國稍稍用一些力，倒讓他們倆痛得嗷嗷直叫喚。口號喊了起來：「打倒腐化墮落分子牛漢國！」古戲臺前又發出幾聲零零落落的回應。

　　牛漢國望了一眼頭髮披散了的姜阿翠，他的眼神表達出他對於阿翠的鼓勵與寬慰，阿翠點了點頭。

　　黃書記在話筒前說：「姜阿翠、牛漢國這一對狗男女，居然在我們金牛鎮做出了有傷風化的事，他們既不是夫妻卻行夫妻之事，他們對於我們社會主義事業有著刻骨仇恨。下面，我們請金牛鎮『鬥到底』紅衛兵團團長江美華發言，大家歡迎！」

　　江美華一上臺，掏出了紅寶書，說：「最高指示：革命不是請客吃飯，不是寫文章，不是繪畫繡花，不能那樣雅緻，不能溫良恭儉讓。革命是暴動，是一個階級推翻一個階級的暴

力的行動。」她面對著姜阿翠聲嘶力竭地叫嚷著：「姜阿翠，你這個破鞋，你以王光美為榜樣，腐化墮落，在光天化日之下亂搞男女關係，追求資產階級的生活方式，敗壞了金牛鎮的風氣，我們金牛鎮的人民一千個不答應，一萬個不同意，你只有老老實實交代問題，與牛漢國劃清界線，回到革命人民的一邊，才是真正明智的選擇，要不然就是死路一條！打倒腐化墮落分子姜阿翠！」

黃書記在一旁抽著竹煙斗微笑著，看著一幕他親手策劃導演的戲。姜阿翠的頭低下了，人有點搖晃，腳跟好像站不太穩。

大隊會計上臺，他掏出紅寶書，說：「最高指示：偉大領袖毛主席教導我們：『政策和策略是黨的生命，各級領導同志，應該充分注意，千萬不能疏忽大意。』」大隊會計露出了兩隻大金牙義正詞嚴地說：「牛漢國，你這個人民的敗類！修正主義的孝子賢孫！你滿腦子的資產階級享樂思想，整天煙不離手、酒不離口，還勾引良家婦女，你罪該萬死，死有餘辜，死了餵狗，狗還嫌臭！打倒腐化墮落分子牛漢國！」他唾沫飛濺地呼喊著。

牛漢國心裏暗暗覺得好笑，這一連串的套話屁話，都是批判被稱為反革命修正主義頭子劉少奇的，安在他的頭上不是抬舉了他嗎？說他勾引良家婦女，那麼憑什麼又批鬥良家婦女呢？

大隊婦女主任吳春花發言了，她長得精瘦，臉上沒有幾兩肉，尤其是她的下巴突出，呈地包天的態勢，無怪乎黃書記

要到外面尋花問柳了。她幾乎是衝到話筒跟前的，她的憤怒是發自內心的。她並沒有朗讀最高指示，而是指著姜阿翠的鼻子，破口大罵：「姜阿翠，你這個剋婦，剋死了老公，剋死了兒子，還要剋別人，跟著你的人，不得好死！姜阿翠，你這個娼婦，你褲襠裏發癢找棵樹去蹭蹭呀，為什麼不正兒八經地找一個男人？為什麼纏著別人家的丈夫？姜阿翠，你這個騷貨爛貨，你以為你開一個飯店就可以勾引四方客？誰給你好處你就跟誰睡，誰給你好處你就陪誰玩，你這不是丟我們金牛鎮人的臉嗎？你這不是給我們金牛鎮人抹黑嗎？你的狼子野心昭然若揭了！必須將你的醜惡嘴臉暴露在光天化日之下！」憤怒之極的吳春花一個箭步衝到姜阿翠面前，突然伸手就將姜阿翠的衣襟猛地扯開，猝不及防的姜阿翠的胸脯暴露在眾人的眼前了，她的手被綁在背後，無法掩蓋露出的胸部，只有幾隻破鞋擋住了胸部的某一部分，只有她披散的頭髮遮掩了胸部的某一部分，在汽油燈的照耀下，她胸前露出了白晃晃的一片。猛然間，古戲臺上下一片寂靜，人們都睜大了眼睛望著姜阿翠胸前的那兩座堅挺的白塔，女人們發出了一陣驚叫，男人們的呼吸似乎也停止了。

牛漢國想衝上前去用自己寬闊的脊背擋住阿翠的胸脯，他想掙脫開押著他的四隻手。正當牛漢國想上前之時，姜阿翠突然從高高的古戲臺上栽了下去，會場上發出了一陣驚叫，姜阿翠的頭朝下砸在了古戲臺的石礎上，血從她的頭上流了出來。古戲臺下的人們先是驚詫地退後了幾步，接著又紛紛圍了上

來。姜阿翠的衣襟仍然敞開著，脖子上依然套著用破鞋做成的脖套，頭上的血仍然不停地流著。牛漢國不顧一切掙脫了四隻手的拘押，跳下戲臺，周圍的人們讓開了一條路，牛漢國來到姜阿翠的身前。他先將她的衣襟掩上，將那串破鞋解了下來，再將阿翠捧起，用手揩著阿翠頭上的血。牛漢國大聲地叫喊著：「阿翠！阿翠！」眼淚從這個硬漢子的眼睛裏奪眶而出，滴在阿翠的臉上。

阿翠緩緩地睜開了眼睛，看到自己正躺在牛漢國的懷裏，她已經沒有半點力氣說話，她用手捏了捏牛漢國的手，對牛漢國笑了一下，便閉上了眼睛。

牛漢國抱起了姜阿翠，發出了驚天動地撕心裂肺的呼喊：「老天爺呀，你救救她吧！你快救救她吧！」血還在一滴一滴的滴下、滴下，淚還在一滴一滴的滴下、滴下。

公社武裝部的陳部長來金牛鎮處理姜阿翠之死的事情，經過調查認為：金牛鎮批判幫助姜阿翠、牛漢國的舉措是正當的，在大會上也並沒有過激行為，姜阿翠的摔下古戲臺，並非有人推搡所致，而是姜阿翠自己不當心引起的，責任由姜阿翠自負，並指出金牛鎮以後舉行這樣的會議應該注意安全。諸多冤假錯案就是這般形成的，調查處理者的立場總是十分關鍵的，由某種立場上可以做出某種取證報告，持另一種立場可以做出相反的取證報告，權大於法的氛圍中，草菅人命、指鹿為馬就不稀罕了。

黃書記仍然招待陳部長喝酒吃飯，仍然請了江美華作陪。黃書記已看出陳部長對江美華有意思。

酒足飯飽後，陳部長用小手指上長長的指甲剔著牙齒，對黃書記說：「今年的徵兵工作就要開始了，你們金牛鎮打算派誰去？」又對江美華說：「今年還有一部分女兵的指標，不知道江老師是否感興趣？」江美華一聽，馬上點點頭說：「有！有！有興趣！」

四十五、女兵體檢

　　聽到公社招女兵的消息，江美華興奮了很久，她嚮往著走出這大山，當女兵應該是最好的選擇了，也不知道她能否實現這個理想，她甚至在夢中也見到自己已經當上了女兵，穿上了合身的草綠色軍裝，背了軍用挎包，走出了大山，走進了綠色的軍營。她甚至夢見自己變成了一隻綠色的燕子，飛出了金牛鎮，飛過了金牛嶺，在藍天裏白雲下自由自在地翱翔。

　　姜阿翠的死對她是一個刺激，她真沒有想到婦女主任吳春花會扯開姜阿翠的衣襟，讓姜阿翠的胸脯暴露在光天化日之下，她真沒有想到姜阿翠會掙脫她的拘押跌下古戲臺，她甚至認為姜阿翠是自己撲下戲臺的，她忍受不了這樣的侮辱才走上這條絕路的。她有點同情姜阿翠，她有點憎恨吳春花，姜阿翠的命也太苦了，丈夫被炸藥炸死了，兒子被水淹死了，她有了自己合意的男人，卻被捉姦被批鬥，卻在大庭廣眾面前倍

受侮辱。吳春花也是一個女人，女人為什麼就不同情女人呢？為什麼女人仇視女人比男人更甚呢？姜阿翠是在她的拘押下死的，她常常有點提心吊膽，她懼怕姜阿翠的冤魂來找她算帳，她不禁跪拜在床前，她祈望姜阿翠的靈魂安息，祈望姜阿翠諒解她、饒恕她。她有時想，如果姜阿翠忍一忍，什麼事情都會過去，有些事情是要有代價的，有得必有失，有福必有禍，人不能太倔，該低頭時且低頭，她不相信古人所說的「寧可直中取，不向曲中求」，她認為應該靈活機動，該直處直，該曲處曲，只要有所得有所獲，管他直與曲。

　　陳部長打電話來，告訴江美華後天去公社檢查身體，部隊來招女兵的幹部還要進行面試，他讓江美華精心打扮一下，給招兵的幹部一個好印象。陳部長還說，其實讓誰去不讓誰去，他有很大的權力，只要他在招兵的幹部面前說一句話，就會決定一個人的命運，再說面試時他也是一個評委，他說的話是有很大的導向性，他還說請她放心，她江老師的事情他是一定會幫忙的。

　　今天是江美華去公社參加徵兵身體檢查的日子，她一早就起床穿衣打扮，她將幾件衣服都拿出，一件一件的穿上脫下，對著鏡子左照右看，她終於選了一件大褲腳的藏青色褲子，穿了一件藍底白花的土布對襟上衣，身材顯得十分苗條。她搭上了金牛鎮林站去公社的卡車，卡車裝載著一車原木，在盤山公路上行駛，邊上坐了這個有幾分姿色的姑娘，卡車司機十分高興，有一句沒一句地與江美華拉呱著。

車到了公社，跳下車，江美華與司機揮揮手，司機加大油門開走了車。江美華來到公社衛生院，已經有不少青年男女在排隊體檢了。陳部長正等候在衛生院門口，伸長了脖子在望江美華呢！一見她，陳部長一把拉住江美華說：「你就別站隊了，我已經給你安排好了，馬上就開始檢查了，你第一個，檢查完身體到我那裏去一下，我與你說說下午面試的事情，很重要的，很關鍵的，我等你！」陳部長說得那麼肯定，勿容置疑。

　　江美華平時喜歡運動，體質不錯，身體檢查十分順利，沒過多少時間，就做完了全部的檢查程式。江美華問醫生檢查的結果怎樣，醫生有點詭秘地說，最後結果還沒有出來，反正會通知個人的，你急什麼？他最後又加了一句話，說：「反正你是陳部長關照的，你還怕什麼！」醫生詭譎地對她眨了眨眼睛。

　　走出衛生院，江美華去了公社找陳部長，陳部長不在武裝部辦公室，值班的告訴說：「陳部長回宿舍了，他關照你來了去宿舍找他。」

　　陳部長的宿舍在公社辦公樓後面的家屬樓二樓，按照武裝部值班人員的指點，江美華來到了家屬樓，整棟家屬樓靜悄悄的，走上二樓，江美華有些遲疑，正在考慮回去還是上樓，靠近樓梯的一扇門開了，陳部長露出頭來，他大概聽見了江美華的腳步聲，見是江美華，一把就將她拉進了屋，關上了門。

　　陳部長的宿舍並不豪華，外面是客廳，裏面是臥室，客廳裏懸掛著毛主席接見紅衛兵的畫像，旁邊懸掛著的鏡框裏是他們的家庭照片，陳部長年輕時當兵的照片也在其中。客廳裏有

兩個木製沙發，一個樟木茶几，一個寬大的辦公桌，桌上放著一盆仙人球，綠色的球上正綻開著粉紅色的花呢！

落座後，陳部長端了一杯茶給江美華，笑嘻嘻地說：「江老師，身體怎麼樣？沒問題吧？」

江美華說：「應該沒問題吧，但是醫生說最後結果還沒出來，說會將結果給個人的。」

陳部長笑了笑說：「其實，最後結果只要我一句話，我說行你就行，我說不行你就不行。」

江美華帶著幾分撒嬌的姿態，搖了搖陳部長的手，說：「那你一定要說行的噢！」

陳部長拍了拍江美華的手，說：「那就要看你表現囉，就看你聽話不聽話囉！」

江美華說：「你說的話我怎麼敢不聽呀，你是我們的父母官呀！」

陳部長說：「江老師，聽說你的舞跳得很好，給我跳個舞，怎麼樣？」

江美華忸怩了半刻，說：「跳舞就跳舞，跳一個〈在北京的金山上〉。」

陳部長笑笑，詭譎地點點頭。

江美華一邊唱一邊跳了起來，陳部長在一邊幫襯著唱，一隻腳一上一下地打著拍子。江美華的腰肢扭動著，她的雙肩抖動著，她的乳峰跳動著，她的臀部擺動著，陳部長情不自禁地吞咽了幾口口水，他像一個獵人準備對著眼前的獵物扳動扳

機，像他在部隊練習射擊時那樣，準星、凹槽、目標三點成一線，他要扣動扳機了。但是他知道，有些事情不能性急，性急吃不了熱豆腐。

陳部長拍手鼓掌，說：「好，好，跳得好！跳得好！」

江美華有點羞怯地說：「好久沒跳了，忘了好多地方。」

陳部長說：「江老師，你的身材真好，你的腰部、臀部、胸部，真是天仙一般，我從來沒有見到身材這樣好的姑娘。」

江美華說：「別胡說，我的身材算好，那麼身材好的多了。但是，在金牛鎮像我這樣身材的倒是沒有幾個。」

陳部長故意眨眨眼睛說：「我說得不錯吧，江老師的身材確實不錯！」他知道女人都喜歡聽奉承話，只要女人接受了奉承，事情就會順利得多了。接著，陳部長居然提出了一個很荒唐的要求，想看看江老師不穿衣服的體型，他說愛美之心人皆有之，他只不過是看看而已，絕不會碰她一下。

江美華正被陳部長奉承得有點飄飄然，陳部長提出的這個無理的要求讓她一下愣住了。

陳部長一再解釋說：「你說你聽話，你聽話了，你就能夠當女兵了，不聽話，你當兵的事就黃了，下午面試我也是主考官之一，我說的話是有權威性的。反正我只是看一看，絕對不會碰你一下的，我以我的黨性擔保，我是從來沒有看到過你這麼好體型的姑娘，只是一種愛美的心罷了，反正沒有別人，就只是你與我兩個人，只要你不說出去，我不說出去，不會有第三個人知道，就是知道了，也沒有什麼，人家美術學院畫模

特，也是脫光衣服的，那是獻身藝術，今天你脫一下衣服又有什麼大不了的事情，這也可以說是獻身部隊吧！」

聽了陳部長循循善誘、信誓旦旦的一番話，江美華心動了，她想反正只是脫一下衣服，又不會幹什麼，只要能夠當女兵，脫一下衣服也沒有什麼了不起。她想了想，咬了一下嘴唇，說：「那麼，陳部長，你站遠一點，我就聽你的話，僅僅只能看一看，只是你千萬別過來！」

陳部長退後了幾步，坐在了木沙發裏，故作鎮靜地睜大了眼睛，一隻腿不由自主地抖動著，就如同窺視著獵物的動靜即將撲出去的一隻獵豹。

沒有音樂，沒有口哨，沒有鼓點，沒有起哄，在公社武裝部長的宿舍裏，開始上演一幕東方的脫衣舞：江美華解開了對襟衫的盤鈕，將這件藍底白花的土布對襟上衣放在辦公桌上，她開始脫裏面的粉紅色的襯衣，她的手有些抖，臉有些紅，呼吸有些急促。

陳部長的一隻手的幾個手指輪流不停地在茶几上扣擊，發出的篤的篤的聲音，另一隻手捧起茶杯，無意識地喝了幾口水。

江美華的襯衣脫下了，裏面是一隻白布的胸罩，這是江美華為了體檢特意去買的，平時她並不戴胸罩，只穿背心，胸罩有些小，緊緊地裹在她的乳房上，使她有點透不過氣來。江美華的皮膚白淨淨的，腋下的幾根腋毛黑黑的、長長的。陳部長的呼吸有點急促了，他的腿動了一下，屁股稍稍離了座。

江美華急得大叫一聲：「陳部長，你說了不過來的，你坐在那兒別動！不然我就穿衣服了！」

陳部長的屁股又乖乖地放回了沙發上，他有點手足無措了。

　　江美華將那條藏青色的大腳褲脫了，露出了修長的雙腿，她停了手。

　　陳部長焦急地喊道：「脫呀！快脫呀！快脫呀！我不過去，我不過去！」

　　江美華不情願地將胸罩解開，一對白皙的乳房就呈現在陳部長的眼前，像一朵尚未開放的花蕊，小荷才露尖尖角一般挺立著。

　　陳部長的眼睛直了。他興奮地叫著：「脫呀！脫呀！繼續脫呀！繼續脫呀！」

　　江美華將那條粉紅色的三角褲慢慢地脫下，她的腳翹起來的時候，陳部長窺見了她襠裏最隱秘的部位，陳部長感到渾身的血液沸騰了，渾身的肌肉繃緊了，就如同一隻渾身繃緊了的獵豹，就要箭一般地向他的獵物撲去。

　　當江美華赤條條地站立在陳部長的面前時，她的眼睛裏露出了一種驚恐的表情，她想讓事情趕快結束，她想趕快將衣服穿上，她挺直了身軀讓陳部長欣賞她的勻稱的體型，嘴裏問：「陳部長，好了沒有？好了沒有？」她真以為陳部長是愛美之心，她真以為陳部長會適可而止，她真以為陳部長會以黨性做擔保，黨性對於陳部長這類人來說，只不過是一塊擋箭牌遮羞布而已。她的頭微微低垂著，她第一次在別人面前赤身裸體，她感到十分羞怯，她感覺到自己如同一隻怎麼也逃脫不了的野兔，面臨著被捕捉被撕碎的危險，她想趕快結束這場遊戲，她想馬上離開這個地方。

　　面對這具充滿青春活力的胴體，面對這具充滿異性誘惑力的裸體，陳部長還能坐懷而不亂嗎？陳部長還能想到黨性嗎？那翹起的乳峰，那細小的腰部，那凸起的臀部、那茸茸的恥毛，那突起的陰阜，都在誘惑著、召喚著、牽扯著……

　　一瞬間，喘息著的獵豹向獵物撲了過去，狂笑是犀利的武器……

　　一瞬間，掙扎著的獵物發出了一聲慘叫，哭泣是唯一的憤怒……

四十六、哭泣

　　姜阿翠被埋在金牛嶺上了，埋在了與金牛石相望的金牛嶺上了，小宋想，金牛與侍女的悲劇故事仍然在當代生活中延續著，他甚至想阿翠是否也會幻化成一塊巨石，屹立在金牛嶺上。

　　姜阿翠落葬時，幾乎都是牛漢國他們排工們操辦的，喪葬的費用都是牛漢國掏的，大老李對於葬禮顯得特別熱心，抬棺材時他搶著抬重的一頭。葬禮上黃書記始終沒有露面，他對於姜阿翠可謂恨之入骨了，平時金牛鎮人家做紅白大事常常離不開他，總要黃書記在這些儀式上說幾句話。姜阿翠娘家來了一個代表——阿翠的弟弟，他代表家屬說了幾句不著邊際的話，阿翠的家產都由他接收了。對於姜阿翠的死，小宋十分傷心，

他特意為阿翠寫了一首詩送行，他將這首詩在姜阿翠的葬禮上朗讀：

> 你安臥在莽莽的金牛嶺，
> 你俯瞰著小小的金牛鎮，
> 你的憤怒像滔滔的金牛河，
> 你的情誼如千年的金牛石。
> 你的存在讓百花盛開、百鳥歡唱，
> 你的離去使百草凋零、百峰嗚咽。
> 生不如死，你不願苟延殘喘，
> 死如同生，你永遠留存心間。

小宋邊朗讀詩歌，邊流眼淚，他記起姜阿翠的許多好處，記起了姜阿翠為他們燒飯時的歡樂，記起了他生病時姜阿翠對他的照顧。他實在弄不明白為什麼兩情相悅卻被捉姦批鬥？他實在弄不清楚人與人之間怎麼會如此相互捉弄？原本他以為金牛鎮是一個清淨溫馨的地方，現在想來這小鎮裏仍然有著這樣那樣的罪惡。人性本善，還是人性本惡，小宋弄不清楚，就如同先有雞還是先有蛋，誰也說不明白，要說先有雞，那麼這雞從哪裏來的？要說先有蛋，那麼這蛋又是哪個生的？小宋感到了人心叵測，他想起古人說的一些話語：「易漲易退山溪水，易反易覆小人心。」「畫虎畫皮難畫骨，知人知面不知心。」「誰人背後無人說，那個人前不說人。」「莫信直中直，須防仁不仁。山中有直樹，世上無直人。」這些被批判的《三字

經》中的話語，卻充滿著人生的哲理，雖然他讀的是批判材料，但是他卻從中得到了不少教益。

姜阿翠的墓與其丈夫留根的墓、兒子木根的墓相伴，一家大小在這裏相聚了。姜阿翠下葬後，墓前豎立了一塊青石板的墓碑，碑上簡單地刻了姜阿翠的名字，並貼了畫有姜阿翠頭像的版畫。葬禮結束後，牛漢國獨自留在了墓地上，小宋要陪伴他，他揮手讓小宋回去，讓小宋將旺旺也帶走，他想一個人在這裏站一會兒。

墓地上人都走了，牛漢國一個人獨自在阿翠的墓前坐著，他總覺得一切就如同是一場夢，他總覺得這一切並不是真的，他悔疚他給阿翠帶來的傷害和厄運，他悔疚他沒能夠保護好阿翠，他知道是黃書記對阿翠的報復，他知道阿翠是為他而死的，如果沒有他與阿翠的干係，也許黃書記就不會下此毒手，如果阿翠仍然保持與黃書記的來往，阿翠也不會被逼上這條絕路。他想起了他被毒蛇咬傷時阿翠捧著他的腳吮吸傷口的情景，他想起了風雨雷電時候竹棚裏的歡愛，想起了他與阿翠在一起的一幕幕，阿翠給了他生命，阿翠給了他歡樂，而今阿翠卻已睡在這冰冷的墳墓裏了。俗話說：男兒有淚不輕彈，只是未到傷心處。在阿翠的葬禮上，牛漢國強忍住悲痛，沒有將眼淚落下，雖然牛漢國是一條硬漢子，而此時此刻，他一個人坐在阿翠的墳頭，他撫摸著阿翠的墓碑，這個硬漢卻禁不住嚎啕大哭了起來，他捶胸頓足地對阿翠傾訴著：「阿翠啊阿翠，你怎麼就不忍一忍呢，你怎麼就拋下了我呢？阿翠啊阿翠，這個

世界對你太不公平了！阿翠啊阿翠，讓我怎麼離得開你呢？」
他現在才感到讓阿翠下山修水利是一個錯誤，他們鑽進了黃書
記設計的一個圈套，現在的牛漢國恨得咬牙切齒，君子報仇，
十年不晚，金牛嶺啊金牛嶺，請記下這筆血債；金牛河啊金牛
河，請傾聽牛漢國的心聲。

　　金牛嶺上的松濤陣陣，如發出陣陣苦痛的嗚咽；金牛嶺
上流水潺潺，如流淌著串串悲傷的淚水。牛漢國一直坐到日落
時分，看一輪紅日緩緩地沉下山峰，看滿天星斗陸續亮起在頭
頂，牛漢國才步履蹣跚地下山，他第一次為一個女人掉這麼多
的眼淚。他想死者不能復生，生者依然要前行。生活就是經歷
磨難，生命必須經受挑戰。牛漢國一步一步走下山，他想回家
了，姜阿翠去了，家也就沒有了，不管到哪裏都無所謂了，牛
漢國天生就是個流浪漢，處處無家處處家。

四十七、回家

　　家，是人避風的港灣，家，是人精神的寄託。這個年代，
多少家庭被毀於一旦，多少家庭四分五裂。老子革命兒好漢，
老子反動兒混蛋，在沒有法律沒有規則的氛圍中，人們往往難
以主宰自己的命運，天有不測風雲，人有旦夕禍福，昨日臺上
客，今天階下囚。抄家批鬥，在一瞬間就可以改變人的命運；
下放插隊，在頃刻間可以扭轉人的觀念。戀鄉念家，仍然是這

個時代人們難以改變的習慣，渴望團聚，仍然是新年時分人們難以更改的習俗。

小宋準備回家過年了，他向牛漢國道別，向麻大哥、大老李、小張、小孫道別，並問牛漢國要了他的前妻在上海的地址。走以前，小宋去了鐵匠鋪，他去看看婷婷、梅梅，婷婷不上學了，說要照顧梅梅，梅梅的肚子更大了，況鐵匠先是想讓梅梅打胎，後來醫生說她的身體狀況不好，打胎可能有危險，況鐵匠就不再堅持了。梅梅每天依然坐在鐵匠鋪的門檻上看日頭，看日頭升起，看日頭落下。婷婷仍然幫助況鐵匠打鐵。梅梅沈默了，鐵匠鋪裏少了歡樂，連打鐵的鐵錘好像也沒有過去歡樂了。小宋買了些餅去鐵匠鋪，他將一塊餅放進梅梅的口中，小宋笑著問：「梅梅，這餅甜不甜呵？」梅梅也沒有任何言語，只是機械地咀嚼著，小宋臉上笑笑的，眼眶裏卻溢出了眼淚，他真不相信眼前的梅梅，就是過去笑容滿面調皮活潑的梅梅。

知青們大多準備著回家，山區唯一可帶的除了木竹製品，就是冬筍、筍乾、香菇了，小宋買了兩床鋪板，帶了一副樟木箱板，鋪板給哥哥結婚打傢俱，樟木箱板回家打成箱子給父母，還買了幾斤冬筍。小宋在金牛鎮完全小學門口搭的卡車，小學裏張貼著「歡送江美華老師光榮入伍」的標語，應征入伍的新兵前天就開拔了，江美華臨走前又去了陳部長宿舍一次。

小宋去縣裏將鋪板、樟木箱板托運了，坐上了長途汽車，沿途的田野呈現出一片蕭瑟的景象，晚稻早已收割了，稻田裏

仍有一些禾桿佇立在田裏，麻雀們在田野裏飛來飛去，尋覓著食物。小宋想著這幾個月砍毛竹放竹排的經歷，他突然覺得自己好像成熟了起來，他在金牛嶺上、麒麟峰上、金牛河上經受了磨難，他現在似乎明白了苦難是人生的資本一語的內涵。

　　省城火車站人頭湧動，都是一些過年回家的知青們，小宋好不容易才買到一張回上海的火車票，擠出售票處，雖然已是冬季，小宋卻已熱汗涔涔了。小宋將兩副鋪板、一副樟木箱板托運了，手裏提著冬筍上了火車。車廂裏十分擁擠，還有不少站著的旅客，汗臭味、腳臭味、煙臭味、狐臭味在車廂裏縈繞，令人有些透不過起來。小宋找到了自己的座位，放下行李喘了口氣。

　　清晨，火車抵達了上海站，走出火車站，見到熟悉的街道、熟悉的城市，坐了一夜火車十分疲憊的小宋有些恍若隔世之感，金牛鎮、金牛嶺、金牛河雖然遠離了，但是卻好像仍然在眼前、在身邊，眼前的都市卻似乎有些陌生了。踏進家門，母親特別高興，淚花在眼眶裏打轉，母親忙不迭地接過小宋手中的行李，給小宋讓座倒茶，就好像接待一個遠道而來的客人。

　　小宋掏出牛漢國留給他的地址，是在普陀區，小宋準備明天就去尋訪。

四十八、尋訪

出門前，小宋先查看了一下地圖，弄清了坐什麼車可抵達那裏，上海太大了，小宋沒有下放前也不大出門，下放後對於上海就更生疏了。他拿著牛漢國留下的地址，去尋訪牛漢國的前妻，看望牛漢國的兒子。小宋知道牛漢國並非是一個不講情誼的人，雖然他與妻子離婚了，但是他內心卻仍然記掛著他們，小宋發現牛漢國常常給上海寄錢。小宋對於牛漢國的前妻充滿著好奇心，他想看看他所崇拜的牛漢國到底有一個怎樣的前妻，有一個怎樣的兒子。

上海人將上海市區劃成諸多區域，用「上隻角」、「下隻角」來區分不同區域的檔次，黃浦區、靜安區為上隻角的高檔地區，徐匯區、長寧區、虹口區的某些地段，歸入上隻角，而普陀區、閘北區就完全屬於下隻角的低檔地區了。上海人往往以居住地區的級別代表著一種身份，即使是居住在上隻角的亭子間裏，他也當作一種炫耀的資本，常常開口閉口就說自己是住在上隻角的，而嘲笑居住在下隻角的。上海是一個移民城市，在中山路的外圍最初大多是一些移民到上海的苦力所居住，碼頭上的挑夫、造房子的建築工人、街頭的黃包車夫、澡堂裏的擦背的，他們最初大多在上海的城鄉結合部搭一個滾地壟，後來在此基礎上搭起簡易房，或者造起了磚瓦房，就形成了上海下層市民居住區，也就構成了後來被稱為「下隻角」的地區。牛漢國的前妻也就是居住在「下隻角」的普陀區。

小宋拿著地址，尋找了不少地方，終於在一個十分偏僻的弄堂裏找到了這個門牌，門牌被誰拋了一團泥巴，使門牌上的字碼不很清楚，小宋是看了左右人家的門牌，才確定找到了要找的門牌。小宋敲響了門，有人打開了門，是一個四十歲左右清清秀秀的中年婦女，她問：「你找誰？」

　　小宋回答：「請問，李阿嬌是不是住在這裏？」

　　「是的，你是誰？」她又問。

　　「我是牛漢國的朋友，他讓我來看看你們。」小宋回答。

　　「噢，請進，請進。」她伸了伸手，將小宋讓進了屋。

　　房間裏十分昏暗，只有一個小小的窗戶，射進一縷光來。房間裏的陳設十分簡單，一張方桌子，幾個凳子，一張床。方桌前一個十來歲的孩子正在做作業。

　　她倒了一杯茶，遞給小宋，說：「家裏地方小，條件差，你就坐這裏吧。」她指了指桌邊的一張凳子。

　　「這是牛漢國的兒子吧？」小宋問。

　　「是，叫叔叔。」李阿嬌對兒子說。

　　那孩子抬起頭來，叫了一聲。圓圓的臉蛋，虎頭虎腦的，那雙眼睛很像牛漢國。

　　「你幾歲啦？讀幾年級呵？」小宋問。

　　「他十一歲了，讀四年級呢。」李阿嬌代孩子回答。

　　小宋打量著牛漢國的前妻，覺得她模樣長得還清秀端正，圓圓的眼睛，小巧的鼻子，小小的嘴唇，顯得十分端莊大方，小宋不明白為什麼牛漢國要與她離婚呢？

李阿嬌問小宋：「你是與老牛在一起的？」

小宋說：「我是下放知青，與老牛在一起撐排。」

「老牛在那邊怎麼樣？身體還好嗎？」她問。

「工作比較忙，身體還可以，只是前不久被蛇咬了。」小宋說。

「被蛇咬了？是毒蛇，還是沒有毒的？」李阿嬌焦急地問。

「蛇是有毒的，但是已經沒有問題了。」小宋回答。

小宋坐在這個狹小的房間裏，與李阿嬌一問一答，他瞭解到李阿嬌現在在一家紡織廠工作，還是一個人，沒有再婚，也是為了這個孩子。李阿嬌告訴小宋，她與牛漢國並沒有什麼根本的矛盾，只不過牛漢國脾氣太倔，不願意到大城市生活，而她認為她比較合適大城市的生活，因此兩人為此事鬧矛盾，最後才不歡而散。小宋告訴李阿嬌，牛漢國也仍然是一個人，沒有結婚。小宋告訴李阿嬌，他插隊的地方風景很美，以後可以帶孩子去玩玩。

小宋離開時，留下了一盒餅乾、幾隻冬筍，並留下了他家的地址和傳呼電話號碼，說如果有事，可以打傳呼電話找他。

離開李阿嬌家，小宋倒有點牽掛起金牛鎮來了，回來前牛漢國告訴小宋，最近有一批原木需要從駱駝背「趕羊」下金牛鎮。

四十九、駱駝背

　　駱駝背正像一隻彳亍於沙漠的駱駝，在崇山峻嶺中，那幾個凸起的山峰，就如同駱駝的幾個駝峰一般，那座最高的山峰，就像駱駝高昂的頭，駱駝背就因此而得名。駱駝背上有一大片松林，每株松樹都有籮筐般粗，金牛林場在駱駝背上砍伐了不少松樹，並將松樹鋸成了一截一截，請牛漢國他們將這些原木從水道趕下林場。

　　山林裏的木料、竹子運出山去，大多依靠走水路，毛竹、杉木等就紮成排撐下河去，到有公路的林站，拖上岸裝車運出山去。松木大多砍伐後，鋸成一截三四米左右的長度，在河灘上放下河，讓這些原木順水而下，排工們則沿河照看，在河灘上擱淺的、被石壁夾住的，就將原木推開，重新推進河道，這就被吃水飯的人們稱為「趕羊」，就如同在大草原上驅趕著羊群一般。

　　牛漢國請江富貴吃了頓飯，並塞給他五百元錢，接下了這批趕羊的活兒。江富貴的胃口越來越大，大概因為在金牛河水道上的排工越來越多，競爭就越來越激烈。江富貴最近心境不錯，女兒當了女兵，雖然是部隊接線員，但是也算是出人頭地了。江富貴請陳部長吃飯，女兒先不同意，後來勉強同意了，卻說她有事不參加。江富貴就在公社的一家飯店擺了一桌，一並請了公社書記、管林業的副書記等人，江富貴在酒桌上居然喝醉了。

自姜阿翠去世後，牛漢國有幾天沒有幹活，無所事事，就在金牛鎮上閒逛，旺旺就亦步亦趨地緊跟在他的身後，在金牛鎮上他撞見了姜瘋子，這瘋子頭髮更亂了，鬍子更長了，他仍然一步一搖地念叨著「要文鬥，不要武鬥」，牛漢國覺得這瘋子大概是金牛鎮上最幸運的了，因為他已感受不到任何痛苦了。牛漢國到鐵匠鋪坐了坐，見到了坐在門檻上的梅梅，見到了況鐵匠，他見況鐵匠仍然那樣專心致志地打鐵，牛漢國有點汗顏了，他覺得不應該這樣自暴自棄。他便找了江富貴，他便上了駱駝背。

他們登上駱駝背的松林裏，將松木滾下山坡，滾去河灘。松林裏落下的松針一層又一層，腳踩上去鬆鬆的、軟軟的，砍伐下來的松木有著一股濃鬱的松木香氣，鋸開的松木的橫斷面上，一圈圈清晰的年輪顯現出松樹的年歲，一條條松脂掛了下來，凝結成金黃的一塊塊松脂。

麻大哥與小張合作，大老李與小孫合作，用撬棍將一段段松木滾下山。牛漢國單兵作戰，他用一根檀木做成的撬棍，將一截巨大的松木撬離了石頭的阻礙，轟轟隆隆地滾下山去，將一些碎石碎葉都一同挾帶著撞下山去。

山林裏的原木越來越少，河灘上的原木越堆越多。麻大哥、大老李、小張、小孫坐在河灘邊的原木上，麻大哥點起了一支煙，小孫攛掇著麻大哥唱情歌，麻大哥抽完了煙，扯開嗓門唱了起來：

遠看情妹白飄飄，
十個手指像棉條；
白天用來繡花朵，
夜晚留來抱哥腰。

遠看情妹白飄飄，
蜜蜂採花任風搖；
妹是半天雲中雨，
哪邊順風哪邊搖。

　　麻大哥沙啞而放蕩的歌聲，故作姿態的放浪，將情歌中的
放肆與淫蕩都宣洩了出來。小張昨晚與小孫打牌賭錢，輸了兩
百元，今天一天有點悶悶不樂，聽到麻大哥唱的情歌，他的心
裏似乎舒展了一些。

　　牛漢國獨自坐在河灘邊的原木上，抽著煙，旺旺臥在他
的身邊，他望著金牛河水的奔騰流淌，聽著麻大哥的歌聲，牛
漢國自言自語道：「江山好改，本性難移呀！」想著明天的趕
羊，牛漢國望瞭望天，想明天天氣不知道怎樣，別下雨才好。

五十、趕羊

　　一截截原木被趕下了河，在金牛河裏翻騰著、迴旋著，沉
浮著，順流而下，牛漢國、大老李、麻大哥幾個，一人手裏拿

著一根長竹篙，竹篙頂端箍著一隻鉤子，可以用來勾那些牽住掛住的原木。小張、小孫還不斷地將原木滾進河裏，撲通撲通的聲響，如跳下河去的一隻隻山羊。

天氣冷了，金牛河的水面上升騰著霧氣，牛漢國穿上了一件連鞋帶褲的橡皮褲子，可以在水淺處下水工作。

小張為昨天賭牌的事耿耿於懷，其實他並不喜歡賭牌，是小孫這傢伙挑動他賭牌的，麻大哥、大老李在一邊起哄，小張就參加了賭牌。那副撲克是新的，但是小張一上手，就覺得不順，第一把就輸了，雖然第三把贏了，接下去就把把都輸，他不知道是否在牌上被做了手腳，為什麼每次大牌都到他手裏去了呢？他輸得不服氣。想著昨天賭牌的事，一不留神一截原木斜著滾去，河灘上小孫正將一些原木推下河，這截斜滾的原木，就往小孫那邊滾去。站在一旁的牛漢國見此情景，大喊一聲：「小孫，注意！」他飛身上前，猛地撲向小孫，牛漢國與小孫一起倒地，那原木擦著小孫的頭皮，斜斜地滾下了河，災禍擦肩而過。小張冒出一身冷汗，如果被這巨大的原木碰一下，非死即傷。

牛漢國讓小孫別站在河灘，要小孫與小張一起先將原木都滾下，再一起將原木推下河。

岸上的原木都被推進了河裏，金牛河裏滾動著一根根原木，前呼後湧、磕磕碰碰、跌跌撞撞地往下游漂去，排工們用竹篙將這些原木驅趕著、追逼著、推搡著，讓它們往下游而去。原木在激流處隨浪濤奔湧而下，撞擊在河道裏的巨石上，

發出驚天動地的響聲，前一根原木剛剛撞響，後一根原木又撞在前一根原木上，霎時間在河道裏擺起了一大堆，必須用竹篙將這些原木拽開，將這些原木重新推進河道。

牛漢國身手矯健，他橫著一桿竹篙，在河道裏的原木上行走自如，如雜技藝人走鋼絲般地，從這根原木，跨上那截原木，如同在草原上驅趕著飛奔的馬群，從一匹馬的身上，跳上另一匹馬，讓這些桀驁不馴的野馬，乖乖地跑進圈定的馬場。

小張的鞋子濕了，腳凍得有點疼，他在河道岸邊的石頭上跳來跳去，用竹篙將原木拽呀、拉呀。

麻大哥開道，大老李殿後，原木順暢地往下游漂去。過烏龜背，下牧羊坡，撞仙人球，到狼牙石時，牛漢國讓大家歇一歇，他叫小張去狼牙石附近的一個小店買些吃的東西。

小店開設在山道上，幾條山道的交匯處，一個小小的店面，賣蚊香、火柴、糖果、捲麵、餅乾、醬油，一個長鬚髯髯的老人坐在櫃臺裏。小張買了瓶四特酒，買了些回餅糖果之類，回到狼牙石，他們就著回餅糖果喝酒，酒瓶在大家的手中傳著。

太陽漸漸偏西了，山谷裏陰沉沉的，風颳起來了，河水更涼了。

牛漢國吆喝開工，大家又紛紛將原木往下游趕去。原木趕到獅子窩時，牛漢國在前面聽到後面麻大哥大叫，他慌忙奔去一看，小孫被原木撞了，麻大哥、大老李將小孫抬到了一塊大石上。小孫在拽原木時，不小心踩滑了腳，人滑進了河裏，一

段粗粗的原木撞在了小孫的背部。牛漢國撩起小孫的衣服一看，小孫的背部已紅腫了。牛漢國讓麻大哥、大老李砍了樹棍、藤蔓做成一個擔架，讓他們倆抬著小孫往金牛鎮衛生院而去。

牛漢國、小張將原木繼續往下游趕，過鯉魚洞、甲魚頭，一直趕到了金牛鎮，到達金牛鎮的時候，月亮升起來了，照在金牛石上，照在金牛鎮上，牛漢國、小張覺得十分疲憊，小孫的傷勢不算嚴重，貼了一張膏藥，休息了幾天。

牛漢國接到了侄女的一封信，侄女在安徽插隊，想到叔叔處玩幾天。

五十一、侄女

牛麗莉在安徽插隊，生產隊長對她有非分之想，雖然他嘴上不說，但是從與他的接觸中總覺得心懷不軌，常常對牛麗莉動手動腳的，一天夜晚甚至敲她的窗戶，使得她悶在被窩裏大氣也不敢出，牛麗莉想躲避一段時間，便給牛漢國寫了一封信，牛漢國回了封信，表示歡迎，並告訴了地址與怎樣坐車。

牛麗莉是一個聰慧的女孩，父母都是縣農機廠的工人，父母想讓她作為知青到當地農村投親插隊，她卻不願意，她想到外面闖蕩闖蕩，便去了安徽農村插隊。農村插隊的生涯對女孩子是最困難的，單身女孩往往成為人們關注的對象，作為一個弱女子，往往缺乏獨立生活的能力，有願意幫助你的男人，往

往又心存不軌，期望從一個女孩子處得到些什麼，一個黃毛丫頭，又有什麼能夠給你呢？許多女知青便處在這樣的困境中，要麼與一個男知青談朋友，要麼依靠當地一個有權勢者，甚至因此而獻出了自己的貞潔。牛麗莉不願意做這種女孩，她對於生活有著諸多浪漫的幻想，現實生活尚未將她浪漫的夢想徹底破毀，她總認為愛情必須兩情相悅，而不應該是一種交換，更不能是一種強迫。

牛麗莉站在金牛鎮的古戲臺前老樟樹下，一頭長長的披肩秀髮，一雙明眸環視著小小的金牛鎮，她背著一隻牛仔布的馬桶包，提著一個墨綠色的帆布包，特別引人矚目，一看就知道不是本地的女孩，叔叔讓她在此等，叔叔會來接她。牛麗莉等了許久，也沒有見到叔叔的身影，便在金牛鎮上走了走，見到一個蓬頭垢面的男子，一路漫步一路說著「要文鬥，不要武鬥」的話，她便覺得有些好奇，也有些害怕。走到鐵匠鋪門口，見一個十七八歲的女孩，坐在門檻上，抱著一個剛出生不久的孩子，敞著懷正在奶孩子，牛麗莉想她自己也還是一個孩子，怎麼就當起了母親。旁邊一個與奶孩子的母親十分相似的女孩，等候著她奶完孩子後，就將她懷裏的孩子奪走，任憑她哭叫，也不還給她。一個小小的理髮鋪裏，正有人在理髮，理髮匠用一把剃刀，將那人的頭皮刮得鐵青溜光。牛麗莉對這個小鎮充滿了好奇，她想瞭解這裏的一切。

回到古戲臺前，仍然沒有見到叔叔的身影，卻有一個矮矮的年輕人走過來，邊上有一隻黃狗，他問：「你是牛麗莉嗎？」

「是呵。」牛麗莉回答。

「你叔叔有事，不能來接你，讓我來接你去，我姓張，你可以叫我小張。」那年輕人淳樸厚道的模樣，他幫牛麗莉提著帆布包，背起馬桶包，黃狗旺旺在蹦跳著走在前面。

牛麗莉跟著小張踏上了金牛嶺的山路，她看見了那塊金牛石了，小張對她講述了金牛石的故事，激起了牛麗莉的唏噓，她為他們不幸的命運而感慨。

叔叔牛漢國在牛麗莉心中是一個剽悍的軍人形象，她自小聽爸爸用驕傲的口吻說到叔叔，說到叔叔在抗美援朝的故事，說到叔叔在北大荒的故事，她已經多年沒有見到叔叔了，也不知道現在的叔叔怎麼樣了？

幾十里的山路她走得有點氣喘吁吁，雖然東西都是小張提的，她空著手也還是遠遠地落在小張的後面，等到他們走到駱駝背排工們借住的地方時，牛麗莉幾乎已走不動了。當她一屁股坐在廳堂裏的椅子上時，牛漢國從外面進來，她幾乎不認識眼前的叔叔了，這與她小時候曾經見過的叔叔完全兩樣了，長長的臉盤上鬍子拉雜的，一雙眼睛凹陷了下去，人有些瘦，額頭上還有一塊青。

見到牛麗莉，牛漢國走上前，對她說：「有點事情，走不開，沒能去接你，路上還順利嗎？」

牛麗莉點點頭說：「還比較順利，只是這裏的山路太難走了，累得我夠嗆。」並問牛漢國額頭上的傷是怎麼回事，牛漢國回答說給樹枝擦了一下。

見到牛麗莉，麻大哥十分興奮，端茶遞水的十分殷勤。

　　牛漢國說：「麗莉，這兩天你可以到處看看、玩玩，過兩天你幫我們燒飯，怎麼樣？我給你開工資。」

　　牛麗莉點點頭。

　　牛漢國揉了揉額頭的傷，無奈地苦笑了，心裏想，不是冤家不碰頭呵，真是冤家路窄。

五十二、冤家路窄

　　今天，牛漢國與小張去金牛鎮接牛麗莉，快到金牛鎮時，牛漢國突然想起，今天是姜阿翠忌日一百天，他必須去阿翠的墓上看看，阿翠過世後，每逢節日、忌日他總會去阿翠的墓上憑吊，呈上一束阿翠生前喜歡的腥黃色野花。牛漢國讓小張先去金牛鎮的古戲臺接人，他有事先去辦一下。在金牛鎮這個小地方，侄女是丟不了的。

　　牛漢國與小張分了手，跫上了通往阿翠墓地的小路。由於小路上行走的人甚少，路上的雜草已經長滿了，要細心分辨才能看出路的痕跡。走在小路上，牛漢國用他的那根拐棍打草驚蛇，他感到好像小路上剛剛有人走過，小路兩旁茅草上的露水已經被走過的人碰掉了，擔任過偵察連長的牛漢國仍然保持著一種警覺。姜阿翠的墓地十分偏僻，地勢卻不錯，面河背山，

站在墓地上可以俯瞰滔滔金牛河，可以遠眺莽莽金牛嶺。墓地背後是一片馬尾松林，為墓地增添了幾分寂靜與肅穆。

牛漢國走到松林附近，聽見阿翠的墓地裏傳來哭聲，是一個男人的哭聲，誰？是阿翠的弟弟？不可能！在金牛鎮還有哪個男人會在阿翠的墓前這樣哭？牛漢國停住了腳步，他在松林裏窺視著阿翠墓前的情形。牛漢國聽到了這個男人邊哭邊訴的話語：「姜阿翠啊姜阿翠，你怎麼就走上了這條不歸路呢？姜阿翠啊姜阿翠，你怎麼就完全忘了我們在一起快樂的日子呢？姜阿翠啊姜阿翠，請你饒恕我吧，我也是想讓你回到我的身邊，我也是走投無路出如此下策的呀！哪想到你就走了絕路呢？我那個堂客人醜心惡，居然做出那樣侮辱你的事情，我知道要不是她，你也不會走這一步的呀！阿翠啊阿翠，我是狠狠地揍了這個賤婆娘的。阿翠啊阿翠，就請你饒恕我吧……」牛漢國看清了墓前這個痛心疾首的男人，正是這個男人將阿翠送上了絕路，正是這個男人剝奪了阿翠生的權利，現在卻假惺惺地在阿翠的墓前哭泣。

阿翠落葬後，牛漢國雖然碰到黃書記幾次，但是都是有其他人在場，牛漢國根本沒有搭理他，黃書記卻表現出想與牛漢國說話的表情，現在，在阿翠的墓前，在這個偏僻的地方，牛漢國與這個男人單獨面對，不禁怒火中燒，牛漢國走出了松林，幾步就跨到阿翠的墓前，對著黃書記大喝一聲：「你這個惡棍，是你將阿翠逼上了死路，現在還不想讓她安寧嗎？你到底想幹什麼？」

突然見到從松林裏跳出來的牛漢國，突然見到這樣一個怒氣沖沖的大漢，黃書記臉上的淚還來不及擦去，便愣在那裏了，鎮定了片刻，他苦笑了一下，說：「老牛，你來了？」好像是與朋友相會一般。

　　「你為什麼就不能讓阿翠的靈魂安靜一些呢？你為什麼還到此地打擾她的清靜呢？你害得她還不夠嗎？你還想讓她的靈魂受難嗎？」牛漢國呈現出鄙夷的眼神。

　　「老牛，你聽我說，我並不想逼她走絕路的，我是想讓她回頭，回到我的身邊，你知道我也是真心喜歡她的呀！」黃書記的眼眶又紅了。

　　「你這個傢伙，我一直想為阿翠報仇，卻一直找不到機會，今天老天有眼，讓我們倆單獨面對，我想將此事做一個了結。」牛漢國面對眼前矮矮個頭的黃書記，面對離開了金牛鎮的黃書記，人高馬大的他顯然佔了上風。

　　「你說，如何了結？」黃書記瞪著一雙哭紅的眼睛。

　　「我們兩個，一對一，或者中國式的摔角，或者外國式的拳擊。」牛漢國說。

　　黃書記想了想，如果要摔角，他個子小力氣小，肯定會被這大漢摔倒，如果是拳擊，他比較靈活，倒並不一定吃虧。「那麼就拳擊吧！」

　　「好吧，我先讓你三拳！」牛漢國拉開了架勢。

　　兩個與墓地中這個女人相關的男人，在這個女人的墓地前，舉行了一場舉世無雙的拳擊，倘若墓地裏的姜阿翠親眼目

睹這場拳擊，她會作如何表情呢？是勸說他們停止？還是贊賞牛漢國的舉止？

他們倆在墓地前的空地上開始了拳擊，牛漢國如一座鐵塔般的佇立著，鼓勵著、挑逗著面前的這個可恨的矮個子對他出拳，黃書記學著電影裏曾經看到過的拳擊手跳躍的方式，他如同一隻螞蚱般地左跳右跳，卻始終沒有出拳。牛漢國靜靜地佇立在那裏，等待著他的出拳，並一再鼓動挑逗：「來呀，來呀，你這個卑鄙小人，來呀，來呀，你這個無恥鳥人！怎麼不出拳呵？你怕了嗎？是男子漢就出拳！」

大約是牛漢國的話語激怒了黃書記，猛然間，他就如同一隻發瘋的豺狼一般，猛地朝牛漢國的額頭、胸口、腹部就是三拳，牛漢國攤了攤手，說：「對，對，這才是男子漢，現在應該我們一起出拳了。」

牛漢國稍稍彎了彎身子，對著眼前的這個權勢者出拳了。黃書記到底當過兵，受過徒手格鬥的訓練，開始他一連兩次躲避開了牛漢國的重磅拳頭，甚至抽空在牛漢國的腹部打了一冷拳，這一拳給了黃書記絕大的自信，他仍然忽左忽右地跳躍著，冷不防黃書記的頭上挨了一拳，頭腦「嗡」地一聲，眼冒金星。他機靈地跳了開去，搖了搖頭，又迎了上去，並戲謔地對著他的對手說：「來呀，來呀，你這個腐化墮落份子！」

這一句話顯然激怒了牛漢國，他的眼前又出現了他與阿翠被批鬥的場景，牛漢國如同一隻被激怒的獅子一般，揮動著兩隻拳頭就迎了上去，一拳、兩拳、三拳、四拳，拳拳擊中要

害，他一邊出拳一邊喊：「這一拳，給阿翠報仇！這一拳，是給我自己報仇！這一拳，是為金牛鎮的父老鄉親！……」對手的鼻血流出來了，對手的眼角裂開了，對手的身體搖晃了，對手終於倒在地上了。牛漢國也氣喘吁吁地在阿翠的墓碑前坐下了，眼淚卻流下了牛漢國的臉頰。阿翠死後，他從來沒有這樣痛快過，他從來沒有這樣舒心過，他對著阿翠的墓碑，發出了一聲聲仰天大笑，眼淚卻仍然掛在他的臉頰上。

牛漢國在阿翠的墓碑前坐了許久，他回憶著他與阿翠在一起的日日夜夜。

黃書記在阿翠的墓碑前躺了許久，他留戀著他與姜阿翠在一起的日日夜夜。

被打倒的黃書記慢慢地坐了起來，眼角、鼻子的血掛了下來，滴在了他的衣襟上，他用衣襟擦了擦臉上的血，對著阿翠的墓碑，也發出了一聲仰天大笑，接著卻又嚎啕大哭起來，如同一個受了委屈的孩子。

在姜阿翠的墓前，這兩個與她相關的男人，本該在她生前進行的一場較量，卻在她死後在墓地上進行了，他們倆採取了一種特別的方式進行較量，以一種男子漢的拳擊方式，其實他們都沒有權衡勝負的目的，他們只不過想將心中鬱積的一種怨氣、傷感與憤懑發洩出來而已。

與他們倆休戚相關的這個女子死了，她去了另外一個世界，他們的拳擊結束了，他們的冤仇好像也已經了結了。牛漢國將對手扶了起來，並且在對手的肩膀上拍了拍；黃書記伸出

拳頭，在牛漢國的胸口象徵性地搥了一拳。牛漢國解下酒壺，在對手的傷口上倒了點酒，酒對於傷口可以起消毒作用，並將酒壺中的酒你一口我一口地飲乾了。牛漢國扶著這個受傷的對手，一步一步走下了金牛嶺，在靠近金牛鎮的路上，牛漢國讓他自己走了，牛漢國自己踅回了去駱駝背的山路。在回駱駝背的路上，牛漢國眼前卻晃動著姜阿翠慘死戲臺下的場景，晃動著吳春花在戲臺上斥責姜阿翠時凶神惡煞的表情。

五十三、吳春花

　　吳春花與黃書記的結合本身大概就是個錯誤，吳春花的父親原來是金牛鎮大隊的黨支部書記，他看中了這個小伙子有思想有眼光，也因為這小伙子參軍幾年後，成為金牛鎮為數不多的復員軍人，吳書記就將女兒春花嫁給了他，並經過竭力推薦，吳書記退位後就將大隊書記的職位讓賢給了女婿。吳春花長得瘦瘦的，並不漂亮，頗有心計的黃書記看中了他希望在金牛鎮獲得的地位，因此屈就了這個婚姻，也就順理成章地接過了書記的職位。妻子吳春花並非是賢妻良母式的女性，因為家庭的嬌慣，養成了其不善家務卻脾氣不小的性格，稍有不滿便發脾氣摔碗筷。

　　黃書記婚後也常常後悔這種婚姻，但是礙於前書記的勢

力，他也有點無可奈何，堂客發脾氣最初他就採取忍耐的策略，後來他就覺得難以忍受，與堂客吵架甚至打架，一有矛盾堂客就常常回娘家，讓前書記出面，或責怪女婿或進行調解。幾年前，吳書記因心臟病發作而辭世，吳春花便沒有了父親的庇護，黃書記也就更加理直氣壯了，甚至與姜阿翠保持了一種曖昧的關係。吳阿花也聽到不少風言風語，卻始終沒有抓到具體的把柄，就是有了把柄好像也奈何不了他。黃書記親自捉姦，讓吳春花非常興奮，她借機復仇，一洩內心鬱積的鬱悶，她將姜阿翠的衣襟扯開，讓這個破鞋的胸脯暴露在光天化日之下，誰料到這阿翠卻一頭栽下戲臺一命嗚呼，令她有一些心驚肉跳。最令她難過的是，回家後丈夫狠狠地揍了他一頓，在她的臉上留下了幾個手指的印痕，她知道丈夫心裏還沒有完全忘卻了阿翠這個騷女人，她扯開嗓門與丈夫大吵大鬧，斥責丈夫與這騷女人有染，又令丈夫大動肝火。

　　吳春花知道，丈夫心裏根本沒有她，他們倆許多年沒有行夫妻之事了，弄得吳春花成為了一隻被晾起來的小母雞，丈夫這隻公雞只是盯著別的母雞。吳春花心中憋了許多的氣，她總想找個方式發洩。她去了公社修水利，在水利工地上，吳春花與公社指揮水利工程的武裝部陳部長結識了，那天晚上，陳部長讓她去討論水利工程的進度，他們倆居然在修水庫的工棚裏弄了起來，吳春花也記不得是自己先動手，還是陳部長先動手，兩個慾火噴湧的男女一觸即發，一瞬間就擁在一堆了，一瞬間就赤裸裸的了。陳部長與吳春花開玩笑說，你修水利白天

握鋼纖打炮洞，晚上也在被窩裏握鋼纖打肉洞，兩人嘻嘻哈哈笑成一團。吳春花修水利回來，黃書記隱約發現堂客有了些變化，臉色比先前紅潤了，人比先前胖了，脾氣也比先前溫順了一些。黃書記倒有些高興，家裏不再吵吵鬧鬧，生活就比先前和睦了。修水庫結束後，堂客被評為興修水利的標兵，得了一張大大的獎狀，後來三天兩頭往公社跑，總說公社召開有關婦女工作的會議。

　　那天黃書記去縣裏參加關於社會主義教育運動的會議，原本三天的會議，由於縣委需要迎接省委工作組的檢查，會議被壓縮為兩天。黃書記那天晚飯後便往家趕，由於長途汽車拋錨，黃書記回到金牛鎮已經是下半夜了。黃書記回到家，見臥室的門鎖了，敲門許久，門也沒有打開，黃書記聽到房間裏窸窸索索的聲音，知道房間裏有人。黃書記用力將一扇門抬起，見房間裏竄出一個人影，他順手揪住，打開燈一看，居然是公社革命委員會主任、公社武裝部陳部長，陳部長尷尬地笑了笑，黃書記面對這位公社的領導，他有點束手無策了，在他猶豫中，陳部長倉皇地離開了。黃書記怒火中燒，揪住他的堂客就是一頓臭打，並且逼迫堂客交代他們倆有了這種關係的前後經過，吳春花在人贓俱獲時再也發不出脾氣了，她跪在丈夫面前哭訴求饒，黃書記則滿臉怒色，他問他的堂客說，今後怎麼讓他在金牛鎮做人。

　　天亮了，黃書記一甩門氣憤地離開了家，他要將在縣裏召開的會議精神向大隊幹部傳達。會議正在進行的時候，突然有

人叫黃書記出去，來人是黃書記家的鄰居，他告訴黃書記，他的堂客可能已經吃了農藥。黃書記趕緊回到家，見堂客衣服穿得齊齊整整地躺在床上，口中吐出一些黃水，人已經昏厥了過去，一瓶農藥樂果已經被喝乾了。山村婦女仍然延續著傳統女性的一哭二鬧三上吊的習性，只不過將上吊改成了喝農藥，山村常用的殺蟲劑樂果就成為山村女性自盡的一種毒藥了。黃書記趕緊要金牛鎮衛生院的醫生前來，醫生在房間裏忙碌了一會兒，對黃書記攤了攤手，說人已經沒有救了，金牛鎮的一個家庭就徹底崩潰了。

在葬禮上，黃書記倒有些內疚，他回憶了自己的婚事，回憶了他與吳春花的名存實亡的婚姻，後悔應該早就結束他們的婚姻，也不致於鬧到出人命的地步，但是現在一切都已經晚了。他也奇怪為什麼他喜歡的姜阿翠、他不喜歡的吳春花都先後離開了人世，他這才真正感受到沒有愛的婚姻的痛苦了。

牛漢國聽到了吳春花喝農藥自盡的消息，倒為這個瘦弱的女人發了一點感慨，他說名存實亡的婚姻本應該早早結束的，他便也想到了自己的婚姻，那個早已結束了的婚姻。牛漢國收到了宋海清的一封來信，告訴了他去尋找牛漢國前妻的事兒，並告訴牛漢國，他的前妻並未再嫁，他的兒子長得很好，這使牛漢國有幾分激動。牛漢國原以為前妻李阿嬌一定再婚了，在上海這樣的大都市人才濟濟，他想抽時間去看看兒子。

五十四、李阿嬌

　　前妻李阿嬌來了金牛鎮，她是隨同宋海清一起來的，她並沒有預先告訴牛漢國，弄得牛漢國有點措手不及。當前妻李阿嬌站在牛漢國的面前時，牛漢國竟然沒有認出，歲月的風霜在她的額頭已烙下了深深的印痕。當面對著牛漢國時，李阿嬌也有些吃驚，眼前的牛漢國與山林中的土匪相差無幾了，滿臉的絡腮鬍、黑黑的皮膚、亂蓬蓬的頭髮，如果半夜裏眼前出現這樣的形象，一定會嚇人一跳的。

　　見到李阿嬌，牛漢國一時有點尷尬，只是笑了笑，說：「你來啦，怎麼沒有預先告訴，我可以去接你。」

　　見到牛漢國，李阿嬌有點想哭，她回答說：「小宋熟門熟路的，也就跟著來了。」

　　牛麗莉繫了個圍裙出來，她正在做飯，見到李阿嬌，她不知道叫什麼好，她是見過李阿嬌的，叔叔離了婚，她該如何叫，想了想，她還是叫了聲嬸嬸。

　　吃過午飯，李阿嬌將兒子的照片給牛漢國看，照片上的兒子笑得很甜，一對虎牙、一個挺直的鼻樑、厚厚的嘴唇，與牛漢國很像。

　　大老李探過頭來，看了看照片，問：「老牛，這是你的公子？」

　　牛漢國點點頭。

小孫一把搶過照片，對照著牛漢國的相貌，說：「像，像，很像！」

　　牛漢國卻覺得心裏有點酸酸的，已經有多年沒見兒子了，現在竟然長成了一個男子漢。

　　下午，李阿嬌洗了許多衣服、被褥，這些排工生活太糟糕了，簡直是髒亂，牛麗莉也不管，就只管燒幾頓飯。洗了的衣服晾在門口的竹篙上、河灘的石塊上，曬了一大片。

　　晚飯時，小宋去買了幾瓶四特酒，說為大嫂接風，並將從上海帶來的鹹肉煮了一鍋湯，放了點冬筍，阿嬌自己下廚炒了幾個菜，晚飯吃得皆大歡喜，麻大哥一個勁地給李阿嬌勸酒，一口一個嫂子。小宋、牛麗莉也喝了不少酒，臉上都紅撲撲的。小宋來了，牛麗莉覺得有了一個說話的人，那些排工一個個粗俗不堪，又沒有共同語言，如果他們不來，麗莉有點想回去了，現在小宋來了，同為知青，就有了更多的共同語言，且有了嬌嬌，她的工作也可以更輕快一些了。

　　晚飯後，牛漢國與李阿嬌到河灘漫步，旺旺跟隨在後面，銀色的月光灑在了河灘上，山林也鍍上了一層銀光，河面波光粼粼。他們倆在河灘上走著，起初，誰也沒有作聲，只有腳踩卵石上發出的沙沙沙的聲音。

　　牛漢國撿起一片卵石，用力拋向河面，石片在河面上跳了幾跳，沉入了河底。

　　旺旺又在河灘上咬起一片卵石，遞到牛漢國手裏。

　　「你的生活太艱苦了。」李阿嬌說。

「習慣了。孩子讀書怎麼樣？」牛漢國問。

「還可以，上學期的考試都是優。」李阿嬌有點自豪。

「你在這兒多住些日子，這裏的水好、空氣好，對身體有益。」牛漢國說。

「光有水和空氣就能過日子啦？」李阿嬌嗔怪地說。

牛漢國無意識地踢著河灘上的卵石，兩人又陷入了沈默。

「你怎麼還是一個人？怎麼不找一個人成個家呢？」牛漢國關心地問。

「你也不還是一個人嗎？有些事情難以忘卻，有些事情也不能強求。」李阿嬌沉思地說，明亮的眼眸看了牛漢國一眼。

「今後你怎麼打算呢？」牛漢國問。

「今後你怎麼打算呢？」李阿嬌重複著。兩人一起哈哈地笑了。

從河灘漫步回來，李阿嬌去了牛麗莉的房間，麗莉與小宋散步去了，今天李阿嬌準備與麗莉擠著睡。

五十五、麗莉與小宋

麗莉對小宋有點一見如故之感，甚至有點一見鍾情，小宋清秀的臉龐、坦誠的談吐，令麗莉對他刮目相看，她暗暗在一邊打量著小宋，覺得與那些粗魯的排工們比較，一個是尚未打

磨的石頭，一個精心琢磨的玉器。雖然，麗莉對於這些粗魯的排工有所不滿，但是她也喜歡聽這些排工們唱情歌、講一些有葷味的故事，這也使她孤寂的生活有點調味。

那天，麻大哥講了個故事，讓她忍俊不禁，噗嗤笑出聲來。

「在清朝時有一個有錢的員外，他有四個女兒，分別嫁給四位女婿。當一年一度員外的生日來到時，那些親朋好友都來祝壽，在壽宴進行到一半時，有人提議來個詩詞對句，而這員外的五個女婿當然是當仁不讓，而且提議對句裏面一定要有『大小多少』四個字才算通過。詩詞對句開始了，大女婿手拿一把扇子，風度翩翩地說：『我這把扇子啊，用的時候大，不用的時候小，夏天用得多，冬天用得少。』贏得一陣掌聲。二女婿拿起一把傘說：『我這把傘啊，用的時候大，不用的時候小，雨天用得多，晴天用得少。』又贏得一陣掌聲。三女婿說：『我這張嘴巴啊，用的時後大，不用的時後小，罵髒話用得多，接吻用得少。』大家有些惘然，不知道說好還是說不好。四女婿此時胸有成竹地站起身來，他往自己的褲襠裏一指，說：『這老弟啊，用的時候大，不用的時候小，晚上用得多，白天用得少。』頓時一片愕然。五女婿更是大老粗，急中生智跳起來，順便把他老婆也拉起來，說：『我老婆的水濂洞啊，用的時候大，不用的時候小，我用得多，別人用得少。』激起了一片嘩然，笑聲一籮筐。」麻大哥講笑話，麗莉越是被逗笑，麻大哥講得就越起勁。

麗莉與小宋在駱駝背的山路上散步，月光透過樹林，將散金碎玉般的月色灑在山路上，麗莉與小宋一前一後地在山路

上走著，他們倆來到一塊山路邊的石頭上坐了，他們談論著各自知青的生活。小宋告訴麗莉，他們集體戶連他一起有六個男知青，一個因為在上海與人打架，一隻眼睛被弄瞎了，被退回了上海，一個去了另外一個公社的林場工作，也做上山伐木砍毛竹的工作，成為了國家正式工人，雖然脫離了農村生活，但是工作並不輕鬆，還有一位知青進了金牛鎮完全小學當民辦教師，因為原來小學的老師江美華入伍當兵，學校缺少教師，姓馬的知青兼管大隊廣播站工作，姓袁的知青去了地區師範讀書。當麗莉問到小宋將來的打算，小宋也感到有些茫然，人的命運常常不能自己主宰，常常在時代的潮流裏顛簸。

麗莉告訴小宋，她在安徽插隊，那個地方特別貧窮，像她這樣幹一天收入才一毛五分錢，僅僅只能維持最低的生活。集體戶的女同伴有的嫁人了，有的弄了病退，回到城市裏去吃老米了，只有幾個男的，還在那裏堅持著，只有一個男知青算比較有出息的，當了公社的團委書記。在集體戶常常是她一個人，生活十分不便，尤其是他們的生產隊長對她特別不規矩，老婆懷孕了，他卻有事沒事往麗莉住的地方跑，有一句沒一句的與麗莉聊天，他讀過中學，還算有一點文化，雖然他幫助麗莉做了一些事，但是他的那雙眼睛常常使麗莉感到害怕。

月亮漸漸下墜了，小宋和麗莉不知道在這裏坐了多久，共同的遭遇、相似的生活，使他們之間有著更多的話題。回去的時候，路上就有點暗，走路有些磕磕碰碰，麗莉差一點踩空摔倒，小宋便牽著麗莉的手一同前行。麗莉的手細細長長的、滑

滑的，小宋牽在手裏心裏有點亂，他還是第一次這樣牽著一個女孩子的手，第一次與一個女孩子說這麼多的話。

小宋告訴麗莉，過幾天他們要要去蛤蟆坡放木排了。

五十六、蛤蟆坡

蛤蟆坡距離金牛鎮四十多里，那裏的山峰就如一隻仰天望月的蛤蟆，張開著大口、瞪大了眼睛的形象，從山麓下看十分逼真。牛漢國他們一行從駱駝背轉移到蛤蟆坡，人比以往多了，尤其隊伍中有了兩個女性，一路聊天，好像路也短了許多。黃狗旺旺始終跟在後面，不緊不慢地走著。

到了蛤蟆坡。到了他們租住的房東處，房東出來迎候，房東家的一隻大黑狗蹦了出來，對著他們狂叫，牛麗莉嚇得臉也白了，房東喝住了黑狗。牛漢國安排了住處後，見黃狗旺旺蹲在遠處，那黑狗虎視眈眈地蹲在門口，只要那旺旺稍稍靠近，那黑狗就狂叫著撲了過去。牛漢國讓房東喝住了黑狗，並弄了一點吃的東西給這黃狗。吃完東西，旺旺在牛漢國的腳跟躺下了，伸出長長的舌頭舔牛漢國的手。

蛤蟆坡生長著一片片杉樹林，杉木筆直的樹幹、張開的枝葉，如一把把巨傘撐起在山林間。

砍伐杉木必須十分小心謹慎，牛漢國讓大家兩個人一組從山腳往山頂砍伐，兩個人必須換著砍，一個人砍伐時，另一個

人關注周圍的動靜，尤其注意被砍伐樹木倒臥的方向，必須避免被倒臥的樹砸傷，甚至釀成大禍。

小宋與大老李一組，小張與麻大哥一組，牛漢國與小孫一組。上山前，他們就將排斧磨得十分鋒利，上山後，他們就拉開架勢開始砍伐，伐木的聲音在蛤蟆坡此起彼伏。

「順山倒嘞！」一株高大的杉樹在小宋的眼前倒下，倒臥下來的杉樹將山林中砸出了一個大坑。

「左邊倒嘞！」小張砍伐的一株杉樹倒下時架在了另一株未砍伐的樹枝上，麻大哥用了許多力氣，將一根竹篙使勁拉拽，才將這株杉樹拉倒在山林間。

從山腳往山頂的砍伐，倒臥的杉樹越來越多，砍伐也越來越熟練。砍伐下來的杉樹打去了枝椏，一根根杉木挺沉的。

中午，麗莉送飯來了，提著一大鼎鍋的飯，竹籃裏是菜，身後跟著那條黃狗，忠心耿耿的樣子。

吃完飯，麻大哥、牛漢國抽著煙，小張纏著牛漢國講一段三國，牛漢國沒有搭理。大老李提出他給大家講個故事。他煞有介事地講開了：

「從前有個人，帶他兒子去朋友家作客。到了朋友家，朋友的兒子好熱情，把他們接進了院子。老爸看見院子裏拴了頭牛，那個壯啊，就說：『你家這牛好壯哦。』朋友兒子答道：『小畜牲，何足掛齒？』老爸又問道：『你爸呢？』答道：『去山上和老和尚下棋，今晚在寺裏過夜。』他抬頭看見牆上有幅畫不錯，問道：『這是什麼畫？』答道：『唐朝古畫。』

老爸回去後對兒子說：『你看看人家小孩，多會說話。』兒子不服氣，說：『這我也會。下次別人來的時候，你先別出來，在後面聽著。』

過了兩天朋友回訪。朋友問兒子：『你老爸呢？』『小小畜牲，何足掛齒？』『那你老媽呢？』『在山上和老和尚下棋，今晚在寺裏過夜。』『啊？！』老爸再也忍不住了，跳出來啪就是一巴掌：『這是什麼話？』兒子摸摸臉頰，說：『唐朝古話。』」

故事逗得小張、小孫、小宋、麗莉哈哈大笑，那黃狗在一邊搖著尾巴。

午飯後，大家又開始砍伐，月亮升起來的時候，他們才收工。

牛漢國說，這批木料紮排放下去千萬要小心，尤其這裏的河道險灘惡水多，尤其是下龍洞時尤其危險。

五十七、龍洞

金牛河九百九十九道彎，在莽莽的崇山峻嶺中蜿蜒曲折地奔流著，時而峻急，如一匹桀驁不馴的烈馬，蹬蹄子尥蹶子，奔騰咆哮，欲掀翻一切其負載之物；時而溫順，如芳草地上靜靜地齧草的羔羊，安祥平和，願承載一切不幸與苦難；時而詭譎，如一隻潛伏於灌木叢中的惡狼，居心叵測，欲出其不

意置他人於死地。求生於金牛河上的排工們必須摸透這條河的秉性，哪處峻急，哪處溫順，哪處詭譎，須一一熟記於心，甚至總結出哪處的險灘該左手撐幾篙，右手撐幾篙，不然，稍有疏忽，就會釀成排毀人亡的慘禍。主宰著排工們命運的金牛河呀，排工們既愛你，又憎你，既戀你，又懼你。

紮木排與竹排不同，由於木排的浮力大吃水深，必須在頭排的尾部接出一根木杪子，將這杪子固定於二排上，頭排上的排工在前面撐，二排上的排工在急流險灘處必須握住這杪子助頭排的排工一臂之力，排工們將這固定在二排的杪子為「撬」，二排上的活計就被稱為「扳撬」，雖然二排上的排工也要用竹篙撐排，但是在關鍵時刻這扳撬的作用就非常重要了。

牛漢國與小宋在一掛木排上，麻大哥與小張一掛排，大老李與小孫一掛排，三掛木排浩浩蕩蕩地出發了，這些木排撐到金牛鎮林場就可以交付了。有些木排甚至一直放入長江，順江水而下，放至長江下游的大城市，排工們在木排上動輒半月一月的，不僅在木排上搭建起小屋住人，還在木排上養花種草、養狗養貓，甚至在木排上生兒養女，木排就成為一個小世界。

木排過刀劍谷，河道中間的礁石如刀似劍，矗立在河道中間，牛漢國在頭排上撐著，讓小宋進谷口就扳撬，木排擦著礁石婉轉地過了刀劍谷。木排過河馬灘，河道邊的石頭如一隻隻河馬一般，凸出在河道裏，木排進河道先必須將排對著河馬撐去，在靠近河馬石時，猛然將木排撐開，才能使木排順暢地進入河道。經過這兩個險灘，小宋舒了一口氣，牛漢國則點起了

一支煙，木排正緩緩地進入一個深潭，牛漢國讓小宋到頭排來撐著，他愜意地抽著煙。牛漢國告訴小宋說，下面不遠處就要進龍洞了，龍洞的河道坡度陡、水流急，進洞口前，你站在二排先將撬扳好，頭排一進龍洞口，不管三七二十一，你就往後面的木排上跑，牛漢國一再叮囑。

二百里金牛河最險處莫如龍洞了，排技最高超的排工提及它也會倒抽一口涼氣。座落在龍石崖上的龍洞口寬僅丈餘，在刀削般的筆立巉岩間跌落，在短短五十餘米的趟門間，居然落差近三十米，木排下龍洞時排上人的帽子也會被澎湃的河水打飛，猛然跌落的金牛河水在此真如一條騰飛的蛟龍，張牙舞爪，翻飛騰躍，「飛湍瀑流爭喧豗，砯崖轉石萬壑雷」，飛湍捲雪，獅吼雷鳴，半里路外亦聞其聲。龍洞口兩壁犬牙交錯的巉岩，真如巨龍口中的巨齒，它吞噬了多少排工的性命。

木排蕩出了深潭，緩緩地往下游而去，前面傳來了轟隆隆的水聲，就如同雷鳴一般，木排即將下龍洞了，小宋不禁有些膽怯。牛漢國在頭排上叫喊：「小宋，扳撬，扳撬！」小宋振足了精神，兩腿在二排上蹲馬步，雙手緊緊地握住了木撬，牛漢國站立在頭排，全神貫注地將排頭穩穩地撐進了龍洞口，進入洞口後的木排呈四十五度的傾斜，牛漢國將竹篙撐在頭排前端的竹麻上，以免在木排傾斜時人傾倒，龍洞裏的河水瞬間便漫上了木排。見木排進了龍洞口，小宋趕緊從二排上往三排跑，當他尚未在三排上站住腳，只聽得前面轟隆一聲，頭排竟然在龍洞口打住了，頭排如同一匹桀驁不馴的野馬飛躍了起

來，由於水的慣性，二排轉瞬間就向頭排尾部沖去，二排被死死地壓在頭排下面。頭排上的牛漢國見情勢不妙，將手中的竹篙一撐，人就勢就飛上了龍洞邊的懸崖，驚魂未定的小宋站立在三排上，不禁倒吸一口涼氣，心想只要自己慢半拍，在二排上的人就會被壓在頭排下碾成肉漿。

木排仍然被打住在龍洞口，牛漢國趕緊讓小宋去通知後面的兩掛木排暫時不能下洞。被打住在龍洞裏的木排經受著龍洞裏浪滔的沖擊，浪滔在木排上打成了一朵朵雪浪，泡沫飛濺，雷聲隆隆。牛漢國仔細地觀察了片刻，發現是頭排的一片未砍斷的竹麻肇的事，那根長長的竹麻湊巧卡在了龍洞口的石縫裏，就如同拽緊了烈馬的韁繩，一篾拽千斤，釀成了龍洞口的木排事故，差一點釀成重大的傷亡，如果不是牛漢國讓小宋往後排上跑，小宋必定會被壓在木排中間喪命龍洞口了。

麻大哥、大老李他們趕來了龍洞口，轟隆隆的水聲幾乎使排工們的話語聽不清楚，牛漢國對他們做了幾個手勢，意思是他要砍斷那根拽住木排的竹麻，將木排放進洞口，到下游再將木排修復。看到他們幾個領會了他的意思，牛漢國站在龍洞邊的石壁上，一手拉住石壁上的雜樹，一手持排斧對準那根拽緊在龍洞口石逢中的竹麻砍去。竹麻斷了，被卡在龍洞裏的木排轟隆隆地順勢而下，二排仍然被壓在頭排底下，三排疊在頭排的上端。木排到了下游，牛漢國與小宋整理好木排，經歷了生的考驗與死的威脅的小宋，又與牛漢國一起將木排往下游撐去，前面不知道是否還會遇到艱難與險阻呢？小宋還不知道，只有牛漢國心中清楚，他在這條河道上跑了許多年了。

小宋心中想，到了金牛鎮應該去鐵匠鋪看看，看看婷婷和梅梅，聽說婷婷說給了山背後的一個篾匠的兒子，這個星期天就要相親了。

五十八、相親

　　況鐵匠含辛茹苦地帶大了兩個女兒，本以為可以順順當當地將這兩個女兒嫁個好人家，梅梅的出事使況鐵匠心驚膽戰，梅梅生下了一個女兒讓家裏多了不少的事，好在有婷婷的照料，這女嬰倒長得十分可愛，大大的眼睛，小小的酒窩，給這個缺少歡樂的鐵匠鋪帶來了一些歡笑，況鐵匠給這嬰兒取名為樂樂，希望她能夠給這個家庭帶來歡樂。婷婷精心照看著樂樂，按時讓梅梅給樂樂餵奶，餵完奶便將樂樂從梅梅身邊抱走，梅梅的神志還不太清楚，餵完了奶她也不掩上衣襟，讓兩個乳房袒露著，婷婷趕緊將她的衣襟扣上。晚上都是婷婷帶樂樂，樂樂也對婷婷特別依戀。白天，婷婷常常抱著樂樂在金牛鎮走走，讓樂樂曬曬太陽，見見行人，鐵匠鋪的生活似乎恢複了以往的節奏與平靜。

　　有人來給婷婷說媒了，況鐵匠最初根本沒有想到，他怕又打破了鐵匠鋪的生活節奏，他不知道婷婷出嫁了鐵匠鋪的生活會是怎麼樣的，那麼樂樂又由誰來帶？梅梅又請誰來照顧？

媒人一張鐵嘴，說女大不中留，並說要不是早將這兩個女孩出嫁，也不會有梅梅被綁架的災禍，女兒終究要出嫁的，終歸是人家的人，你能夠留她在家一輩子嗎？這麼漂亮的女兒留在家，弄得不好，又會生出事端來。這倒讓況鐵匠陷入了沉思，他詢問對方的情況。媒人告訴說，對方是一戶十分殷實的人家，男主人是一個篾匠，手藝不錯，收益也多，堂客前年生病去世，篾匠也沒有再娶，帶著一個兒子、一個女兒度日，家裏有房子，在當地也是富裕戶。媒人說篾匠的兒子老實能幹，與婷婷十分相配，兩家一邊是鐵匠，一邊是篾匠，也可說是門當戶對了。並說如果有意可以先去對對八字，甚至也可以看看人。況鐵匠倒有些心動了，說先看看兩邊的生辰八字是否匹對。媒人便將男方的生辰八字拿來，況鐵匠將婷婷的生辰八字放在一起，拿給金牛鎮完全小學的一位老先生，老先生說八字沒問題，很般配。況鐵匠便提出想看看男方。媒人便相約，將篾匠父子約來金牛鎮約會。

那天，況鐵匠特意去理髮店理了髮，也讓婷婷細心打扮一下，約會的地點在古戲臺旁的一個小茶館裏。手藝人在山村裏是比較有地位的，篾匠、木匠、鐵匠是山村中吃千家飯的，篾匠給人編曬墊、編涼席、編竹籃，山村裏用竹器的頗多，篾匠的生意也連年不斷。木匠在山村裏做傢俱、做農具、打壽材，傢俱常常是結婚前定做，樟木箱、梳妝臺、寧式床，農具常常是農閒時候打，篩穀的風車、打穀的筒缸、裝穀的糧倉，與篾匠、木匠相比較，鐵匠最少走村串巷了，因為打鐵需要爐

火，需要鐵砧，攜帶不甚方便，開一個鐵匠鋪就成為當地的風習了。況鐵匠套上了一件卡其布的中山裝，這件衣服還是他結婚時候做的，結婚的時候穿過，後來參加金牛鎮上親戚的婚禮穿過，就一直壓在箱子底。婷婷穿著一件桃紅的外衣，下身是藍色燈心絨的褲子。他們到達小茶館時，對方已經來了，媒人忙前忙後地互相介紹，那篾匠戴著一副老花鏡，眼光從鏡片下面看人，兩撇八字鬍隨著嘴唇說話而一翹一翹的。況鐵匠注意地看了那男孩一眼，見那男孩清清秀秀的一個，皮膚白白的，眼睛亮亮的，頭髮烏黑，坐在板凳上不吭聲，況鐵匠倒有些喜歡，覺得與婷婷倒還般配。婷婷坐在一邊的板凳上，低頭斂首，有些羞怯的模樣，她只是抬頭用大大的眼睛瞥了一眼，就又將頭低了下去。況鐵匠與篾匠聊了一些無關緊要的話，就告辭離開了茶館。

在山村，媒人是一個公關能人，一雙小眼，善於察言觀色，一張巧嘴，說得天花亂墜，在牽線搭橋中將男女雙方拉扯到一起。山村交通不便，人煙稀少，媒人就將深山野奧裏的男女信息交流溝通，做成了一樁好事，就獲得一筆收益。因此，媒人總是想方設法成其好事，無論是誇張、隱瞞、誘惑、威脅，只要能夠成全婚事，什麼手段都用了出來，張冠李戴、瞞天過海、移花接木，媒人也就成為當地有聲譽的人物了。相親以後，媒人成為況鐵匠家的常客了，一再催促著況鐵匠早日定下出嫁的日子，況鐵匠倒不著急，他總想將婷婷的婚事辦得體面一些，他要給婷婷置辦一套像樣的嫁妝，別讓篾匠家瞧不起我們鐵匠家出來的女孩。

相親後，況鐵匠問婷婷的想法，她什麼也不說，問她對
對方的看法，她也不說，只是臉上飛起了兩片紅暈。相親回來
後，婷婷想到梅梅很久沒有洗澡了，樂樂也應該給她洗一洗
了，便在灶上燒了一大鍋水，準備給梅梅和樂樂都洗洗，她想
著如果自己出嫁，梅梅、樂樂由誰來照顧呢？爸爸一個人忙得過
來嗎？婷婷往一個長形的木桶裏倒上了洗澡水，想先給樂樂洗。

五十九、窺浴

蛤蟆坡這戶人家，只住著老兩口，孩子要麼出去讀書了，
要麼出外打工了，平時屋子裏冷冷清清的，牛漢國他們來了以
後，給這個偏僻山林中的木屋增添了不少人氣。

牛麗莉喜乾淨，晚飯後，她燒了一鍋水，準備洗個澡。冬
天裏，這些排工們幾乎不洗澡，麗莉卻不習慣，一個星期不洗
澡，就覺得渾身瘙癢，因此她總是在星期天晚上，將一切拾掇
完後，燒一鍋水，洗一個澡，也是一種享受。房東在廚房旁邊
搭出了一個棚棚，是夏天沖涼用的，這個地方木料多，棚棚的
板壁、屋頂都是用杉木搭就的，杉木多節，有的板壁上的節脫
落了，就成了一個窟窿。房東家常常就只是老兩口，夏日誰也
不避誰，提個木桶進去，渾身沖淋一下，將暑氣沖走，將汗液
洗淨，日子也就被一天一天地打發走了。

牛麗莉洗澡，先燒一個火盆，用鐵鏟鏟進一些燒水的餘火到火盆裏，再加幾塊木炭，提一桶熱水洗頭髮，將一頭長髮放入一桶溫水中，揉著、搓著、洗著，讓這小木屋中有了點熱氣，等洗完頭髮，小木屋裏便有了點暖意，再提一桶水洗澡，就覺得不太冷了。

　　小木屋隔壁是廁所，房東家人少，廁所不分男女，廁所的門有一門閂，先進門先用，閂上門閂。牛漢國們來蛤蟆坡後，上廁所常常排隊，尤其是早上，一個挨一個常常急得跳腳，等候不及便跳到野地裏，脫下褲衩，將事情解決了，才鬆了一口氣。

　　麻大哥對於女人有特殊的癖好，他也特別關注女人的一舉一動，他瞭解到了牛麗莉每個星期天晚上洗澡的習慣，便常常暗暗思索，何時可以一睹這小女子的胴體呢？他便悄悄觀察了小木屋，發現廁所在木屋的隔壁，他便去了廁所，將廁所板壁上的杉木節挖通了一個，站在糞坑的木板上，踮起腳可以窺見小木屋裏的一切，他便暗暗有幾分得意。

　　晚飯後，小孫拉麻大哥打牌，他便推脫有點疲倦，就和衣躺在床上。等小孫他們幾個聚精會神地打撲克時，麻大哥卻悄悄地溜進了廁所，見隔壁木屋中的煤油燈光透過被他挖通的木節，在廁所的板壁上倒映出一個火苗的影子，麻大哥踮起腳一望，木屋中的炭火正紅，麗莉正在洗頭呢，他便躡手躡足地回到了房間裏，等待麗莉脫衣洗澡的時刻，他如一隻熱鍋上的螞蟻，在房間裏走來走去，竟然有些手足無措。

　　過了一會兒，麻大哥估算著時機已到，便又悄悄溜進廁所，他輕輕地閂上了門，雖然廁所裏臭味撲鼻，但是麻大哥卻

絲毫沒有在意。他踮起了腳，將眼睛貼在板壁的小洞上，他屏住了呼吸，見牛麗莉正在脫衣服，她面前一木桶熱水正冒著熱氣。牛麗莉有條不紊地將外衣脫下，掛在身後板壁的釘子上，又脫那件墨綠色的毛衣，將毛衣掛好後，開始脫內衣。麻大哥的呼吸有點急促了起來，他恨不得將這堵板壁推倒，恨不得將眼前的這赤裸的肉體抱進懷裏。牛麗莉一點不知道隔壁淫邪的眼睛正觀望著她的一舉一動，她的長髮披在頭上，遮住了她的視線，她將那隻粉紅色的胸罩脫了，她回過身來將胸罩掛上釘子時，麻大哥見到了她一對有彈性的乳房，如兩隻白兔在蹦跳著，麻大哥的眼睛直了。牛麗莉一件件地脫下了褲子，當她赤身裸體地呈現在麻大哥的眼前時，麻大哥開始喘息了，如一頭公牛般地喘息了，牛麗莉勻稱的身材令他大開眼界，那寬大的臀部，那高聳的乳房，那細細的腰部，令麻大哥激動不已，一不小心腳下發出了聲音，差一點跌進糞坑裏。

「誰？」牛麗莉用雙臂遮住了胸部。

麻大哥在隔壁氣也不敢出。

「誰？」牛麗莉又問了一聲，見沒有動靜，她才開始洗身子。

麻大哥輕輕地離開了廁所，腳底下踩到了一攤屎，臭烘烘的。

房間裏小孫、小張、小宋、大老李四個還在打撲克，正為爭輸贏而有點不可開交。

麻大哥到房門後去沖洗鞋底的時候，旺旺與東家的那隻大黑狗正在房後起草呢，麻大哥盯著這兩隻狗，他想這些狗倒

快活，願意起草就起草，願意連尾巴就連尾巴，麻大哥看得性起，匆匆回到房間裏，躺在了被窩裏，襠裏的那個東西將被臥頂得高高的。

六十、起草

　　黃狗旺旺是一條母狗，牛漢國收留了它以後，它漸漸長大了，慢慢胖了起來，原先鄙視它的東家的那條黑狗也逐漸對她刮目相看了，漸漸他們倆便有點形影不離了。山村的村民們每家大多養狗，狗能夠看門，養一條狗家裏就安全了許多。旺旺來到蛤蟆坡後，逐漸便為周圍的家犬們所知曉，那些附近人家的雄狗就常常到此轉悠，紛紛向旺旺獻媚，不是圍著旺旺左嗅右嗅，便是叼著一塊食物來討好，甚至是一小塊肉塊，甚至常常吻著旺旺的尾部，旺旺在不少雄狗的寵愛中，慢慢地得意了起來。其實旺旺最鍾情的是房東家的這隻黑狗，這黑狗高高大大，一身黑毛亮亮的，平時似乎特別安靜，總是安臥在房東家的門口，但是一旦有陌生人走過，他常常出其不意地竄到陌生人的背後，突然狂吠起來，使陌生人大驚失色倉皇奔逃，如果有心懷叵測的人經過，這黑狗會悄悄地追在這人的腳後，冷不防地在這人的腿上咬上一口，或者將褲腿撕下一絡，或者將牙印留在那人的腿部，以致於知道此狗的人們走過此處總得提心吊膽、小心翼翼。

　　最初那幾隻前來討好獻媚的公狗中，旺旺也對幾隻有些好感，它也忍耐不住地讓一隻白狗和一隻花狗騎在了它的背上，讓那兩隻狗長長的陰莖刺入它的牝戶中。那些公狗也常常為了旺旺而爭風吃醋大打出手，兩隻公狗在旺旺的面前狂吠著、撕咬著、追逐著，往往一隻公狗將另一隻咬得傷痕累累，那隻被打敗的公狗便嗚嗚地叫著灰溜溜地逃竄，那隻獲勝的公狗就有可能騎上旺旺的背。

　　最初，房東家的黑狗超然地面對著這一切，它並沒有參與這場爭鬥之中，只要那些公狗不靠近房東家的房屋，這黑狗總是超然物外地觀看著這些狗的行為舉止，一旦它們靠近了房東的房屋，這黑狗便迅速地將這些狗逐出它的勢力範圍。也不知道從何時開始，這條黑狗也開始加入了這場情愛性愛的角逐之中，它也開始討好旺旺，常常用舌頭去舔旺旺的頭、尾，常常故意臥在旺旺的身邊，並經常圍在旺旺的尾部，用它那長長的鼻子去嗅旺旺，甚至用舌頭去舔，弄得旺旺癢癢的、麻麻的、酥酥的。旺旺終於接受了這條黑狗，這條高大的黑狗騎在了旺旺的背上，用它的兩隻前爪搭在旺旺的背上，它的襠裏伸出一根粗粗的、長長的陰莖往旺旺的陰部刺去。

　　小張、小孫、麻大哥、大老李常常觀摩著它們倆的嬉戲，麻大哥甚至加了一些解說詞，描述它們交媾的進程，小張卻有時故意做出要用棍子打正在交尾的它們倆的樣子，以致於這黑狗便倉皇爬下旺旺的背，兩條狗仍然屁股連著屁股，高大的黑狗拖著黃狗倒走，走不了幾步，它們倆的屁股就分開了，一前

一後跑開了，還不滿地發出叫聲，他們幾個卻哈哈大笑，這成為排工們閒暇生活的一部分。

牛漢國陪李阿嬌去廟裏燒香，剛剛回來，便見到排工們在門口圍觀兩隻狗起草的情景，牛漢國呵斥著讓排工們都回房間去。

六十一、燒香

在人生的磨難中，李阿嬌常常感到命運的不可捉摸，常常感覺到世界對她的不公，她作為一個單身母親常常遇到許多難以估量的困境，她常常以堅韌的意志去面對去克服，她期望有一種外力支撐她幫助她，卻常常不能如願，雖然也有人伸出援助之手，給她一點幫助，那總是杯水車薪難以解決問題。鄰居阿婆是個佛教徒，初一十五總是去廟裏燒香拜佛，阿婆勸阿嬌信佛，說信佛可以得到菩薩的保佑，保佑一家的平安。阿嬌隨阿婆去了一趟寺廟，在寺廟的香火繚繞中，在端坐蓮花的佛像前，阿嬌感受到了宗教的威懾力，她聽從阿婆的勸告，也買了一柱香，在釋家牟尼的像前點燃了香，並深深地跪拜。此後，她初一、十五也常常與阿婆一起去廟裏，她似乎找到了一種精神寄託，她相信多念阿彌陀佛，就會得到菩薩的保佑。她的胸前掛了一尊觀音的像，是用玉石雕刻的，是開過光的，是她的護身符。她相信一切都由命，萬事不由人，她的心態平和了許多、寧靜了許多。

　　到金牛鎮後，她聽說附近有一個廟，便要去廟裏燒香，一直沒有人陪伴她去，直到今晚，牛漢國同意陪她去，他們倆才去了那小廟。雖然文化革命掃蕩了許多地方的廟宇，但是在這個偏僻山區，這小廟卻依然存在，依然還有香火，令外面來的人有點難以理解。

　　晚飯後，還看得清路，他們往那小廟走去，黃狗旺旺也跟了去。到了廟裏，仍然有幾個人在燒香叩頭，還有一個和尚模樣的人在廟裏抽簽。燒了香，叩了頭，阿嬌便抽了一簽，簽為中簽，附了一首詩。牛漢國拿過一讀：

　　　　人生就像一場戲，
　　　　因為有緣才相聚。
　　　　相扶到老不容易，
　　　　是否應該去珍惜。
　　　　為了小事發脾氣，
　　　　回頭想想又何必。
　　　　別人生氣我不氣，
　　　　氣出病來無人替。
　　　　我若氣死誰知道，
　　　　況且傷神又費力。
　　　　鄰居親朋不要比，
　　　　兒孫瑣事由它去。
　　　　吃苦享樂在一起，
　　　　神仙羨慕好伴侶。

牛漢國讀了，半晌沒有作聲。李阿嬌讀了，卻對牛漢國說：「老牛，這詩好像就是說我們倆，其實我們就是為了小事發脾氣而分手的，今天想想又何必呢？如果當初我們倆不分手，你老牛也在上海過，日子總會比現在要好。」旺旺在邊上討好似地在他們倆褲腳邊蹭來蹭去。

　　牛漢國搖搖頭，說：「這很難說，很多事情並非想當然的。」

　　李阿嬌說：「這詩中說『相扶到老不容易，是否應該去珍惜』，不知道我們能否相扶到老呢？」她望了望牛漢國。

　　牛漢國不置可否地點點頭，又搖搖頭。

　　回去的路上，李阿嬌挽住了牛漢國的臂膀，似乎回到了十幾年前他們相戀的時候。來的時候旺旺不緊不慢地跟在他們後面，回去的時候，它認識路，便屁顛顛地跑在了前頭。

　　晚上，牛漢國剛剛睡下，門口的旺旺叫了兩聲，接著便有人在輕輕地敲門，牛漢國打開門，月光下一個女人的身影進了門，沒有任何話語，她就往牛漢國的被褥裏鑽，迷迷糊糊的牛漢國有點吃驚，那女人說話了：「相扶到老不容易，我們應該去珍惜！」說完，她就抱著牛漢國，不顧一切地吻著，不顧一切地哭著、笑著。

　　這是闊別了多年的相聚，這是期盼了多年的聚會，這是積聚了多年的狂風，這是積累了多年的洪水，狂風一旦刮起，風欲靜而樹不止，閘門一旦打開，滔滔洪水一瀉千里。

　　當風平浪靜之時，當牛漢國撫摸著阿嬌既熟悉又生疏的身體的時候，阿嬌對老牛說：「老牛，我想出嫁了。」

　　牛漢國故作不解地問：「出嫁？嫁誰？」

六十二、出嫁

　　婷婷出嫁了，嫁到很遠的山背後，嫁到篾匠家去做兒媳婦。況鐵匠為準備婷婷的嫁妝費了不少心，他請木匠打了兩隻樟木箱，做了一個梳妝臺，並置辦了腳盆、搖床等用品，給婷婷置辦了幾身衣服，雖然篾匠家也送了兩百元錢過來，但是置辦這些東西是遠遠不夠的，況鐵匠將家中的積存都用得差不多了，他雖然捨不得婷婷離開家，但是他想為了女兒的將來，必須咬咬牙走這一步，再說篾匠的兒子長得也不錯，文文靜靜的一個小伙子，婷婷嫁過去，一定會生活得不錯，篾匠家經濟條件也富裕。婷婷勤儉能幹，又沒有婆婆，就不必為婆媳關係處不好而擔心，婷婷的公公和丈夫一定會滿意的。

　　出嫁的這天，況鐵匠將鐵匠鋪整理了一番，早早起來就穿上過節才穿的衣裳。買了兩掛爆竹，等婷婷出門的時候燃放。男方家離金牛鎮挺遠，他們一早出發，到中午時分才能抵達，請了一個吹嗩吶的，將一管嗩吶吹得天花亂墜，引來了一大堆孩子跟在後面。況鐵匠請了他的妹妹來幫忙，妹妹家裏孩子

多，住得又遠，平時根本照顧不到，哥哥嫁女，好歹跟男人說通了，才來幫半天忙，婷婷梳頭、打扮就由這位姑姑幫忙了。婷婷穿了一件紅色的對襟布衫，穿一件士林藍的褲子，腳上是新買的一雙白球鞋，娉娉婷婷的一個大姑娘。姑姑買了一塊紅布當新娘出嫁的頭蓋，走在迎接新娘的隊伍裏，遠遠的看去，山路上綠色樹叢中的婷婷就像一團燃燒著的火。

迎接新娘的人們吃了紅糖煮蛋，抬起了婷婷的嫁妝準備動身了，嗩吶吹起來了，號子叫起來了，新娘的哭嫁也開始了。姑姑攛掇著婷婷：「哭！快哭！」措手不及的婷婷雖然已經過姑姑的培訓，還是有點生疏地哭開了：

> 女兒長到十八歲耶，
> 父母養育恩情深耶，
> 而今女兒離家門耶，
> 依依不捨難開步耶。

姑姑便代替婷婷的母親哭訴：

> 養女千年也得嫁耶，
> 女兒總是人家人耶，
> 孝順公婆疼丈夫耶，
> 養育兒女耀祖宗耶。

婷婷和姑姑執手相對，況鐵匠在旁邊眼淚縱橫，婷婷也淚流滿面了，姑姑的眼眶也濕潤了。抬嫁妝的人們倒有點不耐煩了，催促著快快動身。況鐵匠點燃了爆竹，劈劈啪啪的爆

竹聲，使金牛鎮喧鬧起來了，來看熱鬧的人們在點著婷婷的嫁妝，多少箱籠，多少被子，猜測著迎親隊伍人員的組成。在迎親隊伍中，他們沒有見到新郎的身影，便一個個互相打聽，聽說新郎上路的時候突然崴了腳，不能前來迎親，只能在新房前恭候了。

嗩吶吹起來了，箱籠抬起來了，兩個伴娘攙扶著新娘起身了，抬著樟木箱的、梳妝臺的走在前，抬著腳盆、馬桶的緊接後面，新娘走在隊伍的中間，後面是挑著棉被的、背著雜物的，浩浩蕩蕩走上了金牛嶺的蜿蜒山路。

況鐵匠佇立在石板路上，望著迎親隊伍從視野裏消失，他恍然若失地坐在了門檻上。梅梅將樂樂抱了出來，她呆呆地坐在況鐵匠的身旁，況鐵匠望了望梅梅，望了望樂樂，長長地歎了一口氣。他不知道迎接婷婷的將是怎樣的生活，他不知道婷婷的出嫁是福還是禍。他不願意去篾匠家參加婚禮，因為他走了家中沒人照料，他想像著篾匠家的婚禮。

六十三、婚禮

篾匠家是村裏的富裕戶，篾匠家的婚禮請來了諸多親戚朋友，村裏的長者也都被請到了，在他們家瓦屋的院子裏擺開了許多桌，他們正在院子裏飲茶吃茶點，等候著迎親隊伍的來

臨。請來的廚師正在廚房裏忙碌著，爐火正旺，菜都切好，盤也裝好，就等待迎親隊伍一到，廚師便開始炒菜，酒宴就將開始。

篾匠正在人群中招呼著，給這個遞煙，給那個送茶，和這個打個招呼，與那個應酬幾句，篾匠乾瘦的臉上如同綻開了一朵花一樣。篾匠給坐在靠近院門那張桌子上的大鬍子村長敬煙，那種恭敬的樣子顯示出大鬍子在這裏的地位。

「來了！來了！」跑來的孩子最早報告迎親隊伍到來的消息。

接著就聽見遠遠的嗩吶聲了，接著就看到遠遠行走在山道上迎親的隊伍了。迎親的隊伍在山道上紅紅綠綠的一條線，繞過松樹林，登上白龍坡，往篾匠居住的村莊走來。

篾匠趕緊關照在院子門口燃起了一堆火，讓進門的新媳婦從火堆上跨進門，驅除晦氣邪氣，以求得夫妻的和睦、家庭的和諧。參加婚禮的人們紛紛湧到院門口，等待著迎親隊伍的來到。他們最想知道的是新娘長得如何？漂亮不漂亮？嫁妝有些什麼？棉被有幾床？山村裏的婚事吸引著山村的人們，山村人口的繁衍便依憑著一個個婚禮。

新娘被攙扶著跨過了火堆，新娘的頭蓋仍然未取下，調皮的孩子們低下頭，從新娘頭蓋底下探視新娘的容顏，嘻嘻哈哈地將新娘的容貌告訴大人們，眼睛大大的，眉毛彎彎的，嘴唇小小的，鼻子翹翹的，大家似信非信，等待著揭開這個謎底。

大鬍子村長宣佈婚禮開始。他讓新郎新娘並排在廳堂裏站著，廳堂裏正面的案桌上燃著兩根大紅燭。

　　村長司儀按照山村的婚俗，讓新娘新郎一拜父母，二拜天地，夫妻對拜。

　　婷婷如木偶一般被按著頭一拜、二拜、三拜，她的紅頭蓋仍然蓋著，她只能看到一雙雙腳，只能看到小孩子的臉，她想像著主持婚禮長者的姿態，想像著篾匠公公歡樂的神情，她對未來的生活充滿了希望，充滿了期待，雖然她放心不下父親，尤其放心不下梅梅，放心不下樂樂，但是她必須有自己的生活，她必須有自己的家庭，今天是她新的生活的開始，她希望她的丈夫，這個白白淨淨的小伙子能夠與自己合得來，她能夠給他生幾個胖胖的孩子，像樂樂那樣可愛的男孩、女孩。在夫妻對拜時，她瞥到了一眼對拜的新郎，恍然間她覺得新郎的皮膚怎麼變得黑了，她也沒有多想，按照婚禮司儀的指令，按部就班地完成著婚禮的程式。

　　婚禮的對拜結束了，她被送進了洞房，當洞房的門被關上的時候，她喘了一口氣，覺得身上有點熱，便將領口的扣子解開，她不敢掀開頭蓋，她忐忑地等待著新婚之夜的來臨。伴娘送來了晚飯，婷婷的頭蓋被揭去，吃完了飯，伴娘又將頭蓋蓋上了。院子裏的汽油燈點起來了，喝酒的人們開始吆五喝六地猜拳，婷婷在靜靜地等候著，她想樂樂應該餵奶了，梅梅不知道吃了晚飯吧？爸爸現在在幹什麼呢？

　　婷婷正在想著，房門被人推開了，進來一個酒氣醺醺的男人，一進門便嘻嘻哈哈地一把將婷婷的頭蓋揭了，一個黑胖子站在婷婷的眼前，胸口還斜掛著一朵紅花。

「你是誰？」婷婷膽怯地問，人不禁往後退。

「我是誰？我是誰？嘿，嘿，我是你的老公！」黑胖子嘴角流涎，黃膿鼻涕在鼻孔裏出出進進，伸手就在婷婷的臉上摸了一把。

婷婷驚叫了起來。伴娘走了進來，說：「我還當出了什麼事呢？原來是新郎新娘親熱呢！」她順手將門關了。

婷婷覺得奇怪，這怎麼是她的新郎呢？她見到的新郎是白白淨淨、文文雅雅的，怎麼是她眼前這個黑黑胖胖口角流涎的男人呢？她不顧一切地驚叫起來，弄得那新郎不敢上前。

篾匠聽到了聲音，推開了房門，見婷婷吃驚的表情，便十分乾脆地告訴婷婷說：「你覺得奇怪是不是？告訴你吧，相親的時候是請人代替的，你眼前的才是我的兒子，他才是真正的新郎！現在生米已經煮成了熟飯，行也得行，不行也得行。雖然我這個兒子有點癡呆，但是性格還是很溫順的，你可以好好地教教他。世界上沒有回頭路可走，你生是我們家的人，死是我們家的鬼，你要離開我們家，除非死了抬著出去！」篾匠出去了，將門從外面鎖上了。婷婷忍不住大聲地哭泣了起來，那呆漢卻被嚇住了，呆呆地說：「別哭，別哭，我不會欺負你的，別哭，別哭⋯⋯」

新房裏的哭泣聲依然繼續著，院子裏的酒宴卻漸漸結束了。

六十四、酒宴

　　金牛鎮完全小學隔壁的一間瓦屋的廳堂裏，牛漢國正在為惠德婆婆辦八十大壽的生日酒宴。牛漢國最初來到金牛鎮就借住在惠德婆婆家，惠德婆婆是一個單身老人，住在河對面的乾打壘的屋子裏，牛漢國將她當作自己的母親一般，常常隔三差五地去探望，雖然惠德婆婆是金牛鎮的五保戶，但是牛漢國還常常給惠德婆婆買些吃的用的，金牛鎮的人們都羨慕惠德婆婆老來福，找到了一個好兒子，惠德婆婆總是笑得合不攏嘴。

　　惠德婆婆年輕時候是支前標兵，帶領著婦女們為紅軍做軍鞋、做鞋墊，給紅軍部隊演唱〈送郎當紅軍〉、〈十送紅軍〉等歌曲，惠德婆婆能歌善舞成為當時享譽地區的歌手。新婚燕爾，惠德婆婆送丈夫去當了紅軍，在與白軍的一場戰鬥中，為了掩護部隊撤退，惠德婆婆的丈夫英勇地犧牲了。消息傳來，惠德婆婆不勝悲痛，三天三夜不吃不喝，只是哭泣。後來，惠德婆婆沒有再嫁，她將丈夫的照片放大掛在堂屋裏，常常對著丈夫的照片說話。惠德婆婆性格開朗，她的腹中好像有唱不完的民歌，平時在田裏勞作時還常常唱唱民歌小調，許多婦女都喜歡和惠德婆婆在一起。惠德婆婆最喜歡唱的是情歌，那些未出嫁的女子常常會糾纏著惠德婆婆唱了一首又一首。

　　廳堂裏擺了三桌酒，板壁上貼了一個大大的「壽」字，惠德婆婆笑容可掬地坐在上桌，穿著士林藍布的褂子、燈心絨

的褲子，牛漢國和排工們與惠德婆婆同桌，紛紛給惠德婆婆敬酒。另兩桌坐著惠德婆婆的親戚朋友。牛麗莉聽說惠德婆婆擅長唱情歌，酒過幾巡，便提出請惠德婆婆唱情歌。惠德婆婆倒也大方，站起身說：「今日多謝大家賞光，我為大家唱一首情歌。」

劈裏啪啦掌聲過後，惠德婆婆扯開嗓門唱了起來：

清早起來去站街，
等妹等到日頭斜；
東望西望無蹤影，
大街不走小巷來。

清早起來倚門旁，
手拿絲線鎖鞋幫；
左手拿鞋右手鎖，
鎖郎名字在中央。

清早起來郎過街，
頭戴絲帕腳拖鞋；
妹問情哥為哪樣，
昨夜花園得病來。

清早起來出門玩，
遇見鮮花站路邊；
緊緊握住妹妹手，
只願成雙不願單。

　　想不到八十歲的惠德婆婆的嗓音這樣洪亮，唱得這般婉轉，牛麗莉、小宋、小孫等都鼓起掌來，李阿嬌也覺得這個婆婆有意思，這麼大年紀了，唱起情歌來還一往情深的。小張提出讓麻大哥也唱一曲，引起了喝酒的人們一起附和。麻大哥喝了口酒，潤潤喉嚨，站起身，拱一拱手，說：「今日給惠德婆婆祝壽，我就湊個熱鬧，也唱一曲。」麻大哥唱道：

　　　妹家門後有棵桃，
　　　紅花綠果有人瞧；
　　　再等幾天花謝了，
　　　花落人老沒人瞧。

　　　妹家門後有棵梨，
　　　整整齊齊生得密；
　　　昨夜偷梨被妹罵，
　　　今日偷妹不偷梨。

　　麻大哥帶點沙啞的嗓門，加上他淫邪的腔調、誇張的表情，激起廳堂裏一片喝彩聲。

　　況鐵匠帶著梅梅、樂樂也來了，坐在酒桌上的況鐵匠似乎憔悴了許多，梅梅仍然麻木不仁地坐著，對於一切沒有任何反響，樂樂在況鐵匠的懷抱裏隨著大家的笑鬧而手舞足蹈。小宋望著梅梅，心中感到十分悲哀，他想為什麼過去那麼活潑可愛的梅梅，現在就變成了眼前這樣木然了呢？

牛漢國雙手端起斟滿酒的酒杯，恭恭敬敬對著惠德婆婆說：「惠德婆婆，祝您老長壽！」

　　惠德婆婆笑容可掬地說：「謝謝！謝謝！」

　　況鐵匠聽說了婷婷嫁的老公是一個癡呆，他幾乎懵了，他怎麼也不相信一個清清秀秀的小伙子，會是一個癡呆，後來才瞭解到篾匠施展了一個調包計，他想去找篾匠理論，後來又想想，女兒已經嫁了過去，已經是別人家的人了，再去理論，難道能將女兒要回來不成，要回來的女兒又能夠再嫁給誰呢？他希望女兒能夠熬過婚後這段時間的生活，給篾匠家生個一男半女的，日子大概也就可以過去了，山村的日子也就是由這種子孫的繁衍構成的。

六十五、繁衍

　　「不孝有三，無後為大。」山村的人們總記著前輩的教誨，將結婚生育看作人生最為重要的事情，篾匠給這癡呆兒成家也是為了這個目的。山村裏人們的婚嫁常常有欠科學的地方，近親結婚的不少，也就往往釀成了癡呆兒多的後遺症，篾匠與他的妻子就是姑表兄妹的結合，生下了這個兒子後，妻子興奮了很久。兒子逐漸長大，漸漸發現了這個孩子與別的孩子不一樣，嘴角經常涎水滴答，別家的孩子早已會說話了，他還

是咿咿呀呀地說不清楚，別家的孩子早已會走路了，他卻還在地上爬著。篾匠帶他去縣醫院診治，醫生診斷為智力障礙。妻子為了此事，苦痛不已，雖然後來還生了個不瘋不傻的女兒，但這癡呆的兒子總是一塊心病，妻子為此天長日久憂鬱鬱積，終於釀成疾病，跑醫院中醫西醫吃了許多藥，也不見好轉，兩腿一伸，拋下篾匠，拋下癡呆兒子和剛剛脫奶的女兒離去了。

篾匠既當爹又當媽地將這癡呆兒和女兒領大。這兒子雖說癡呆，尚且能做一點事，放牛、砍柴是他常做的事，生產隊的牛讓他長年放養，好歹也有幾個工分。家裏的柴總是他去砍，他倒並不偷懶，一有空閒就拿著柴刀、扁擔往山裏去，砍下一擔擔柴碼在院子裏、屋簷下，日曬風吹，送進灶堂裏，火總是被燒得旺旺的。篾匠為了子孫的繁衍，想方設法為他娶了個並不差的堂客，篾匠為自己的小計謀而得意，媳婦漂亮能幹，他知道兒子其實配不上她，因此對媳婦就十分遷就，甚至有時常常有點討好媳婦了。

婷婷在家裏做慣了，真讓她攏著手做太太，她倒覺得難過。新婚的第二天，雖然昨天晚上幾乎未曾合眼，她卻擔當起了主婦的職責，燒早飯，餵豬、餵雞，洗被、洗衣。篾匠十分注意媳婦的神色，怕媳婦尋短見，那不是會蝕了本嗎？便小心翼翼地看媳婦的臉色行事，不時買些穿的戴的，讓那癡呆丈夫送到媳婦手裏，生活也就如此渾渾噩噩地過了下去。婚後，癡呆丈夫每天依然放牛砍柴、砍柴放牛，只是家裏多了一個玩伴，常常在媳婦面前流著口涎、拖著鼻涕傻笑。

這篾匠最關心的是這癡呆兒子是否知曉行男女之事，新婚那晚他將新娘新郎鎖在房間裏，只聽新娘哭了一夜，顯然他們兩口子並沒有發生過什麼事情。後來，篾匠與兒子單獨在一起的時候問過，問的是兒子是否與媳婦睡過覺，篾匠還特意用一隻手的拇指與食指勾成一個圈，將另一隻手的中指往這圈裏伸伸縮縮，做出男女交媾的動作，這癡呆兒子全然不知，他將此當作了老鼠打洞黃鼠狼做窩。篾匠急了，解開褲襠，掏出那把兒，往拇指與食指做成的圈裏套動，那癡呆兒覺得有趣，便也掏出自己的把兒，學著老子的樣，也伸進自己做成的圈裏套動，不多時，這爺兒倆先後都將一泡濃白的東西射出老遠，那癡呆兒笑嘻嘻地說：「好玩，好玩！有趣，有趣！」這篾匠終於還沒有讓這癡呆兒開竅。

　　癡呆的丈夫好像也先天性地知道，男女之間應該有點什麼事情，一天晚上，他便掏出那把兒，自己套堅挺了，就往婷婷的身上蹭，嚇得婷婷伸出兩手，用指甲在他的堅挺的把兒上掐了一下，這癡呆兒大叫：「牙齒，牙齒，牙齒咬我雞雞。」從此，他再也不敢在婷婷面前舞槍弄棍了。

　　篾匠見媳婦沒有懷孕的跡象，便腆著臉問媳婦，他們之間是否行了房事，婷婷並非過來人，對於男女之間的事情也是似懂非懂，臉上便騰起一片紅暈，搖搖頭。篾匠告訴她，兒子不懂，你應該教教他，給我們家生下個一男半女的，好繁衍我們家的香火。過幾天，篾匠又問，媳婦還是搖搖頭。篾匠急了，道：「你這丫頭，怎麼這麼沒有出息，你就不能教會他嗎？」媳婦輕輕地說：「他不動，我怎麼動呢？」

　　篾匠翻來覆去想來想去，決定孤注一擲。晚飯後，等兒子回了房，便叫上女兒，叫開兒子的房門，用一根繩索將媳婦兩手綁在床頭，任憑媳婦掙扎哭叫，脫下媳婦的褲衩，與女兒一左一右將媳婦的大腿拉開，便攛掇著兒子將那把兒往那仙人洞刺去。兒子卻縮手縮腳，用兩手護著那東西，大叫：「牙齒，牙齒，咬人，咬人！」他以為那仙人洞裏長了牙齒，會咬了他的雞雞。

　　篾匠一個巴掌對癡呆兒子打去，癡呆兒愣住了，篾匠又對他做了一個中指往這圈裏伸伸縮縮的動作，頂著兒子的屁股往媳婦的身體靠攏，兒子的槍始終未能夠對準準星，不是上，就是下，不是左，就是右，不一會兒，兒子的雞雞倒嚇得如一條懶蛇，軟軟地垂了下來，篾匠襠裏的東西卻堅挺了起來。這篾匠便決定親自給兒子示範，他掏出那物，對著媳婦的襠裏挺槍便刺，媳婦大叫痛、痛，篾匠也顧不得了，由慢到快地抽動，不一會就一瀉如注了，癡呆兒在邊上拍手說：「好玩，好玩！」女兒在一邊倒羞紅了臉。媳婦閉著眼睛，眼淚掛在了眼角，嘴唇邊咬出了血。

　　篾匠家繁衍的示範活動總是斷斷續續地進行著，篾匠的把兒依然在媳婦的襠裏進進出出，癡呆兒子雖然有點進步，但是總進展不大，他還是有點怕那裏面的牙齒，媳婦的肚子卻漸漸大了起來。

　　婷婷懷孕的消息傳到了鐵匠鋪，況鐵匠倒有些高興，他想婷婷若當了母親，他想只要婷婷生下的不是癡呆兒，她就會安

安心心地在篾匠家中度日。他也可以擺脫出嫁婷婷時的不安與內疚。

牛漢國和李阿嬌來到了鐵匠鋪，說阿嬌要回去了，孩子讓外婆照看，時間久了不放心，來與況鐵匠道別。

六十六、道別

沒有不散的宴席，有相聚便有離別，有歡樂便有悲傷。李阿嬌來了這段時間，逐漸熟悉了牛漢國，也逐漸熟悉了這些排工們的生活，離開孩子太久了，總不放心。她提出想回去，牛漢國也沒有留她，買了兩瓶酒，炒了幾個菜，請排工們一起喝酒，算是給阿嬌餞行。

排工們卻有點捨不得李阿嬌走，李阿嬌來了後，排工們的衣服都是整整齊齊的，就是衣服破了，阿嬌也總是馬上縫補得平平整整，便一個個留阿嬌住些日子再走，阿嬌搖搖頭，並不言語，卻多喝了幾杯酒，臉紅得便像了桃花，便與排工們碰杯，酒喝多了，話便多了起來，話多了起來，眼淚便流了下來，訴說與牛漢國離婚後的艱難，單身女人帶孩子的艱苦，弄得牛麗莉也陪著掉眼淚。牛漢國卻搖搖手，讓麗莉將嬌嬌扶去房間裏躺下了。

牛漢國曾經與阿嬌說起過姜阿翠的事情，弄得阿嬌為阿翠落了幾滴眼淚。女人總有點醋意，她想看看拴住牛漢國心的到

底是一個怎樣的女子,雖然這女子已經逝去。她漫不經心地提起要去阿翠的墓上看看,牛漢國也許久未給阿翠上墳,便攜阿嬌去了金牛嶺阿翠的墓,旺旺仍然忠心耿耿地跟著。他們在山林裏採摘了幾束野花,到了墓前牛漢國便將花兒祭在墓碑前,阿嬌便急急地注意墓碑上阿翠的模樣。墓碑上是請畫匠在磁板上畫的像,再嵌進墓碑上。見阿翠的像秀麗的臉龐,阿嬌便有點憐惜這個躺在墓地裏的女人了,憐惜身邊失去這個女人的男人了。牛漢國佇立在墓地前默默不語,這是他生命中的兩個女人,一個已經躺在這冰冷的墓地裏了,一個站在他的面前,這個與他離開了許久的女人,現在又回到了他的身邊,這個依戀城市生活的女人,現在卻在這深山老林中與他相伴。女人是需要男人臂膀的呵護的,他牛漢國卻沒有能呵護好這兩個女人,他與身邊的這個女人分道揚鑣,將撫養孩子的重任完全拋給了她;他沒能保護好墓地裏的這個女人,竟然讓她在自己的眼前撞死在戲臺前。生命似乎太短暫了,人生似乎太難測了,人總是難以與命運抗爭,命運總是有些捉弄人,回首自己的人生經歷,牛漢國不禁長歎一聲。

阿嬌準備回去了,阿嬌有點戀戀不捨,酒醒後,阿嬌有點辛酸,躺在床上,一陣風雨過後,阿嬌提出了與牛漢國復婚的想法,牛漢國點點頭,說等合適的時候,他去上海看看孩子,再辦個手續,請親戚朋友吃一頓飯。阿嬌放心地笑了,便談起孩子的學習、孩子的前程,渴望著一家三口和和睦睦朝夕相處的歲月。下弦月升起來了,他們的談話還在繼續,好像這輩子從來沒有說過這麼多的話,好像這輩子從來沒有流過這麼多的淚。

清晨起床，牛漢國替阿嬌收拾了行李，小宋用一根小竹扁擔挑著，阿嬌與排工們道了別，牛麗莉也一起下山送嬸嬸。黃狗旺旺興沖沖地跑在前面，去金牛鎮的這條路它已很熟悉了，它一會兒追著一隻松鼠，看那松鼠爬上松樹，它一會兒捉一隻蝴蝶，看花蝴蝶翩翩飛去。一行四人，到了金牛鎮，去向況鐵匠、惠德婆婆處道別，惠德婆婆牽著阿嬌的手，絮絮叨叨說了許多，阿嬌就有點難過。

他們到金牛鎮林場，牛漢國、阿嬌搭上了一輛去縣城的卡車，小宋便帶麗莉去了況家祠堂，去了他們知青集體戶，他將麗莉介紹給了幾位知青。知青們說，今天晚上金牛鎮在古戲臺放電影，放映《地道戰》。小宋留麗莉看電影。

六十七、電影

山村裏放映電影是一個節日，由大隊出資，請公社電影放映隊來放一場電影，對於山村的人們來說是一樁大事情。在這山村裏，收聽有線廣播大概是唯一的文化生活了，大隊的兩份報紙一般人也難以讀到，因此放一場電影，就成為山村的重大節日了。前兩天大隊的有線廣播就在廣播這個消息，經過村民們的傳播這個消息幾乎家喻戶曉了。公社電影放映隊所放映的影片除了革命樣板戲，就是《地雷戰》、《地道戰》、《平原

游擊隊》了，有些年輕的村民甚至百看不厭，隨著放映隊走村串巷去各隊觀看影片，甚至對於影片中的一些臺詞可以倒背如流了，尤其是放映樣板戲時，影片中在唱，銀幕下也在唱，鬧成一片，弄得放映員將耳朵用棉花球塞了起來，觀看革命樣板戲、演唱革命樣板戲成為當時的一項政治任務。

晚飯後，小宋、麗莉與幾個知青一起去古戲臺看電影，今天放映《地道戰》。古戲臺上拉起了銀幕，戲臺上的汽油燈亮得刺眼，古戲臺下已擺滿了各種各樣的凳子，長凳、竹椅、小凳、躺椅，凳子上已坐了許多人，孩子們在人群中嘻嘻哈哈地竄來竄去，有的孩子跌倒了，哇哇大哭，有兩個孩子拿著短竹竿在打打殺殺，不小心將對方的頭磕痛了，又引來一陣嚎啕哭聲，激起大人的一頓臭罵。

小宋去鐵匠鋪搬了兩張條凳，他與麗莉坐一張，另一張給其他知青坐。

開演前，大隊黃書記拿著話筒講了幾句話，大概是說文化大革命的大好形勢，說今年金牛鎮大隊農業生產的情況。黃書記講完話，汽油燈熄了，眼前突然一片漆黑，戲臺前發出了歡呼聲，銀幕上出現了字幕，伴隨著電影《地道戰》主題歌的音樂，響起了劈劈啪啪的掌聲。小宋在下放前就看過《地道戰》，現在只不過是溫習而已。他記得最清晰的是電影裏那胖翻譯官說的「高，高，實在是高」，還有電影裏日寇往地道裏放毒氣、灌水時的畫外音：「煙是有毒的，不能進去一絲一毫，水是用的，應該讓它流回原處」。

小宋看著銀幕，回味著坐在上海電影院裏看電影的感受。忽然，一隻潤滑的手伸了過來，握住了他的手，是坐在一旁麗莉的手，握在小宋的手裏涼涼的、滑滑的，小宋的心裏有點熱，手心便有點出汗。麗莉捧起小宋的手，移到她的唇邊，親吻著，小宋的心跳加快了，呼吸急促了，雖然麗莉來金牛鎮後，他們倆也有一起散步握手的時候，但是從來沒有這樣親密的舉動，小宋有點怯，抬眼望瞭望周圍，大家都認真地在看電影，沒有人注意他們倆。小宋便也將麗莉的手移到自己的唇邊，也如麗莉一樣地親吻著。麗莉的嘴迎了上來，在他的臉頰邊吻了一下，激起了小宋的欲望，他捧起麗莉的臉，就將他的吻印在了麗莉的唇上，麗莉將她的半個身體靠在了小宋的膝蓋上，將她的頭躺在了小宋的臂彎裏，小宋便將頭低下去，在麗莉的嘴唇上接了一個長長的吻。在偏僻的山村，一對青年人，如同在都市的電影院裏一般，展開了一場青春的接力賽。正是青春年華的這一對年輕人，他們也沒有想到他們的戀情會是在金牛鎮開始的，是在這個古戲臺下開始的。

　　電影結束了，汽油燈又亮了，古戲臺下的人們紛紛尋兒覓女，喚堂客的、叫老公的，此起彼伏，人們或打著電筒，或擎著火把，扛著長凳、肩著竹椅、挽著小凳紛紛離開了古戲臺，那點點的電筒、那熊熊的火把便散開到了石板路上、小木橋上、山路上、金牛河邊，像一隻隻螢火蟲在夜空裏隱隱約約一閃一閃。小宋和麗莉站起身，將兩條凳子還給了鐵匠鋪。小宋和麗莉手牽手地回到了況家祠堂，小宋讓麗莉就在這裏住一夜，明天再一起回去。

躺在床上，小宋還沉浸在剛才的激動裏，他想著麗莉接吻
時雙眼微閉的模樣，想著麗莉涼涼潤滑的小手，他睡不著了，
回味著剛才的一切，便有些心旌搖蕩，便悄悄起身，走出祠堂
外撒了泡尿，躡手躡足地走到麗莉睡的房間門口，輕輕敲了兩
下門，麗莉問了聲「誰」，小宋答了聲「我」，門便吱呀一聲
開了，兩個人便抱在一起了……

金牛河亙古不變地流淌著，金牛嶺亙古不變地俯瞰著，金
牛鎮亙古不變地靜臥著，金牛石亙古不變地昏睡著……。

六十八、昏睡

姜瘋子在縣醫院沉沉地昏睡著，況鐵匠焦慮地在病榻前守
侯著，他不知道這個可憐的瘋子是否會醒來，他不知道肇事者
應該承擔怎樣的責任。事情是在今天下午發生的，黃書記的兒
子黃宏生開的一輛手扶拖拉機，運送化肥回金牛鎮的時，在石
板路上倒車掉頭時，不小心撞倒了這瘋子，瘋子當即倒地人事
不省。

況鐵匠下午正在鐵匠鋪打鐵，聽說拖拉機撞人了，便出門
察看，見姜瘋子躺在地上失去了知覺，這瘋子與況鐵匠有點沾
親帶故，便催促黃宏生趕緊將人送醫院，黃宏生便慌忙用手扶
拖拉機將瘋子送到了公社衛生院，公社衛生院又派車送到了縣

醫院。縣醫院看到送來的是一個鬍子拉雜渾身酸臭的病人，就有點不耐煩，稍稍檢查了一下，見頭皮有點擦傷，便處理了一下傷口，打了一針破傷風針，便放到觀察病房觀察。現在況鐵匠面對仍然昏睡著的姜瘋子，心中十分擔心，本來就是一個瘋子，如果再癱在病床上，那麼由誰來照顧他呢？人生有諸多偶然，也有諸多必然，偶然的事情卻會釀成一生的痛苦，必然的結果卻往往是由偶然的緣由造成。

　　況鐵匠出門前，匆匆將梅梅和樂樂託付給了隔壁的阿婆照應，本想到了公社就回去的，誰料又來到了縣城。況鐵匠本想到了縣醫院就回去，但是醫生診治了後，他發現肇事的黃宏生竟然不見了，他不敢離開，怕病人有什麼意外，便在病榻前呆呆地坐著，心中卻牽掛著家中的梅梅和樂樂。

　　中午時分，況鐵匠見這瘋子睜開了眼睛，他驚奇地發現這瘋子的眼神變得清澈了，神色也變得明朗了。張開眼的瘋子一臉驚訝地問：「我怎麼會在這兒的？我的那部長篇小說的手稿呢？」況鐵匠有點驚奇了，他突然意識到姜瘋子已經清醒了，他已經有了意識，他不瘋了！況鐵匠趕快去找了值班醫生，並告訴醫生關於瘋子不瘋的奇跡。醫生說，有可能是被拖拉機撞倒後，撞擊了某一部分的腦神經，恢復了這部分腦神經的功能，使這個病人改變了原本瘋傻的狀況，醫學上是有先例可查的。醫生細致地給姜瘋子作了檢查，發現病人並沒有其他症狀，便建議讓病人出院，半個月後再來複查。況鐵匠欣喜萬分，姜瘋子姜雄傑卻沒有什麼特別反響，只是覺得自己蓬頭垢

面的，必須馬上收拾一下。況鐵匠便陪他去理髮、刮臉，並為他買了幾件衣服，去澡堂洗了個澡。將全身裏裏外外的衣服都換了，姜雄傑整個人似乎完全變了，雖然臉色仍然有些蒼白，但仍然是挺精神的一個小伙子，連醫生也幾乎沒有認出他來。

黃宏生開著拖拉機來了，見到姜雄傑，他大吃一驚，半晌沒有說出話來，見瘋子不瘋了，他高興得跳起腳來，連說因禍得福、因禍得福！他便發動了手扶拖拉機，讓他們倆坐上，突突突地顛回了金牛鎮。姜瘋子不瘋了的消息轉瞬間便傳遍了金牛鎮，人們紛紛來探視，將姜雄傑的一間宿舍擠得滿滿的，學生便一個個將鼻子貼在窗玻璃上向裏張望。

黃書記也來了，他握著姜瘋子的手說：「姜老師，病好了就好，病好了就好，再休息一段時間，就可以工作了。」

姜雄傑笑笑，點點頭。

來探望的人們走了以後，姜雄傑才想到他好像做了一個長長的惡夢，他好像走過了一個漫長的黑夜，真是夜長夢多呀！

六十九、夜長夢多

下雨了，蛤蟆坡就如同一隻張大嘴巴朝天的蛤蟆，在吞嚥著傾瀉下來的雨水。今天，牛漢國讓麻大哥留在蛤蟆坡，讓他將岸邊的木排和木料用竹麻拴住，以免被水沖走。麻大哥忙乎了大半天，將該做的一一做好，收工回了屋。晚飯麻大哥與牛

麗莉兩個人吃，顯得有些冷清，麻大哥卻有一搭沒一搭地找話說，牛麗莉近來覺得有些疲憊，也就隨口應付地回答了兩句。吃完飯，牛麗莉便早早地回了房間。

在房間裏百無聊賴地翻著《鋼鐵是怎樣煉成的》，書的封面早被撕去了，也不知道這本書經過多少人的手，她從小宋那裏拿到後，就迫不及待地讀完了，她深為保爾與冬妮亞的愛情而可惜，她深為保爾曲折坎坷的人生而同情，她特別為保爾與闊別的冬亞邂逅的一幕而浮想聯翩，甚至將自己比做冬妮亞，將小宋比做保爾，並衍化出她自己與小宋之間一段充滿浪漫色彩的情愛故事。

窗外的雨仍然不停地下著，有人在輕輕地敲門，麗莉下床將門打開，見麻大哥笑嘻嘻地站在門口。「有什麼事嗎？」麗莉有點不耐煩，她總覺得麻大哥色迷迷的眼神中有著奸詐。

「長夜難眠呀，想找你聊聊天。」麻大哥狗皮膏藥一樣。

牛麗莉本來想將麻大哥關在房門外，麻大哥這樣說，她倒有些不好意思，再說這下雨天也特別乏味。便將麻大哥讓進了房間，順手用自己的杯子給他倒了一杯水。

麻大哥接過杯子，將水喝得吱吱響，還用嘴唇不停地含著杯子口。

麻大哥眯著小眼睛問：「麗莉，你的大好年華在這大山裏浪費了，不可惜嗎？」

牛麗莉冷冷地說：「並不是我一個人，許多人的大好年華都在這山裏度過的。」

麻大哥又說：「我是讚賞『人生得意須盡歡，莫使金尊空對月』的，人生短暫呀！」

牛麗莉有點忿忿然地說：「在這深山老林裏，如何盡歡？如何對月？」

麻大哥回答說：「我總覺得麗莉你一個大美人，將青春年華輕擲在這山林間，可惜！可惜！」

這倒激起了麗莉的無限感歎，她原本就是一個高傲的女孩，只因為這個年代走投無路，才來到這深山老林裏來的，好在遇到了小宋這個單純率真的男子，使她的情感有了點兒寄託，但是何時能夠擺脫目前這種生活狀況，何時才能夠有自己嚮往的生活，這仍然十分渺茫。想到此，麗莉的眼眶濕潤了。

麻大哥十分同情地說：「不必悲傷，不必流淚，青春幾何，得樂且樂。」麻大哥用手撫摸著麗莉的背。

牛麗莉有了點警覺，將麻大哥的手拂開，冷漠地說：「別動手動腳的。」

麻大哥嬉皮笑臉地說：「別太一本正經了，讓我麻大哥和你親熱親熱。」說著麻大哥伸手便要摟抱麗莉。

麗莉趕緊站起身，掙脫了麻大哥的雙臂，嚴厲地說：「麻大哥，你給我出去！」一副凜然不容侵犯的模樣。

麻大哥仍然一臉嬉皮笑臉，站起身往門外走去，說：「跟你開個玩笑，就這麼認真，開不起玩笑，我走，我走！」

牛麗莉砰地一聲將門關了，麻大哥被關在門外，搖搖頭回了自己的房間。

夜長夢多，麻大哥睡不著了。在這個大雨滂沱之夜，在這個深山老林，在這個屋簷下，除了房東老兩口，就是他與牛麗莉了。他窺見過的牛麗莉赤裸裸的胴體總是在他的眼前晃動，那凹凸起伏的曲線、那豐滿的臀部、那跳動的乳房，使他熱血沸騰，他想擁有這具充滿青春氣息的肉體，他想佔有這個洋溢著生命活力的異性，他想在這個寂靜的雨夜發洩內心鬱積的欲望，他想在這個寂寞的雨夜宣洩血液中凝聚的渴求。麻大哥躡手躡足地來到了牛麗莉的房門口，他將耳朵貼在門上，傾聽著房間裏的聲音，除了窗外雨沙沙的聲響，便是房間裏均勻輕輕的鼾聲。

　　麻大哥用一根鐵釘伸進門縫裏，輕輕地將木頭的門閂挑開。

　　牛麗莉剛剛進入了夢鄉，覺得有一隻手伸進了被窩，伸進了她的上衣，輕輕地在她的乳房上揉著搓著，癢癢的，麻麻的，是小宋的手？她不禁有些難以自持。那手又伸進了她的下身，在她的下身揉著搓著，癢癢的，麻麻的，她不禁呻吟起來。一個舌頭伸進了她的嘴裏，麗莉醒了，見一個男人騎在自己的身上，一張麻臉隱隱約約。牛麗莉大吃一驚，她竭力想推開這個壓在自己身上的人，但是他在她的身上壓得死死的，像一座山峰壓著她一般。牛麗莉驚叫了一聲，那人揮動拳頭對準她的頭就是一拳，她暈了過去。

　　牛麗莉再次醒來已是午夜時分了，她單獨一人在房間裏，她已經被剝得一絲不掛了，撫摸著被人蹂躪過的肉體，牛麗莉禁不住大聲地哭了。

　　雨仍然不停地下著，風仍然不停地颳著，雨和風掩蓋著牛麗莉的哭泣聲，似乎要將這個世界的一切罪惡掩蓋。

七十、世界

　　姜雄傑曾經走進了一個沒有煩惱與痛苦的世界，他麻木地在金牛鎮上徘徊，他形影相弔踽踽獨行與世無涉，他幾乎成為金牛鎮的一個風景，人們已經習慣了作為瘋子的他的存在。他被手扶拖拉機撞醒以後，他漸漸地記起了過去的一切，記起了他的嚮往他的奮鬥，當然也記起了他那部被焚燒了的長篇小說手稿，他想重新著手這部長篇小說的寫作，雖然手稿被毀，但是小說中的情節仍然爛熟於心，因為這是他生命中的一部分。

　　現在金牛鎮的人們好像對姜老師的他有些不習慣了，因為他已經清醒了，他們習慣是姜瘋子的他，習慣姜瘋子每天彳亍在石板路上叫著「要文鬥，不要武鬥」，而現在當他再次行走在石板路上時，人們卻用十分驚疑的眼光望著他，好像是在望著一個瘋子。他去鐵匠鋪答謝況鐵匠，是況鐵匠將他送去了醫院診治，是況鐵匠給他買了一身新衣裳。來到鐵匠鋪門口，姜老師見木呆呆地坐在門檻上的梅梅，他與梅梅打招呼，梅梅卻好像沒有聽見一般。況鐵匠正在給樂樂餵粥，樂樂手舞足蹈，況鐵匠手中的調羹不小心被碰落在地上，粥濺了況鐵匠一身。

姜老師問況鐵匠梅梅的情況，瘋了幾年的他對於金牛鎮上的許多事情都缺少瞭解。況鐵匠將陳公子搶親搶錯了梅梅、梅梅被輪姦的事情告訴了姜老師，姜老師聽了唏噓不已。姜瘋子曾經在金牛鎮的石板路上彳亍，雖然他似乎對於眼前發生的諸多事情麻木不仁，但是鐵匠鋪火紅的爐火、鐵匠鋪婷婷、梅梅這一對姐妹，像照相的底片一般烙在他的心底，難以抹去。當知道婷婷已經出嫁，況鐵匠獨立照顧著梅梅、樂樂時，姜老師有點為況鐵匠的生活而擔憂了。

　　姜老師瘋了以後，金牛鎮完全小學作了調整，由黃書記的女兒黃新秀擔任了校長，瘋子不瘋了以後，學校暫時沒有安排他的工作，姜雄傑將他的主要精力又放在了他的小說創作中，他隔三差五地去鐵匠鋪幫助況鐵匠照顧梅梅、樂樂，樂樂已和他很熟了，見到他就要他抱，梅梅也好像認識了他，見到他也對他點點頭。

　　姜老師後來去縣醫院複查了兩次，醫生的診斷認為他的瘋病的痊癒是一個奇跡，目前他的狀況比較良好。金牛鎮熱心的人們開始關心起姜老師的婚姻大事，但是對方一聽到是一個曾經發過瘋的男人，都拒絕了此事。姜老師倒依然故我，依然一心在寫他的長篇小說，這是他的夢、他的理想，他想寫出金牛鎮的過去、現在與未來，他對於生活有了比過去更為深入的思考，他想雖然小說的初稿被毀了，但是他相信他寫出的這一稿一定會比初稿更加成熟、更加深刻。

　　姜老師的長篇小說完稿的時候，他做出了一個十分大膽的舉動，他對況鐵匠說，他要娶梅梅為妻，他說在他的夢境中出

現的妻子，也就是梅梅的模樣，他說梅梅過去的活潑開朗曾經給他十分深刻的印象，坐在門檻上呆呆的梅梅也成為瘋子時期的他眼中的烙印，他說他娶了梅梅，他會細心地伺候照顧梅梅的，他相信在他的照顧下，梅梅的病情一定會好轉的，甚至會像他自己一樣出現奇跡，恢復到以前那個活潑開朗的梅梅的。他還說他喜歡樂樂，他會照料好樂樂的，有了樂樂，他們的家庭會有歡樂。他還說無論如何，他會照料好梅梅、樂樂的，因為這就是他生活的唯一。

　　況鐵匠最初不同意，一是認為這會給姜老師帶來麻煩和負擔，二是認為梅梅、樂樂離開他，他也有點不放心。姜老師最後與鐵匠達成了協議，結婚後梅梅、樂樂仍然在鐵匠鋪住，姜老師搬來鐵匠鋪，與況鐵匠一起照料他們，這才使況鐵匠讓了步。

　　嗩吶聲聲將新郎姜老師送進鐵匠鋪的時候，姜老師收到了省出版社的來信，請他去出版社修改長篇小說，準備在他們出版社出版姜老師的長篇小說，這成為姜老師新婚最好的禮物。這大概應了一句俗話：「善有善報，惡有惡報。」

七十一、惡報

　　黃書記將麻大哥強姦牛麗莉的事匯報到了公社，公社又匯報到了縣裏，縣革委會覺得強姦女知識青年事情十分嚴重，下

達命令讓公社武裝部先將肇事者關押起來，再對於該案件著手審訊，麻大哥被公社武裝部陳部長派人來抓去了。過了兩個星期，縣裏通知將此案件作為重大案件公開審判，審判的地點就放在金牛鎮。

出事後，小宋一直陪著麗莉，他勸慰麗莉別太傷心了，並告訴麗莉，縣裏即將公審麻大哥，可以出一出她的怨氣了。麗莉聽了，並沒有表現出任何高興的神色，她想一隻碗已經被打破了，就將打破碗的人處置了，這碗也不可能再復原了。麗莉有些自卑，她有些故意疏遠小宋。牛漢國回來後，狠狠地揍了麻大哥兩個嘴巴，氣憤不過的麗莉也踢了麻大哥幾腳，看著麻大哥被公社武裝部押走，他們都還有些不解氣。

金牛鎮的古戲臺成為了一個審判臺，戲臺的上方懸掛著「強姦犯丁永泉公審大會」的橫幅，戲臺的柱子上貼著「打倒強姦犯丁永泉」、「誰破壞知青運動，就打倒誰」的標語。在金牛鎮召開這樣的公審大會，還是第一遭，令人想起況鐘當年的廉潔嚴明。人們都在打探丁永泉是誰，人們都只知道麻大哥，而不知道丁永泉。古戲臺下，如觀摩電影一樣坐滿了觀眾，這是大隊通知人們必須參加的，不參加的一律扣除工分。

主席臺上坐滿了縣委和公社的領導，公審大會由公社革委會主任、公社武裝陳部長主持，一輛縣武裝部的警車拉著警報押解著丁永泉來到會場。陳部長激情昂揚義憤填膺地說：「將強姦分子丁永泉押上臺來！」兩名荷槍實彈的公安人員一左一右將麻大哥押上了臺。口號聲響了起來：「打倒強姦犯丁永

泉！」「誰破壞知青運動，就打倒誰！」麻大哥的臉色灰黃，已經沒有了平時的油滑，他怯怯地站在臺上，將頭低得很低很低。陳部長訴說丁永泉的罪狀，條理清楚罪證確鑿。坐在臺下的大老李對小張、小孫說：「這麻大哥，總是貪圖這些，俗話說兔子不吃窩邊草，這麻子只要是草，他都想吃，管他窩邊不窩邊的。現在好了，小頭舒服，大頭吃苦！」

接著，縣革委會主持知青工作的書記講話，他強調了毛主席發起的知識青年上山下鄉工作的重要性，強調了知識青年接受貧下中農再教育的重要性，提出了任何破壞知識青年上山下鄉運動的人都會受到嚴厲懲罰，任何對知識青年圖謀不軌的必定會嚴加懲處。他最後宣佈：「經過縣革命委員會審定，強姦犯丁永泉犯強姦女知識青年罪，判有期徒刑十五年！」

陳部長一字一頓地宣佈：「將強姦犯丁永泉押下去！」

麻大哥被押下了臺，押進了警車，警車拉響了警報，駛離了金牛鎮。

牛麗莉沒去古戲臺，她不願意在這樣的場合拋頭露面，讓別人指指點點。小宋也沒去，他陪伴著麗莉，在況家祠堂聽候審判的消息。

牛漢國回來了，旺旺緊緊地跟隨在他的身後，旺旺幾乎成為了牛漢國的影子，只要牛漢國不撐排，看到牛漢國就會看到旺旺，見到旺旺也常常能夠見到牛漢國，他帶來了麻大哥判刑十五年的消息，他也沒有去古戲臺，一個人躲到哪裏喝酒去了，他因麻大哥而氣憤，打狗還得看主人面，這麻大哥竟然強

姦了他的侄女；他也有些遺憾，這麻大哥幹活還不錯，就是這點嗜好總是不改，現在麻大哥被判刑了，他的手下就少了一名幹將。

牛麗莉告訴叔叔牛漢國她想回去了，牛漢國點點頭，也沒有多留她。牛漢國告訴小宋，後天他們要去燕窩崖放竹排。

七十二、燕窩崖

燕窩崖離蛤蟆坡十里路，因為這裏有一面山崖常常有燕子在此做窩，採藥者常常在此地用一根繩索從懸崖頂上掛下，懸在崖壁上搜尋燕窩，這裏便被稱作燕窩崖。來到燕窩崖，常常看到燕子在這面石崖前翻飛，在石壁上做窩，嗷嗷待哺的小燕子們便張著黃黃的小嘴，你爭我奪地等待著燕子媽媽的餵食。小宋為這裏的景緻所吸引，他居然站在石崖底下半個時辰，觀賞著大自然演繹的這幕生命樂章。

山裏的河只要雨一停，河水過不多久就會清了許多。燕窩崖河灘由於是石灘，此處的河水便特別清澈，在河灘邊紮排，那河水宛如一塊碧玉一般，倒映著崇山峻嶺，倒映著古樹竹林，那河裏魚兒一群一群地游動著，讓人羨慕魚兒的自由自在，尤其是陽光照在河水上，將一條條魚兒的身影映在河底，將山上的樹影映在河底，使人嚮往著這個充滿著生命活力的水

世界。牛漢國告訴小宋，李阿嬌來信了，並寄來了幾張兒子的照片，英俊瀟灑，像一個男子漢了。

麻大哥出事後，牛漢國的麾下少了一員幹將。牛漢國讓小孫留在燕窩崖紮排，牛漢國和小宋放一掛排，大老李和小張放一掛排，兩掛竹排一前一後往下游撐去。牛漢國讓小宋在排頭上撐著，小宋已經熟悉了這條河上的水道，已經掌握了撐排的訣竅，牛漢國也讓小宋多鍛煉鍛煉，在過烏龜背、牧羊坡等險灘時，牛漢國才上前撐幾篙。大老李與小張在後面的一掛竹排上，大老李也讓小張在排頭撐著。

竹排過狼牙石時，河道中間猙獰的狼牙石如張開一個血盆大口，面對著駛來的竹排、木排，小宋有些怯，趕緊用力撐了幾篙，牛漢國搶上排頭，將竹篙往崖壁上撐了幾篙，竹排避開了猙獰的狼牙，往河道中間順流而下，小宋輕輕地舒了口氣，竹排往一個深潭漂去。突然，小宋聽見後面竹排上的幾聲驚叫聲，聲音顯得有些緊張，甚至有些恐怖。牛漢國趕緊讓小宋將竹排停靠在岸邊，用竹麻繫在岸邊的大樹上。牛漢國和小宋沿河邊往後跑，來到狼牙石，他們大吃一驚，見靠近狼牙石的石壁旁，竹排被打住在崖壁上，小張站在排頭，大老李在靠近崖壁的水裏，三排前端的一根毛竹杪捅進了大老李的胸口。

牛漢國趕緊跳下水，輕輕地將大老李拽離了毛竹杪，讓小宋、小張一起將大老李抬上了竹排。大老李在竹排上人事不省，他胸口被毛竹杪捅出了一個血肉模糊的窟窿，那窟窿裏正不停地往外冒血泡，竹排上不一會兒就流下了一灘血。小宋見

到此情此景，有些毛骨悚然，他怕大老李就此一命嗚呼了，小張站在一旁人都在顫抖著。牛漢國到底是在戰場上見慣了鮮血、見慣了死傷，他迅速地脫下他的一件白襯衣，將襯衣塞進了大老李還在冒血泡的傷口裏，他知道如果空氣進了大老李的胸腔，那麼就更是凶多吉少了。牛漢國讓小宋趕緊砍下一個竹排斗，他將大老李迅速送下金牛鎮。

牛漢國撐的竹排斗子在他們的眼中消失了以後，小宋問起了小張事故的原委。小張仍然有些餘悸，他告訴了事情的經過。大老李見牛漢國讓小宋在頭排上撐著，自己在二排上抽煙，他也讓小張在頭排撐著，他也在二排上抽煙。等竹排進了狼牙石，他才心急慌忙地站起身，衝到二排使勁地撐竹篙，他將手中的竹篙狠狠地貼著竹排下篙，湍急的河水將竹排往裏擠，就將大老李手中的竹篙彎得像一張弓一般，這張弓以其不可阻擋之勢，將大老李彈下了竹排，他落在了二排與崖壁中間。排頭被石壁打住了，前面撐排的小張沒有注意後面大老李落水，他想將被打住的竹排撐開，他使勁地用竹篙去撐石壁，用肩膀頂住竹篙，被打住的竹排被撐開了，三排前端一根毛竹杪如一柄劍一般捅進了大老李的胸腔。小張聽見大老李一聲慘叫，回頭一看，他立刻驚叫了起來。

牛漢國迅速將大老李送到金牛鎮衛生院做了一些緊急處理，便將大老李送去了公社衛生院，公社衛生院又派救護車送去了縣醫院，牛漢國一再要求醫院竭盡全力搶救，只要有一點希望，就不能放棄，錢全部由他支付。

牛漢國在手術室外焦急地等候著，等待著手術室裏傳出的消息。他突然想到侄女牛麗莉明天辭別，他不能趕回去送行了。

七十三、辭別

牛麗莉要離開金牛鎮了，小宋來送行，牛漢國傳來口信，他在縣醫院等候。

麗莉出事後，小宋覺得麗莉總有些躲避他，幾次小宋想對麗莉說些安慰她的話，她總是默默地躲開了。早飯後，小宋來到麗莉的房間，幫助麗莉整理行李，行李打點完畢。小宋將麗莉的行李歸在一處，他抬眼望著麗莉憂鬱的臉，問麗莉今後打算如何？麗莉沒有抬頭，只是淡淡地回答說，總還得生活下去吧。小宋憐惜地用手在麗莉的背上撫摩了一下，麗莉卻如同觸電一般跳了起來，驚叫著：「你別碰我，你別碰我！」小宋苦笑了一下，說：「不碰你，不碰你！」

房間裏陷入了沈默，如同風暴以後的沉靜。

過了一會兒，麗莉打破了房間裏的沈默，她問小宋，今後有什麼打算？

小宋戲謔地回答說：「總還得生活下去吧。」

麗莉用手捏著衣角，輕輕地說：「從此以後，你就忘了我吧！」

小宋說：「怎麼可能忘了你呢，很多事情一輩子都是難以忘卻的！」

　　麗莉說：「很多事情是想忘卻也難以忘卻的。」

　　小宋說：「我這輩子大概是永遠不會忘記你的。」

　　麗莉說：「我希望你能夠忘記我，走自己的路。」

　　小宋說：「忘記了過去，就意味著背叛。」

　　麗莉說：「如果能夠將過去忘卻，我是情願做一個背叛者的。」

　　他們倆你一句我一句地說著，顯然兩人談的並非是一件事情。

　　在出門前，麗莉輕輕地擁抱了一下小宋，小宋想親她一下，她躲開了。

　　他們倆走在往金牛鎮的山路上，小宋用扁擔挑著麗莉的行李，麗莉在後面走著，兩個人好像都沒有什麼話說了，默默地在這寂靜的山道上行走著。

　　麗莉心裏想著，自己已經是一個被姦污了的女子，她不想讓別人將她作為一個包袱對待，雖然她是真心愛著小宋，但是她想為小宋著想，她不能耽誤小宋的人生，她想小宋今後一定會有更加順暢的人生。

　　小宋心裏想著，麗莉的心理上一定有了負擔，他覺得麗莉是一個好女子，他同情麗莉的遭遇，他想為麗莉承擔一些什麼，他覺得他有這樣的責任，他想保持與麗莉的關係，但是麗莉始終保持著與他的距離，麗莉的離別，他並沒有如釋重負的感覺，倒覺得他的心理負擔更重了。

　　到了金牛鎮林場，他們搭車去了縣城，在縣醫院與牛漢國道別，牛漢國說大老李已經基本沒有生命危險，只是前胸的肋骨斷了兩根，後胸斷了一根，左肺葉也被刺破了，還好未刺到心臟，只要再刺左半寸，大老李就沒有命了。

　　在縣汽車站，小宋將麗莉的行李送上車，將她的行李一一放好，當長途汽車即將啟動時，麗莉的眼淚流了下來，她走上前來，緊緊地擁抱了小宋，給了小宋一個長長的吻。小宋的眼淚也控制不住了，他哽咽地告訴麗莉，堅定地生活下去，樂觀地生活下去，他讓麗莉給他寫信，他以後會去看她。

　　望著遠去的車子，望著麗莉悲戚的面容，小宋在車站站了很久很久。

　　小宋在回金牛鎮的路上，居然看見了婷婷，婷婷回娘家探望。

七十四、回娘家

　　婷婷出嫁後，還是第一次回娘家，雖然她的娘早已去世，但是回家仍然叫回娘家。婷婷生了個男孩，是山村裏的接生婆接生的，山村裏交通不便，接生婆就成為山村裏的一種職業，附近懷孕媳婦的情況接生婆瞭解得八九不離十，由於赤腳醫生事業的發展，山村的接生婆往往也學習了一些醫學知識，公社衛生院也組織這些接生婆培訓，對於接生過程中的消毒規定得

特別嚴，因此山村裏接生婆的接生便比以往事故少得多。婷婷生下一個土頭土腦的男孩，篾匠公公喜出望外，對於婷婷可謂照料備至，讓女兒在前前後後忙碌著。

孩子滿月了，婷婷提出要回去看看，梅梅與姜老師結婚時，婷婷因為懷孕也沒有回家，篾匠考慮再三同意了。自婷婷出嫁後，況鐵匠也再沒有見到過婷婷，婷婷生孩子鐵匠原本想去探望，但是由於感冒發燒，走不動這幾十里山路，也就沒有前往。篾匠準備了幾隻竹籃、幾床篾席，作為給親家的禮物。婷婷將孩子用一塊花布兜著，用寬寬的布繩將孩子背在背上，弱智丈夫當然不能隨往，仍然讓他去放牛，篾匠公公就陪同前往，篾匠覺得與婷婷兩個人回門有些不妥，便讓女兒同行，一路上也可以幫助背背孩子，他們三人便走在了去金牛鎮的山路上。

第一次來到山道上的孩子，覺得特別新奇，東看看，西望望，竟然手舞足蹈特別興奮，一路上，婷婷奶了三次孩子，在山林間敞開懷奶孩子，婷婷覺得特別舒暢，山林間的風涼涼的，吹拂在胸口，特別爽快，孩子吸吮著乳頭，乳汁不斷地吸入孩子的嘴裏，激起婷婷一種母愛的溫存。篾匠在婷婷奶孩子的時候，就坐在一旁關注著奶孩子的全過程，一種十分欣慰的表情流露在臉上。一路上，篾匠讓他的女兒背著孩子，快到金牛鎮時，才讓婷婷背。

跨進鐵匠鋪，婷婷覺得特別親切，這個曾經度過她人生最歡愉最無憂慮歲月的家，放下孩子，婷婷好像又回到了她的少女時代。況鐵匠見婷婷回來，趕緊停下了手裏的活兒，走上前

來，將女兒婷婷擁在胸前，他的眼眶便濕潤了。見篾匠父女在一旁，況鐵匠趕緊讓座倒茶。婷婷知道梅梅與姜老師結婚了，分外高興。樂樂已經開始學走路了，而且正牙牙學語呢。梅梅見到婷婷，她笑了一笑，顯然梅梅的情況已有所好轉。姜老師來到鐵匠鋪後，鐵匠鋪裏多了點書卷氣，鐵匠鋪的牆壁上貼了幾張畫，還貼了一張姜老師臨摹的書法作品。梅梅的房間也變得十分整潔了，一張新的書桌上是姜老師上課的課本和學生的作業本。

婷婷又拿起了錘子，在鐵匠鋪打起了鐵，火紅的爐膛，火紅的鐵塊，一錘一錘砸下去，婷婷覺得特別舒暢。

況鐵匠買了一瓶酒，炒了幾個菜，招待親家篾匠父女倆，並請姜老師作陪。婚後的姜老師，常常抽時間陪伴梅梅，不管梅梅的神情如何，他都絮絮叨叨地對梅梅說著什麼，他期望能夠讓梅梅有所恢複，他知道親人之間的交流是最重要的。結婚後，梅梅的病情已有所好轉，她不再每天坐在門檻上發呆，她基本上能夠照料好樂樂了，這使況鐵匠和姜老師都感到欣慰。

午飯後，篾匠提出回去了，況鐵匠想留他們住幾天，篾匠說還有活兒等著回去做。況鐵匠便送了他打的幾把菜刀、柴刀給篾匠，婷婷哭著與梅梅、樂樂告別，姜老師把他們送上了山道。

望著婷婷等人走上金牛嶺的山道，姜老師不僅有些感慨，他忽然覺得人往往難以抗拒命運，冥冥之中的巨掌總是左右著人的命運，人必須要與命運作鬥爭，但是人往往又難以抗拒命運。

七十五、命運

　　大老李在縣醫院住了一個月，總算保住了一條命，他知道如果不是牛漢國，他這條命就被閻羅王收去了。縣醫院有個外科醫生，醫術很高明，他是被打成右派發配到此地的，後來被縣醫院發現，重新操刀從事外科手術。幸虧有了這位醫生，大老李的手術才做得這樣成功，右派醫生用不鏽鋼替換了被刺斷的肋骨，使得大老李不僅死裏逃生，而且能夠站立起來。大老李在縣醫院診治期間，牛漢國常常前來探望，大老李治病的錢款都是牛漢國掏的，大老李有些過意不去，牛漢國卻說，錢是有用的，但是錢並不能代表一切，出一點錢能夠將病治好，是最大的收益。

　　大老李顯然不能再從事撐排這樣的重體力勞動了，公社的養鴨場需要人養鴨，知道大老李的情況，便有人與大老李聯繫，他覺得養鴨的這個活兒比較適宜於他，公社養鴨場管吃管住，每月還開工資。大老李就同意了，等到他出院，就去養鴨場上任。

　　那天，小宋去縣醫院將大老李接出了醫院，將大老李的一些行李直接送到了公社養鴨場。大老李想與排工們道個別，並向牛漢國表達他的謝意，小宋便陪同大老李來到了燕窩崖。牛漢國他們正在河灘邊紮排，大老李遠遠望見了，他快步走上前，在牛漢國的面前就雙膝跪下了，口中絮絮地說道：「感謝

牛大哥的救命之恩，感謝牛大哥的救命之恩！」牛漢國趕緊將他扶起，說：「大老李，別這樣說，你這樣說就見外了。」大老李站起身，他的眼眶濕了。小張、小孫、小宋在一邊也有點感動，經歷了狼牙石那慘痛的一幕，誰也不會無動於衷的，小張甚至在一邊哭了起來。

大老李告訴老牛，他要去公社養鴨場養鴨，以後要吃鴨子吃鴨蛋可以找他。牛漢國也為大老李找到這樣一份工作而高興。大老李從背包裏拿出兩瓶酒，說今天是來向大家道別的。

在燕窩崖，在河灘邊，這些同甘苦共命運的排工們，就著回餅、乾菜喝酒，酒瓶在大家的手中傳遞著，沒有更多的話語，沒有更多的表情，大家默默地就著酒瓶，一口一口地喝著，一直喝到兩個酒瓶底朝天。

大老李說他要去公社養鴨場了，明天就可以開始工作了。牛漢國拍拍他的肩膀說，保重身體。

臨別前，大老李又在河灘上跪了下去，他向牛漢國磕了一個頭，向排工們磕了一個頭，場面有幾分悲壯，小宋的眼淚流了下來，他望著大老李高大的身軀在山道上消失，他為排工們的命運而感慨。

天漸漸陰了，天上飄來了一些烏黑的雲朵，牛漢國說天氣預報近兩天有暴雨，可能會釀成洪水。

七十六、洪水

　　牛漢國他們冒著雨將木排放到金牛鎮林場，交了木排，便與小宋一起來到況家祠堂。

　　小宋炒了幾個菜，與排工們一起喝了幾口酒。這雨一開了頭，就好像煞不住腳一般，雨水嘩嘩嘩地倒下來一樣，天井裏的雨水來不及排洩也湧了上來，小馬拿竹竿通排水口，讓積水能夠迅速排出。牛漢國望望灰濛濛的天說：「這鬼天氣，又要漲大水了！」況家祠堂傍河地勢低，金牛河水一漲上岸，這裏便首當其衝。不會水的知青小馬很擔心漲水，他撐著一把油布傘，隔一會兒便去河邊探望水勢，他怕河水漲上岸來不及撤走。

　　小馬再一次來到金牛河畔，雨打在傘頂上劈劈啪啪地響，河水不斷地上漲著，已經變得十分渾濁、兇猛，上游山林中的枯枝敗葉、竹子、木料都隨流漂了下來，在河心裏逐浪翻滾著、碰撞著、盤旋著，偶爾可以見到上游被沖垮房屋的椽子、門窗，被沖下來的豬、鴨，可以見到被沖下河的桌子、條凳等等。金牛河的水已經逐漸蔓延到了岸上，河邊的小徑已被水淹沒了，小馬只能用腳試探著一步一步地走著。他匆匆地回到了況家祠堂，告訴小宋和排工們說：「河水已經漲上岸了，再不走就來不及了。」房東的家人早已撤走了，去了親戚家借住。小宋用樓梯將一些物品放到了閣樓上，與牛漢國、小馬等人撐著傘撤離了況家祠堂。

　　生產隊的倉庫在靠機耕道附近，地勢比較高，小宋、小馬他們都去了倉庫的廳堂裏，雨還沒有停的跡象，他們幾個開始打撲克。牛漢國說去看看惠德婆婆，不知道洪水是否淹了惠德婆婆的住處。小宋便與牛漢國一同去。惠德婆婆住在靠河邊乾打壘的屋子裏，山村裏有錢人家才造磚瓦房，沒錢人家大多造乾打壘的房屋，造屋時用兩塊木板夾住，將黃泥放進木板中間，將泥土夯實，這種屋子被稱為乾打壘，它特別怕水，一浸水就會倒塌，牛漢國擔心著惠德婆婆的房屋。水已經將去那邊的路封了，上漲的河水威脅著金牛河邊傍山的村莊。雨仍然發瘋般地嘩嘩地下著，河水仍然不停地漲著，河邊的田地已經被淹了許多。

　　牛漢國來到木橋邊，這裏的木橋已經被洪水沖垮了，木橋的橋墩被纜繩牽著在河裏飄蕩。黃書記和大隊幹部們正在商量過河營救的事情，除了惠德婆婆，河對岸還有幾戶人家尚未撤出，金牛鎮的大隊幹部中會水的不多，見牛漢國和小宋前來，他們喜出望外。牛漢國提出由他與小宋撐一個竹排過河，去將河對岸的村民撤離出來。黃書記動員村民們去扛了一些毛竹，牛漢國和小宋迅速紮起了一個竹排斗子，將竹排小心翼翼地放下河，他們想牽一根繩索到對岸，以助於竹排回來時可牽著這繩索。牛漢國站在排頭，小宋站在排後，迅速地努力將竹排撐去對岸。河中的各種雜物紛紛撞向竹排，湍急的河水將竹排往下游沖，牛漢國用力將竹排往上游撐，小宋在後面也用力撐去，竹排艱難地向河對岸撐去，幾次幾乎被大水沖了回來，幾

次牛漢國眼明手快，避開了雜物的沖撞，頂住了洪水的沖擊，終於將竹排撐到了對岸，河這邊的人和竹排上的人都鬆了一口氣。

　　牛漢國將繩索牢牢地綁在河岸的一棵大樹上，將竹排往村莊裏撐去。村莊裏的房子已經被水淹了半截，他們先將竹排撐去了惠德婆婆的住處，喊了幾聲，房屋裏傳出低弱的回應。牛漢國將竹排撐去門邊，門被淹得只剩下一米不到的空間，牛漢國趴在竹排上，讓小宋將竹排往門裏撐去。竹排的一大半撐進了門，牛漢國從竹排上起身，見惠德婆婆正坐在架在床上的一張桌子上，望著腳下不斷上漲的河水不知所措。牛漢國跳下竹排，趕緊將惠德婆婆背下床，將她放到竹排上，出門時牛漢國讓惠德婆婆與他一起躺倒在竹排上，小宋將竹排撐了出來。他們又將竹排又撐去了別處，在一棟磚瓦房門處，聽到了況仁山一家的回應，磚瓦房的門楣高大，他們便將竹排撐進了門，況仁山的一家都已上了閣樓，小宋登上閣樓，將況仁山一家四人牽到了竹排上。竹排上載了七個人，牛漢國示意將竹排往回撐。正當他們將竹排往回撐時，只聽到背後轟隆一聲，惠德婆婆的乾打疊的房屋經不起洪水的浸泡，整個倒塌了，幸虧搶救及時，不然惠德婆婆就會葬身洪水中了，牛漢國和惠德婆婆都倒吸了一口涼氣。

　　雨還在下著，牛漢國和小宋一前一後將竹排往對岸撐。洪水還在繼續漲著，牛漢國使勁撐著排，小宋用力拽著那根綁在大樹上的繩索，竹排上的人與對岸的人們心都緊揪著，黃書記在岸邊大聲地叫著，卻被滔滔洪水與嘩嘩的雨聲所淹沒。竹

排不時需要避開上游漂下來的雜物，牛漢國全神貫注地撐著，小宋望著上游漂下來的東西，避免砸到竹排，一根竹子斜刺裏沖向竹排，竹排躲避不及被竹子撞了一下，竹排被撞得轉了個圈。小宋趕緊將這根毛竹撥開，使勁拽著繩索，讓竹排往對岸而去。等竹排抵達對岸，牛漢國和小宋幾乎筋疲力盡了。牛漢國將惠德婆婆背上岸，黃書記等人將況仁海一家四人牽上了岸。牛漢國和小宋渾身都濕透了，也不知道是雨水，還是汗水。

不知道什麼時候，黃狗旺旺來到了河邊，它十分關注著牛漢國的動靜，牛漢國一跳上岸，它就搖頭擺尾地迎了上去，在牛漢國身邊蹭來蹭去，一副十分親熱的樣子，好像也是為牛漢國擺脫了危險而歡呼，也不管雨將它的毛都淋濕了。

牛漢國拍了拍旺旺的頭，笑笑，說：「他娘的，這水實在太大，再晚一步，惠德婆婆就沒救了。」

小宋將濕漉漉的衣服脫下，絞出了一灘水。

河對岸還有幾戶人家未救出，牛漢國與小宋又將竹排往河對岸撐去。雨還在下著，河水還在漲著，雖然有一根連著兩岸的繩索，使竹排到對岸稍稍方便了一些，但是從上游沖下來的竹子、木料越來越多了，竹排時時撞到一些東西，小宋與牛漢國使勁拽住繩索，竹排艱難地往對岸而去。

牛漢國和小宋的竹排又營救了兩位來不及撤走的老人，他們倆將竹排繞著村子走了兩圈，喊叫了一陣，直到沒有回應了，他們倆才將竹排往回撐。

河水越來越湍急，拉在河兩岸的這根繩索被水沖得繃得緊緊的，他們倆將竹篙放在竹排上，牛漢國和小宋使勁拽住繩

索，讓竹排往對岸移動。兩位老人臥在竹排上，冷得直打顫，他們使勁抓住竹排，唯恐被洪水沖走。湍急的河水不停地將竹排往下沖去，牛漢國與小宋已幾乎筋疲力盡，但是他們仍然使勁抓住繩索，讓竹排一寸一寸地往前挪動。對岸的人們都緊張地注視著河中心的竹排，旺旺也站在河邊注視著河心的竹排，發出一陣陣驚恐的叫聲。

竹排一寸一寸地往河對岸移動，越來越靠近河岸，一根毛竹沖了下來，撞到了竹排上，小宋趕緊伸手將毛竹撥開。一根巨大的原木向竹排沖來，牛漢國對小宋大聲叫喊：「抓住繩索，別鬆手，別鬆手！」竹排要躲避開原木，已經不可能了，牛漢國、小宋使勁地抓緊了繩索，「砰」地一聲，原木撞在了竹排上，竹排幾乎轉了個圈，小宋差一點被撞下河去，好在他的手抓得緊，才避免了落下水。

竹排終於抵達了對岸，小宋上了岸，牛漢國讓兩位老人上岸，小宋與岸上的人們伸手將老人接應上岸。當第一位老人上岸以後，第二位老人顫顫巍巍地起身準備上岸的時候，突然上游沖下的一根枯樹撞上了竹排，老人站立不穩，被撞下了竹排，落入河中。岸上的人們驚叫了起來，正拽住竹排的牛漢國見狀便跳下河去，伸手去抓那老人，轉瞬之間他們倆都被洶湧的河水往下游沖去，激起岸上人們的一陣驚呼。這時，正在岸上等候著牛漢國上岸的黃狗旺旺，突然飛竄進了河裏，顯然它是想去救牛漢國的，卻也被湍急的河水一起捲進了奔騰的浪濤中，它與牛漢國的身影一起消失在滾滾的波濤之中。

岸上的人們驚呆了，小宋在岸邊大叫：「老牛，老牛！」其他守在岸上的人一起順著河岸往下遊跑去。

雨還在下著，水還在漲著，落下河的老人不見了蹤影，跳下河的牛漢國不見了蹤影，竄下河的黃狗旺旺也不見了蹤影。小宋站在河岸上，站在雨中，他禁不住嚎啕大哭起來，他從來沒有這樣傷心過，望著湍急的河水，望著波濤滾滾的河水，他有些束手無策，他知道被這樣的洪水捲走是凶多吉少，不被河中的原木撞傷，也會被河中的大石撞死，甚至撞得脫掉幾層皮。

黃書記叮囑其他大隊幹部，今天洪水太大了，要搜尋落水者，已經是無能為力了，只有等明天水退下去後，再集中力量尋找打撈。

七十七、打撈

清晨，小宋就來到牛漢國落水的地方，他十分驚奇的是黃狗旺旺居然獨自佇立在岸邊，呆呆地望著金牛河的河水，小宋昨天明明看見它跳進河裏被洪水捲走了的，現在它怎麼又會站在此地呢？它怎麼能夠從湍急的河水中掙扎出來的呢？也不知道它從什麼時候起就佇立在此地了。見到小宋，黃狗旺旺搖搖尾巴，發出了幾聲哀怨的鳴叫聲，並用舌頭舔了舔小宋的手。小宋知道，旺旺的心一定與他一樣沉重，它站在此處是在觀望

著牛漢國的身影，它也在期盼牛漢國能夠掙脫洪水的束縛，期盼牛漢國能夠如它一樣佇立在金牛河邊。但是，這一切似乎不太可能了。

　　從昨天晚上開始，雨就停了，金牛河又恢復了以往的平靜，河水逐漸變清了，上游沖下來的枯枝雜木也少了許多。金牛鎮許多人來到河邊尋找他們的屍體，黃書記帶領著大隊幹部們都參與了搜尋，連惠德婆婆也來了，她一邊流淚一邊在河岸邊絮絮叨叨地喚著牛漢國的名字，幾位被牛漢國他們救出的人也都來了，他們哀痛地參與了搜尋的隊伍。會水的小宋、小孫兩人參加了下河打撈小組，其他人就用竹篙沿著金牛河去尋找屍首。小宋昨天晚上一宿未眠，他在為牛漢國而傷心，他在為牛漢國而祈禱，他希望牛漢國能夠擺脫厄運，能夠死裏逃生，現在看來已經沒有一點可能。小宋與小孫沿著金牛河而下，一路搜尋牛漢國的屍體。淺的地方，他們用腳去踩去探，深的地方，小宋便潛下河底搜尋。金牛河的河面上，仍然飄動著一縷縷霧嵐，沒有曬到太陽的地方，潛下河底水有些涼。小孫不會潛水，便陪伴著小宋一路尋覓，黃狗旺旺在岸邊隨著他們一路跑著。

　　這天從早上到中午，金牛河裏與金牛河邊就有許多人在搜尋，小宋和小孫沿河而下，一直沒有發現牛漢國與另一位被沖下河老人的蹤跡。午後，天氣突然陰沉了起來，雲塊遮住了天穹，山裏河邊就更多了一點涼意。小宋在淺水處踩著探著，心中卻有點兒忐忑，他既怕一腳踩到了屍體，又希望能夠早點尋

找到屍體。一腳踩下去軟綿綿的，小宋就趕緊神經質般地將腳抽回，心裏一陣發麻，但是為了證實是否踩到的是屍體，又不得不再次用腳去試探，甚至潛水下去看看仔細。小孫在邊上鼓動著小宋潛水弄弄清楚。

在他們順流而下了兩個小時左右，在河邊一塊巨石下的深潭中，小宋發現了那位落水老人的屍體，他潛下水去，發現了屍體的輪廓，告訴小孫後，他再次吸了口氣，潛下水去，將老人的屍體拉出了水面，當他們倆將老人的屍體拉上岸後，他們發現老人的臉早已被磨得難以辨認了，老人的衣服也被水沖走了，除了一件褲衩緊緊地繫在腰上以外，一切都被磨得變了樣。他們倆坐在岸邊，將打撈到老人屍體的情況告訴了黃書記。由於有了第一個收獲，他們對於打撈牛漢國屍體就有了信心，小宋和小孫繼續沿著河道往下遊繼續打撈。

暮色漸漸降臨了，金牛河上已漸漸隱入了暮色裏，小宋、小孫不得不停止了搜尋，他們拖著疲憊的腳步回到了金牛鎮。

小宋、小孫他們接連搜尋了三天，仍然沒有找到牛漢國的屍體。小宋已經讓黃書記給李阿嬌打長途電話，告訴牛漢國出了一點事，讓李阿嬌趕快從上海來金牛鎮，黃書記不敢告訴她太具體的細節，怕她受太深的刺激，只是含含糊糊地說牛漢國出了一點事，讓她趕快前來。

李阿嬌已來到了金牛鎮，帶著她的兒子，她瞭解到牛漢國因搶救他人而殉難後，哭得泣不成聲，她原來與牛漢國約定復婚的計劃已不可能了。

七十八、殉難

　　這裏是牛漢國殉難的地方，黃狗旺旺整天佇立在河岸邊，呆呆地注視著河面。惠德婆婆等人在河岸邊設立了一個祭壇，對著金牛河焚香祭奠牛漢國的亡靈。李阿嬌和兒子也來到此處，默默地注視著河面墜淚。金牛鎮大隊已決定停止了對於牛漢國屍體的搜尋，他們請小宋將牛漢國的事跡寫成材料，匯報給了縣革命委員會。

　　牛漢國的屍體一直沒有找到，人們的心上如同壓著一塊巨石，沉痛中又似乎盼望著出現奇跡，小宋心裏總不相信牛漢國會被洪水淹死，他總想牛漢國會擺脫險境，他相信牛漢國有著化險為夷的本領，他甚至盼望牛漢國會突然站在他的面前。

　　惠德婆婆等人天天來河邊焚香祭奠，甚至在河邊擺上了牛漢國喜歡吃的食物，還斟上了一杯酒，放上一包煙，她總是雙手合十向蒼天向山神向河伯祈禱，期望保佑牛漢國的平安歸來。最令人心痛的是黃狗旺旺，它已經懷孕了，腹部鼓鼓的，它每天白天黑夜都守候在河邊，不吃不喝，任憑人們勸說，它仍然忠貞地守候在河邊，守候在牛漢國被洪水捲走的地方。月亮升起來了，在滔滔的金牛河邊，就是這樣一隻忠誠的黃狗，仍然在月下的河灘邊守望著、期盼著，月亮將金牛河邊佇立著的黃狗旺旺勾勒成了一幅剪影，它不吃不喝，人們將好吃的、好喝的都放在它的面前，它仍然如同沒有看見一般。它先是後

腿盤著坐在河邊，後來是四肢著地臥在河邊，再是頭枕地躺倒在了河邊。小宋每天來陪伴旺旺，他撫摸旺旺的頭，旺旺發出一種哀怨的叫聲，他餵旺旺吃東西，旺旺閉緊了嘴搖搖頭。

況鐵匠、姜老師和梅梅也來到河岸邊，陪伴著黃狗旺旺，守候著牛漢國的亡靈。金牛鎮的人們不僅為牛漢國的壯舉而欽佩，也為黃狗旺旺的行為而感動，他們站在金牛河畔落淚，為排工牛漢國，為黃狗旺旺。

旺旺終於再沒有力氣守侯了，在一個月夜，它臥在金牛河畔閉上了眼睛，它再也站不起不來了，它的靈魂隨牛漢國而去了。翌日清晨，小宋來到此處，發現旺旺已經沒有了呼吸，小宋摸著旺旺僵硬冰冷的身體，流下了眼淚。

縣廣播站廣播了牛漢國的英雄事跡，省報刊載了由姜老師寫的報導，金牛鎮大隊在牛漢國殉難的地方建立了一個牛漢國的衣冠塚。省美術學院的一位藝術家讀到了省報的報導，他隻身來到了金牛鎮，來瞭解牛漢國的事跡，來感受英雄的業績。藝術家在金牛鎮塑了一個牛漢國的雕塑，他手撐竹篙，威風凜凜地站立在竹排上，身邊蹲著他心愛的黃狗旺旺。塑像放在金牛河邊老樟樹下牛漢國的衣冠塚邊，雕塑旁的一塊石碑刻錄著牛漢國的生平事跡：「牛漢國，1924年出生，中共黨員，曾任抗美援朝志願軍偵察連連長、北大荒軍墾農場場長，文化大革命來到金牛鎮撐排，為拯救落水老人而被洪水奪去了生命。」

塑像成為金牛鎮的一景。

牛漢國遇難後，小張離開了金牛鎮，他回家鄉準備結婚了，小孫去跟老馬撐排，大老李每年牛漢國殉難時便來到金牛鎮，在牛漢國的塑像前、在牛漢國殉難的河邊焚香祭奠牛漢國的亡靈；小宋被公社派去參加社會主義教育運動，告誡人們小生產者隨時隨地產生資本主義。

　　在離開金牛鎮前，小宋在石板路上踟躕，他在古戲臺前、老樟樹下、衣冠塚前、小木橋上漫步，他回想著與排工們撐排的日日夜夜，回想著與牛漢國在一起的時時刻刻。他來到牛漢國的衣冠塚前默哀，面對著牛漢國的塑像垂淚。他來到金牛石前，清澈的金牛河在金牛石旁捲起堆堆雪浪，小宋又想起了金牛石的傳說，想起了為了追求自己的幸福而逃出天庭的金牛。望著巨大的金牛石，小宋突然想到，牛漢國的精魂是否已經依附在了這塊巨大的金牛石上了。

　　啊，湯湯金牛河呵，你記載著排工們的坎坷人生；啊，湯湯金牛河呵，你是金牛鎮人們悲歡離合人生的見證。

後記

　　這可以說是我小說創作的處女作，這是我年輕時期插隊生活的一部分，十八歲的我離開都市來到山村插隊，我曾經有過一段在山區裏伐木撐排的經歷，這段經歷使我接觸到了另一種人生。離開山村後，這段生活始終烙在我的心帆上，久久難以抹去，常常會湧現在我的眼前，那蓊鬱的山林、那蜿蜒的山道、那清澈的山溪、那豪爽的排工，總是我內心一塊清涼的樹蔭。我總想著將我的這段生活寫出來，我總想著用怎樣的形式寫下這些，我曾經用知青散文的形式，寫下這段生活中的某些場景，但是總沒能將我曾經經歷過的這段生活全面生動地展現出來。

　　我想用長篇小說來寫出這段生活是比較合適的，長篇小說容納生活的厚度和容量，可以比較全面地展現這段生活。十多年以前，我曾經構想了這部長篇小說的基本人物和內容，但是僅僅寫了一個開頭，就擱下了。寫長篇小說不僅需要生活，更需要勇氣，需要激情，只有鼓足勇氣，充滿激情地寫，才能不被任何畏難情緒所阻，才能不被形形色色的理論所拘束。2005年的暑假，酷暑難耐，我就開始了這部長篇小說的寫作，夫人承擔了一切家務，我躲在空調房間裏不停地寫著，甚至在感冒發燒的時候，也斜倚在床上繼續著寫作，過去的生活如潮水一般衝擊著我的心靈，過去的歲月似清風一般蕩滌著我的心境，

我激情洋溢地寫著，我用我的心回憶著我過去的青春歲月，我用我的情感受著我作品中的人物心境。

　　小說是真實的，它必須有生活的依據；小說是虛構的，它必須在生活的基礎上予以想像與補充。這部小說是基於我經歷過的撐排生活，在這段生活的基礎上予以加工、虛構，我想用散文的筆觸寫下這一段生活，我想刻畫一些性格獨特的人物，我想寫出在一個特殊的年代、特殊的地域的特殊生活。我刻畫了牛漢國這樣一個人物，剽悍雄強充滿人情人性的人物，這是有生活原型的人物，我只不過在原型的基礎上稍稍加工潤色罷了。我也刻畫了幾個有性格缺陷的人物，有的有生活的原型，有的根據現實生活而虛構，在作品中我希望褒獎善者、貶斥惡者。小說力圖寫出艱難時代中的人情人性，以及生命的掙扎與奮鬥，努力將散文、詩歌與小說融為一體，並將自然風光、民俗風情、山光水色、人物故事融為一體。結構上順敘與回敘結合，人物匪氣與人性合一，注重敘事的策略，注重獨特的感受。小說是現實生活的加工，小說不是現實生活的錄寫，因此不能將小說中的人物、故事與現實生活中一一對照，如果因小說中借用了某個地方某個人物某個情節，而引起某些人的不滿或怨恨，我想那是多餘的，這請讀者在閱讀之前先想明白。

　　人生的坎坷與磨難是一種資歷和資本，將這些坎坷和磨難寫下來，對於他人大概也是一種啟示。

　　我總覺得小說創作最重要的是生活，只有有了豐富的生活積累，才能將小說寫得豐厚真實，藝術的技巧、形式的追求是

其次的，如果缺乏生活的積累，而一味追求形式和技巧，那麼寫出來的作品就會成為一種形式的把玩與技巧的玩弄，那將會失去讀者的。本小說中引用了我的學生胡曉林編選的《中國民間舊情歌》中的幾首情歌，在此予以說明，並表示謝意。

在這部小說創作的思路受阻的時期，我抽暇偕夫人任芳萍去了廬山，廬山的白鹿洞書院、秀峰、錦繡谷、三疊泉、太乙村的綺麗景色給我以身心的滋養，我們倆曾經在為宋美齡建造的游泳池太乙池裏游泳，清冽的山水、環繞的竹林、清新的空氣，都使人彷彿置身於一個仙境之中，想像著當年蔣介石和宋美齡避居太乙村的生活，我逐漸從創作的困境中擺脫了出來，在風景秀麗氣候涼爽的太乙村決定了這部小說的結局。

我是一個文學評論家，在高校長期從事文學教學和文學批評的工作，我常常對著別人的作品指指點點評頭論足說長道短，現在自己進入小說創作的實踐，可以感受作家創作的情境，體悟作家創作的過程，當然自己不免有眼高手低的缺憾，期盼能夠得到行家的指點與批評。

我主觀地寫下了這部長篇小說，我也不知道是否能夠引起讀者的興趣，但是我自信這段特殊的撐排生活、這些特殊的排工生活、這種特別的知青生活，會引起讀者興趣的，至少會激起曾在廣闊天地裏奮鬥過的人們，對於那個特殊年代的回憶與思考。

感謝許秦蓁教授推薦我的小說至臺灣，感謝蔡登山先生、詹靚秋女士對於小說出版付出的艱辛勞動，也感謝秀威資訊科技股份有限公司出版我的小說，我會以更加勤奮的創作感謝諸位的推崇與幫助。

易金牛河

國家圖書館出版品預行編目

湯湯金牛河 / 楊劍龍著. -- 一版. -- 臺北市：
秀威資訊科技, 2008.07
面；　公分 . . -- （語言文學類；PG0181）

ISBN 978-986-221-004-8（平裝）

857.7   97006919

語言文學類　　PG0181

湯湯金牛河

作　　　　者 / 楊劍龍
發　行　　人 / 宋政坤
主　　　　編 / 蔡登山
執 行 編 輯 / 詹靚秋
圖 文 排 版 / 郭雅雯
封 面 設 計 / 李孟瑾
數 位 轉 譯 / 徐真玉　沈裕閔
圖 書 銷 售 / 林怡君
法 律 顧 問 / 毛國樑　律師
出 版 印 製 / 秀威資訊科技股份有限公司
　　　　　　台北市內湖區瑞光路583巷25號1樓
　　　　　　電話：02-2657-9211　　傳真：02-2657-9106
　　　　　　E-mail：service@showwe.com.tw
經　　銷　　商 / 紅螞蟻圖書有限公司
　　　　　　台北市內湖區舊宗路二段121巷28、32號4樓
　　　　　　電話：02-2795-3656　　傳真：02-2795-4100
　　　　　　http://www.e-redant.com

2008 年 7 月　BOD 一版
定價：330 元

・請尊重著作權・
Copyright©2008 by Showwe Information Co.,Ltd.

讀 者 回 函 卡

感謝您購買本書，為提升服務品質，煩請填寫以下問卷，收到您的寶貴意見後，我們會仔細收藏記錄並回贈紀念品，謝謝！

1.您購買的書名：＿＿＿＿＿＿＿＿＿＿＿＿＿＿＿＿

2.您從何得知本書的消息？

　　□網路書店　□部落格　□資料庫搜尋　□書訊　□電子報　□書店

　　□平面媒體　□ 朋友推薦　□網站推薦　□其他＿＿＿＿＿＿

3.您對本書的評價：(請填代號　1.非常滿意 2.滿意 3.尚可 4.再改進)

　　封面設計＿＿　版面編排＿＿　內容＿＿　文/譯筆＿＿　價格＿＿

4.讀完書後您覺得：

　　□很有收獲　□有收獲　□收獲不多　□沒收獲

5.您會推薦本書給朋友嗎？

　　□會　□不會，為什麼？＿＿＿＿＿＿＿＿＿＿＿＿＿＿＿

6.其他寶貴的意見：＿＿＿＿＿＿＿＿＿＿＿＿＿＿＿＿＿

＿＿＿＿＿＿＿＿＿＿＿＿＿＿＿＿＿＿＿＿＿＿＿＿

＿＿＿＿＿＿＿＿＿＿＿＿＿＿＿＿＿＿＿＿＿＿＿＿

＿＿＿＿＿＿＿＿＿＿＿＿＿＿＿＿＿＿＿＿＿＿＿＿

讀者基本資料

姓名：＿＿＿＿＿＿＿＿＿　年齡：＿＿＿　性別：□女 □男

聯絡電話：＿＿＿＿＿＿＿　E-mail：＿＿＿＿＿＿＿＿

地址：＿＿＿＿＿＿＿＿＿＿＿＿＿＿＿＿＿＿＿＿

學歷：□高中(含)以下　　□高中　　□專科學校　　□大學

　　　□研究所(含)以上 □其他＿＿＿＿＿＿＿

職業：□製造業 □金融業 □資訊業 □軍警 □傳播業 □自由業

　　　□服務業 □公務員 □教職　□學生 □其他＿＿＿＿＿

請貼
郵票

To：114

台北市內湖區瑞光路 583 巷 25 號 1 樓

秀威資訊科技股份有限公司　　　收

寄件人姓名：

寄件人地址：□□□

(請沿線對摺寄回,謝謝!)

秀威與 BOD

BOD（Books On Demand）是數位出版的大趨勢，秀威資訊率先運用 POD 數位印刷設備來生產書籍，並提供作者全程數位出版服務，致使書籍產銷零庫存，知識傳承不絕版，目前已開闢以下書系：

一、BOD 學術著作—專業論述的閱讀延伸
二、BOD 個人著作—分享生命的心路歷程
三、BOD 旅遊著作—個人深度旅遊文學創作
四、BOD 大陸學者—大陸專業學者學術出版
五、POD 獨家經銷—數位產製的代發行書籍

BOD 秀威網路書店：www.showwe.com.tw
政府出版品網路書店：www.govbooks.com.tw

永不絕版的故事・自己寫・永不休止的音符・自己唱